KB237262

블레이드 헌터

김정률 판타지 장편소설
FANTASYSTORY & ADVENTURE

Blade Hunter

③

dream
books
드림북스

블레이드 헌터 3
사막의 바람

초판 1쇄 인쇄 / 2011년 3월 3일
초판 1쇄 발행 / 2011년 3월 14일

지은이 / 김정률

발행인 / 오영배
편집장 / 허경란
편집 / 신동철, 문보람, 오미정, 윤상현
본문디자인 / 신경선
펴낸 곳 / (주)삼양출판사 · 드림북스

주소 / 서울특별시 강북구 송천동 322-10호
대표 전화 / 02-980-2112 팩스 / 02-983-0660
편집부 전화 / 02-980-2116 팩스 / 02-983-8201
블로그 / blog.naver.com/dreambookss

등록번호 / 제9-00046호
등록일자 / 1999년 3월 11일

© 김정률, 2011

값 8,000원

ISBN 978-89-542-4203-5   04810
ISBN 978-89-542-4200-4   (세트)

* 지은이와 협의하에 인지는 생략합니다.
* 잘못된 책은 구입한 곳에서 바꾸어 드립니다.

Blade Hunter
블레이드 헌터
김정률 판타지 장편소설
FANTASY STORY & ADVENTURE
3
사막의 바람
dream books
드림북스

③

블레이드 헌터

Blade Hunter

Contents

제1장
바람의 마나

드래곤 사냥을 목표로 떠난 원정대는 우여곡절 끝에 해츨링 추격대가 되어버렸다. 사냥에 가담한 기사들 중 멀쩡한 자들은 모조리 리셀을 추격하는 데 투입되었다.

"반드시 잡아야 한다! 어떠한 일이 있어도 드래곤 하트를 회수해야 해."

크릭스가 분기 어린 어조로 독려했기에 부상이 경미한 기사들도 모두 수색조에 편입되었다. 남겨진 자들은 중한 부상을 입은 자들과 전리품을 관리할 소수의 기사뿐이었다.

크릭스는 모두 합쳐 열다섯 개의 수색조를 만들어 도주로를 샅샅이 훑고 내려갔다. 마법 통신을 통해 산 아래 대기하던 병력으로 하여금 빈틈없이 포위망을 치게 했기 때문에 개미 한 마리도 빠져나갈 수 없을 것이라 확신했다.

그러나 그런 희망적인 예측은 초장부터 어긋나버렸다. 앞서 내려가 산 아래의 병력과 조우한 수색조의 보고는 다음과 같았다.

"산길을 통해서는 아무도 내려오지 않았습니다. 정황을 보니 길이 아니라 산을 타고 넘어간 것 같습니다."

해츨링이 다른 곳으로 빠져나갔음을 알아차린 크릭스는 분노로 인해 머리에서 김이 모락모락 피어오를 지경이었다. 그토록 철두철미하게 준비를 하고 시행한 일인데 예상치 못한 변수가 생겨버린 것이다.

"반드시 찾아내라. 길이 아닌 곳으로 갔다면 틀림없이 흔적이 남았을 것이다."

기사들은 드래곤 사냥으로 인해 지친 몸을 이끌고 산을 타고 넘어갔을 해츨링의 흔적을 찾아 헤매야 했다.

다행이라고 할 수 있는 점은 코멧 기사단 소속의 기사들은 하나같이 노련하다는 것이다. 전투뿐만 아니라 추격과 매복에도 능했기 때문에 그리 어렵지 않게 리셀의 흔적을 찾아낼 수 있었다. 꺾어진 나뭇가지와 짓밟힌 풀을 발견한 기사 한 명이 고함을 질렀다.

"흔적입니다! 아무래도 이 길을 통해 간 것 같습니다!"

물론 조사된 흔적은 하나둘이 아니었다. 이 길을 통해 사냥꾼이나 나무꾼들이 심심찮게 오갔기 때문에 꽤나 많은 흔적이나 있었다. 크릭스는 그 모든 흔적마다 추격대를 배치했다.

"세상 끝까지라도 쫓아가서 흔적을 남긴 자를 붙잡아야 한다."

크릭스는 해츨링을 안고 도망친 견습기사 리셀의 것일 가능성이 제일 높은 흔적을 추려냈다.

"발자국으로 볼 때 확실한 것 같습니다. 우선 부츠의 생김새가 사냥꾼이나 나무꾼들이 즐겨 신는 것이 아닙니다. 무게중심이 앞으로 쏠린 것을 보아 해츨링을 안고 있는 것이 틀림없습니다."

흙 위에 희미하게 난 발자국은 생각보다 많은 것을 말해주었다. 크릭스는 그 판단을 믿고 추격조와 함께 맹추격을 시작했다. 가문의 미래를 위해서는 반드시 드래곤 하트를 회수해야만 했다.

그것도 모자라 그는 인근의 영지들 중 가문의 영향력이 미치는 영지에 빠짐없이 마법 통신을 넣었다. 리셀의 인상착의와 해츨링의 생김새를 알려 주어 영지병들로 하여금 길목을 틀어막게 한 것이다.

"이번 임무에 우리 가문의 미래가 달려 있어."

모든 것을 처리하고 나서야 크릭스는 추격조와 동행해 추격을 시작했다. 그의 눈동자에는 반드시 해츨링을 붙잡아 드래곤 하트를 회수하겠다는 각오가 불타고 있었다.

추격이 붙은 것을 아는지 모르는지 리셀은 아슈레인을 등에 업은 채 달리는 데 여념이 없었다. 마나 수련의 일환으로 시간이 날 때마다 달리는 것이 버릇이 되었기 때문에 크게 힘들진 않았다.

어찌 보면 그것은 그들에게 크나큰 행운이라고 할 수 있었다. 빨리 움직이지 않고 미적거렸다면 틀림없이 크릭스의 추격대에 꼬리가 잡혔을 것이다. 쉬지 않고 달리는 리셀의 체력에 아슈레인도 혀를 내둘렀다.

"놀랍군. 인간의 체력이 이 정도로 강하다니."

이마에 흥건한 땀을 닦아낸 리셀이 싱긋 웃었다.

"수련하기 나름 아니겠어? 워낙 쫓겨 다니다 보니 달리는 데에는 이골이 나 버렸어."

이틀 동안 꼬박 달렸기 때문에 둘은 제법 많은 거리를 이동할 수 있었다. 이 속도로 간다면 하루 이내에 와이번 서식지 근처로 갈 수 있을 것 같았다. 정신없이 달리던 리셀의 눈이 살짝 빛났다.

"노루로군. 마침 잘 됐어."

그의 앞에 있던 노루 한 마리가 리셀을 보고 화들짝 놀라 몸을 돌리고 있었다. 인간들이 오가기 힘든 길이라 마음 놓고 풀을 뜯고 있던 참이었다. 머뭇거림 없이 허리춤의 검을 뽑아든 리셀이 땅을 강하게 박찼다.

서걱.

　노루는 얼마 도망치지도 못하고 목이 달아나버렸다. 잘린 단면으로 분수처럼 피를 뿜어내며 노루의 동체가 맥없이 나동 그라졌다. 검을 휘둘러 피를 털어낸 리셀이 옷자락에 그것을 한 번 문지른 다음 검집에 집어넣었다.

　스르릉.

　아슈레인이 잠자코 리셀의 등에서 내려왔다. 노루를 쳐다보는 아슈레인의 눈빛이 유난히 번들거렸다. 정신없이 도주하느라 오랫동안 먹을 것을 먹지 못했기 때문이었다. 노루의 시체로 다가간 리셀이 뒷다리 하나를 잘라낸 뒤 아슈레인을 쳐다보았다.

　"해츨링은 먹이를 어떻게 먹지?"

　"무슨 말이지?"

　"요리를 해서 먹는 거냐? 아니면 날고기를 그냥 먹는 거냐? 설마 풀을 먹는 것은 아니겠지?"

　"드래곤은 육식을 한다. 물론 날것을 먹지."

　"잘 되었군. 난 이것을 구워먹을 테니 남은 고기는 네가 먹도록 해."

　나뭇가지 하나를 잘라낸 리셀이 뒷다리를 꿰어 나무에 기대놓은 다음 모닥불을 피우기 위해 나뭇가지를 긁어모았다. 근처에 나뭇가지가 많았기 때문에 금세 모닥불을 피울 수 있었다. 그러나 아슈레인은 불이 지펴지기를 기다리지 않고 노루의 시체를 향해 달려들었다.

우걱우걱 쩝쩝.

어린 소녀의 모습을 한 아슈레인이 노루 시체에 코를 박고 날고기를 뜯어먹는 모습은 상당히 그로테스크했다. 입가에 피를 흠뻑 묻힌 채 고기를 먹는 아슈레인의 모습을 보며 리셀이 혀를 찼다.

"쯧쯧. 최강의 종족이라는 드래곤도 먹는 모습은 그리 매력적이지 않군."

그러나 아슈레인은 아무런 대꾸 없이 먹기만 했다. 잠시 후 고소한 냄새가 사방으로 퍼졌다. 노루고기가 노릇노릇하게 구워지며 불 위로 기름이 뚝뚝 떨어졌다. 고기가 적당히 구워지자 리셀이 소금을 꺼내 고기 위에 살살 뿌렸다.

"자, 그럼 나도 한 번 먹어볼까?"

오랜만에 먹는 음식이라 그런지 꽤나 맛이 있었다. 그러나 리셀은 고기의 절반도 먹어치우지 못하고 눈을 휘둥그레 떠야 했다.

"세, 세상에……."

놀랍게도 아슈레인은 그 짧은 시간 동안 노루 한 마리를 모조리 먹어치웠던 것이다. 굵은 뼈와 질긴 힘줄만 남기고 모조리 뱃속으로 집어넣어 버렸다. 그러고도 모자랐는지 입맛을 쩝쩝 다시며 리셀이 먹는 고깃덩이를 쳐다보고 있었다. 얼이 빠진 리셀이 자신도 모르게 입을 열었다.

"모, 모자라나 본데 이것도 먹을래?"

아슈레인은 말이 끝나기 무섭게 리셀의 손에서 고깃덩이를 낚아챘다. 정신없이 먹는 모습에 리셀이 한숨을 내쉬었다.

"정말 많이 먹는구나. 조그마한 몸에 그게 다 들어가다니."

게 눈 감추듯 고깃덩이를 먹어치운 아슈레인이 씁쓸히 웃었다.

"원래의 내 몸은 상당히 크다. 고작 노루 한 마리 정도로는 간에 기별도 가지 않아. 그건 그렇고……."

아슈레인이 눈을 가늘게 떴다.

"인간들이 고기를 익혀 먹는다고 들었을 때는 이해가 가지 않았다. 그런데 익힌 고기의 맛도 그리 나쁘지 않군. 아니 날 고기보다 더 낫다고 해야 할 것 같다."

그 말에 피식 웃은 리셀이 몸을 일으켰다.

"양에 차지 않는다니 사냥을 더 해와야겠군. 여기서 조금만 기다리고 있어라."

말을 마친 리셀이 아슈레인을 안아 올려 나뭇가지 위에 앉혀 놨다. 행여나 지나가던 짐승들이 어린 소녀의 모습을 한 아슈레인에게 눈독을 들일 수도 있기 때문이었다.

사냥감을 찾는 데는 오랜 시간이 걸리지 않았다. 어린 시절부터 숲에서 살며 사냥을 해 왔던 리셀이기에 금세 사냥감의 흔적을 찾아낼 수 있었다. 발자국을 따라 쫓아가자 큼지막한 멧돼지의 모습이 눈에 띄었다. 리셀의 얼굴에 반색의 빛이 어렸다.

"무작정 도망치는 초식동물보다는 달려드는 멧돼지가 상대하기 편하지.”

게다가 리셀의 눈에 띈 멧돼지는 다 자란 수컷이었다. 리셀을 보자 멧돼지는 몸을 돌려 돌진해왔다.

꾸에에엑.

멧돼지는 눈 깜짝할 사이에 리셀의 검에 미간을 관통당한 시체가 되어 나뒹굴어야 했다. 오랜 숲 속 생활로 사냥에는 도가 튼 리셀이었다.

“흠, 들고갈 수가 없으니 녀석을 데리고 와야겠군.”

아슈레인을 한달음에 가서 데리고 온 리셀이 요리를 시작했다. 가죽을 벗겨 내고 내장을 발라낸 뒤 통째로 나뭇가지에 꿰어 모닥불에 굽는 바비큐 요리였다.

능숙한 손길로 작업에 몰두하는 리셀을 아슈레인이 침을 주르르 흘리며 쳐다보았다. 지지대를 설치해서 고깃덩이가 된 멧돼지를 올려둔 리셀이 바로 그 아래에 모닥불을 피웠다. 멧돼지의 덩치가 워낙 컸기 때문에 그렇게 해야만 요리를 할 수 있었다.

지글지글.

기름이 뚝뚝 떨어지며 불꽃이 환히 살아났다. 물론 구워진 고기의 태반은 아슈레인의 차지였다. 잘 구워진 고깃덩이 하나를 큼지막하게 잘라낸 리셀이 손짓을 했다.

“다 구워졌다. 겉 부분부터 잘라먹도록 해.”

그러나 아슈레인은 리셀이 건네준 단검을 내팽개친 채 고깃

덩이에 달려들었다. 어린 소녀가 자기 몸집보다 큰 고깃덩이
에 매달려 게걸스럽게 뜯어먹는 모습은 정말로 낯선 광경이었
다.

결국 멧돼지는 굵은 뼈만 남긴 채 아슈레인의 뱃속으로 사
라지는 신세가 되고 말았다. 올챙이처럼 튀어나온 배를 두드
리며 아슈레인이 만족스러운 표정을 지었다.

"오랜만에 포식하는군. 예전에는 이렇게 많이 먹지 않았는
데."

아슈레인의 얼굴이 별안간 침울해졌다. 끼니때마다 꼬박꼬
박 가디언을 시켜 먹을 것을 마련해 준 아슈타론이 떠오른 것
이다.

'조금만 기다리세요. 머지않아 어머니의 드래곤 하트를 대
자연의 품으로 돌려보내 드리겠어요.'

나지막하게 다짐하는 아슈레인이었다. 그때 리셀의 음성이
귓전을 파고들었다.

"일전에 듣기로 네가 드래곤 하트란 것을 가지고 있다고 들
었다. 그게 사실인가?"

그 말을 들은 순간 아슈레인의 몸이 얼어붙은 듯 경직되었
다. 조심스럽게 돌아보는 아슈레인의 눈에는 경계심이 배어
있었다.

"사실이다."

거짓을 말하지 않는 드래곤의 습성답게 아슈레인은 사실을

숨기지 않았다.

"그 드래곤 하트라는 것이 대자연의 마나가 비정상적으로 농축되어 있는 보석이라고 들었는데 내가 잘못 알고 있는 것은 아니겠지?"

"그렇다. 드래곤이 마법을 쓸 수 있는 원천이 바로 드래곤의 심장이다."

그 말을 들은 리셀은 골똘히 생각에 잠겼다. 그 때문에 아슈레인이 의심스러운 눈초리로 그를 쳐다보는 것을 알아차리지 못했다. 그는 마스터인 아너프리로부터 세상에 대한 상식을 배우며 드래곤 하트에 대한 말도 들었다.

—드래곤 하트에 농축된 마나의 농도는 인간이 만들어낸 마정석에 감히 비할 바가 못 된다.

그뿐만 아니라 드래곤 하트에 들어 있는 마나는 지극히 순수하며 탁기가 전혀 존재하지 않는다는 사실도 들었다. 처음에는 아슈레인의 말을 흘려들었지만 이곳으로 오는 과정에서 마스터로부터 들은 이야기가 하나둘씩 떠오른 것이다.

골똘히 생각에 잠겨 있던 리셀은 한참 만에야 고개를 돌렸다.

"그래. 너는 그 드래곤 하트란 것을 어떻게 할 작정이지?"

아슈레인의 눈빛은 차분히 가라앉아 있었다. 비록 눈앞의 인간이 자신을 위기에서 구해주고 또 잘 돌봐주기까지 했지만 그렇다고 해서 어머니의 드래곤 하트를 넘겨줄 순 없었다. 아슈레인이 착 가라앉은 눈빛으로 리셀을 노려보았다.

"적당한 곳에서 드래곤 하트를 깨뜨려 대자연의 품으로 돌려보낼 생각이다."

"흠. 그렇다면 한 가지 부탁을 해도 될까?"

그 말에 아슈레인이 어림도 없다는 듯 고개를 흔들었다.

"그럴 순 없어. 어머니의 드래곤 하트는 그 누구에게도 건네줄 수 없다. 설사 생명의 은인인 너라고 해도 말이야."

그 말에 리셀이 깜짝 놀라 아슈레인을 쳐다보았다. 그리고 발견할 수 있었다. 아슈레인의 눈 속 가득 차 있는 적의를 말이다.

황당한 표정을 짓던 리셀이 피식 웃었다.

"뭔가 오해를 한 것 같군. 내 부탁은 드래곤 하트를 달라는 것이 아니야. 그런 생각은 처음부터 하지 않았어. 네 어머니의 심장을 어떻게 달라고 할 수 있겠어."

이번에는 아슈레인이 놀랄 차례였다.

"그, 그럼 뭐지?"

"간단해. 네가 어머니의 드래곤 하트를 대자연의 품으로 돌려보낼 때 그 옆에 머물러 있으면 안 될까 하는 부탁이야."

리셀의 의도는 이러했다.

그는 지금껏 스크롤로 인해 마나가 집중된 공간에서 마나 수련을 해 왔다. 하지만 일정 수준을 넘어선 뒤 수련에는 더 이상 진전이 없었다.

전신을 순환한 마나는 정수리 부분에서 틀어 막혀 되돌아왔다. 그다음부터는 아무리 수련을 해도 아랫배의 마나 덩어리가 더 이상 커지지 않았다. 때문에 리셀은 돌파구를 찾기 위해 고심하고 있었다. 그러다가 드래곤 하트에 대한 이야기를 들은 것이다.

'드래곤 하트의 마나는 더없이 순수하며 또한 상상을 하기 힘든 농도로 농축되어 있다고 했다. 그렇다면 드래곤 하트를 대자연의 품으로 돌려보내기 위해 깨뜨릴 경우 속에 농축되어 있던 마나가 일시에 뿜어져 나올 것이다. 그 순간에 전력을 다해 마나 수련을 한다면 어쩌면 단계를 넘어설 수 있을지도 모른다.'

어쩌면 지금의 정체를 깨뜨리고 새로운 경지로 접어들 수 있을지도 모르기 때문에 어렵게 입을 연 것이다.

마음을 정리한 리셀은 곧 아슈레인에게 자신의 의도를 설명했다. 물론 아슈레인은 쉽사리 리셀의 말을 이해하지 못했다.

"믿기 힘들군. 아랫배에 마나홀을 만들다니……. 마법사도 아닌 기사가 그런 식으로 마나를 활용할 수 있다는 말은 듣지 못했다."

"어쨌거나 내가 한 말은 모두 사실이야. 내가 바라는 것은 오직 그것뿐이지. 네 어머니의 드래곤 하트를 대자연의 품으로 돌려보내는 현장에 동석해 흩어지는 마나를 조금이나마 몸속으로 받아들이면 안 될까?"

아슈레인은 고민에 사로잡혔다. 물론 그것은 아슈레인의 입장에서 그리 어렵지 않은 부탁이었다. 어차피 깨뜨릴 경우 드래곤 하트의 마나는 대기 중으로 흩어져 버린다. 마나는 한 곳에 비정상적으로 집중되지 않는 속성이 있다. 그런 법칙에 따라 사방으로 흩어져 버리는 것이 드래곤 하트에 내장된 마나의 운명이었다.

바람의 속성을 띤 골드 드래곤의 심장인 만큼 마나는 대부분 바람을 타고 사라져버릴 것이다. 그리고 일부는 근처에 서식하는 마수나 몬스터의 몸속으로 파고들어 갈 수도 있다. 그런 점을 감안하면 리셀의 부탁은 전혀 어려운 것이 아니다. 어차피 흩어질 마나라면 옆에서 조금 흡입한다고 해서 문제 될 것이 없었다. 따지고 보면 인간 역시 자연의 일부가 아니던가?

아슈레인이 고개를 돌려 리셀을 쳐다보았다. 어머니를 사냥한 가증스러운 종족이긴 하지만 그는 달랐다. 위기에 처한 자신을 구해주고 또한 앞으로 살아갈 방도를 마련해 준 은인이기도 했다. 리셀 덕분에 아슈레인은 자연의 섭리를 거슬러 성룡이 될 때까지 살아갈 결심을 굳혔다. 생각을 접어 넣은 아슈레인이 묵묵히 고개를 끄덕였다.

"알겠다. 허락하도록 하지."

리셀의 얼굴이 환히 밝아졌다.

"저, 정말이지?"

"어차피 대자연의 품으로 돌아갈 마나다. 너에게 조금이라도 도움이 된다면 용납하겠다."

"고마워."

리셀이 아슈레인을 안아 올려 볼을 비볐다.

"뭐, 뭐하는 짓이냐? 놔라!"

아직까지 인간의 감정표현에 익숙하지 않았기에 아슈레인이 발버둥을 쳤지만 리셀은 놓아주지 않았다.

크릭스가 지휘하는 추격대는 빠른 속도로 리셀의 뒤를 밟았다. 그들은 해츨링을 놓칠 가능성 따위는 아예 염두에 두지도 않았다.

아스트리아 제국은 치안이 탄탄히 유지되는 나라이다. 그런 만큼 산을 벗어나 길로 접어들었다고 해도 각지에 위치한 검문소의 이목을 피해 다른 곳으로 달아나는 것은 꿈도 꾸기 힘든 일이다. 이대로 추격한다면 반드시 해츨링과 그를 빼돌린 가증스러운 견습기사를 붙잡을 수 있을 터였다. 게다가 조금 전 전문가가 합류해서 추격에 탄력이 붙었다.

"여기 흔적이 있습니다. 적어도 반나절 전에 지나간 것 같습니다."

날카로운 인상의 중년 사내가 바닥을 유심히 살피다 크릭스에게 보고를 했다. 수소문 끝에 고용한 마수 사냥꾼이었다. 코멧 기사단의 기사들이 아무리 노련하다고 해도 추격에 있어서만큼은 평생을 마수를 쫓으며 살아온 사냥꾼을 능가할 순 없다.

크릭스는 돈을 아끼지 않고 부근에서 소문난 마수나 현상금 사냥꾼들을 대거 고용한 상태였다. 그들 중 가장 유능하다고 평가받는 마수 사냥꾼 제이슨이 합류한 것이다. 그 바닥에서 탑으로 인정받는 이력답게 제이슨은 어렵지 않게 뒤를 쫓아와 추격대와 합류했다. 흔적을 유심히 살핀 제이슨이 다시 보고를 해 왔다.

"아무래도 놈은 와이번 서식지 방향으로 도주하고 있는 것 같습니다."

"와이번 서식지?"

제이슨의 말에 크릭스가 이해할 수 없다는 듯 고개를 갸웃거렸다.

"도대체 뭐가 있기에 그곳으로 도망치는 거지?"

현상금 사냥꾼 제이슨이 황송하다는 듯 고개를 조아렸다. 공작가의 자제와 한낱 마수 사냥꾼 사이에는 하늘과 땅에 버금가는 신분적 격차가 있었다.

"아틸라이 지방입니다. 한때 하늘을 떠받치는 기둥이었다는 전설을 가지고 있지요. 바위기둥이라 표현할 수 있을 정도로 높고 거대한 돌산들이 여기저기 솟아 있습니다. 그 위에 와이번의 둥지가 있습니다. 그곳에는 실로 헤아릴 수 없을 정도로 많은 와이번이 서식하고 있다고 알려져 있습니다.”

와이번. 날개가 달린 큼지막한 도마뱀 형상의 몬스터로서 다른 이름으로 비룡이라고 불리기도 한다. 몸길이만 8미터에서 12미터 정도에 육박하는 매우 흉포한 육식 몬스터였다. 줄잡아 수백 마리가 함께 무리를 지어 다니기 때문에 인간들은 감히 와이번의 영역에 들어갈 엄두를 내지 못한다.

거대한 와이번이 급강하하며 억센 발톱으로 낚아챌 경우 인간은 저항해보지도 못하고 둥지로 잡혀가 먹이가 되는 수밖에 없는 것이다.

사실 와이번은 매우 사용가치가 높은 몬스터이다. 비늘이 붙은 와이번 가죽으로 갑옷을 만들 경우 화살 공격 따위는 가볍게 무시할 수 있는 견고한 갑옷이 만들어진다. 방어도가 판금갑옷에 버금가지만 무게는 삼분의 일도 되지 않는다. 게다가 와이번의 뼈는 매우 단단하다. 가벼우면서도 무기로 만들 수 있을 만큼 강도가 높기 때문에 와이번의 뼈는 상당히 비싼 가격에 거래되곤 한다.

무엇보다도 가장 가치가 높은 것은 바로 그 알이었다. 암컷 와이번을 잡을 경우, 뱃속에서 부화되지 않은 알을 습득할 가능성이 있다. 와이번은 그리폰과 마찬가지로 인간에게 길들여지는 몬스터이다. 어릴 때부터 먹이를 주며 길들이면 조련사를 주인으로 삼고 절대복종한다.

와이번의 등에 타고 날아다니는 용기병의 가치는 상상을 불허한다. 와이번 자체가 하늘에서 천적이 거의 없는 무적의 몬스터이니 만큼 정찰과 전령 임무에 따를 자가 없었다. 그리폰 따위와는 비교도 할 수 없게 빠르기 때문에 더욱 가치가 있었다.

그 때문에 각 왕국에서는 와이번의 알을 손에 넣기 위해 혈안이 되어 있었다. 와이번 한 마리만 잡을 수 있다면 팔자를 고칠 수 있다는 말이 마수 사냥꾼들 사이에 회자되곤 했다.

그럼에도 불구하고 와이번 사냥을 계획하는 마수 사냥꾼들은 없다. 그 정도로 사냥이 힘들기 때문이다. 무리생활을 하는 속성상 와이번들은 수백 마리가 한꺼번에 몰려다닌다. 수백 마리의 와이번 무리를 감당하는 것은 정규군이라고 해도 불가능했다. 제이슨이 조심스럽게 그런 와이번의 속성을 설명했다.

"만약 목표가 와이번 서식지에 들어선다면 더 이상 추격은 불가능합니다. 제아무리 강한 기사단이라도 와이번 무리의 눈에 띈다면 살아남을 수 없습니다."

크릭스가 씁쓸한 표정을 지었다. 제이슨의 경고를 어느 정도 이해했기 때문이었다. 제아무리 혹독한 수련을 치른 기사라도 날개 달린 몬스터가 허공에서 낚아채는 데는 도리가 없었다. 바로 그 때문에 제국에서도 와이번 서식지를 금역으로 선포하고 일체의 출입을 통제하는 것 아니던가?

‘어처구니가 없군. 드래곤 사냥에 성공한 기사들이 고작 와이번을 두려워해야 한다니.’

“아마 녀석들이 와이번 서식지로 들어설 가능성은 희박합니다. 그것은 몸에 기름을 끼얹고 불 속으로 뛰어드는 것보다 위험한 일이니까요.”

고개를 끄덕인 크릭스가 입을 열었다.

“좋다. 그렇다면 놈들의 예상 경로는?”

“아마 놈들은 와이번 서식지 외곽을 우회해서 남쪽으로 갈 것 같습니다. 그쪽으로 가면 베네아 공국으로 가는 관도가 나오니까요.”

“그렇다면 놈들의 목적지가 베네아 공국이란 말인가?”

“아마 그럴 것입니다. 치안 상태가 비교적 좋지 않은 왕국인 만큼 범죄자들이 몸을 숨기기에 용이한 곳이지요.”

“알겠다. 마법 통신을 통해 그쪽 방면의 영주들에게 길을 틀어막으라고 하겠다.”

크릭스가 머뭇거림 없이 지시를 내렸다. 기사 한 명이 재빨리 마법사가 있는 쪽으로 달려갔다.

사실 마법 통신을 한 번 하는 데에는 천문학적인 금액이 소요된다. 지대가 비싼 수도에서 넉넉히 집 한 채를 살 수 있는 금액을 마법사에게 지불해야 통신을 할 수 있는 것이다.

그러나 크릭스는 마법 통신에 드는 막대한 비용을 전혀 아까워하지 않았다. 드래곤 하트를 회수할 수만 있다면 그 몇십

배가 넘는 금액이라도 아낌없이 지불할 수 있을 것 같은 심정
이었다.

그러나 그들의 예측과는 달리 리셀과 아슈레인은 와이번 서
식지를 향해 일직선으로 나아가고 있었다. 사냥으로 배를 채
운 리셀은 여전히 아슈레인을 업은 채로 쉬지 않고 걸었다. 그
곳에 도착해서 아슈레인을 떠나보낸 다음 루카스 후작가로 가
려면 서둘러야 했다.
그렇게 한참을 걸은 그들의 앞에 야트막한 야산이 나타났
다. 지도를 펼쳐본 리셀의 안색이 환해졌다.
"이 산 너머에 와이번 서식지가 있어. 여기만 지나면 되겠
군."
"산을 돌아갈 생각인가?"
그 말에 리셀이 고개를 저었다.
"아니야. 지도에 따르면 협곡을 지나가는 길이 있다고 나와
있어. 그곳을 가로지를 생각이야."
"힘들겠지만 산을 넘어가면 안 될까?"
그 말에 리셀의 눈이 휘둥그레졌다.
"안 될 것이야 없지만 굳이 그럴 필요가 있을까?"
제아무리 달리기에 단련된 리셀이라도 야산 하나를 넘으면
서 힘이 들지 않을 순 없었다. 게다가 가볍기는 하나 아슈레인
을 업은 상태가 아니던가? 아슈레인이 차분한 어조로 이유를

설명했다.

"그곳에서 어머니의 드래곤 하트를 대자연의 품으로 돌려보내려 해."

"굳이 산 위에서 해야 할 필요가 있어?"

"드래곤 하트를 깨뜨리려면 상당한 시간을 들여 준비를 해야 해. 그 준비를 하는 동안 추격자의 눈에 띄면 곤란해질 테니 산 위에서 하자는 거야. 산 위라면 추격자가 오는지 쉽게 살필 수 있을 테니 말이야. 게다가 어머니의 드래곤 하트에 내장된 마나는 바람의 속성을 띠고 있어. 산 위에서 깨뜨린다면 편히 자연으로 돌려보낼 수 있을 거야."

"그냥 아무 데서나 깨뜨리면 되는 것 아닌가?"

"멍청한 소리. 드래곤 하트가 품고 있는 마나량이 그리 만만한 줄 알아?"

아슈레인의 눈총을 받은 리셀이 피식 미소를 지었다.

"그런 이유가 있다면야 조금 돌아가는 걸 피할 이유는 없지. 좋아, 그렇게 하도록 하자."

리셀은 신속하게 산 쪽으로 걸음을 옮겼다. 야산이라고는 하지만 길이 나 있지 않았기 때문에 매우 험했다. 그러나 사냥꾼의 길을 지나온 리셀에겐 이 정도는 그리 힘든 일도 아니었다.

"여기쯤이면 되겠군."

아슈레인의 말에 리셀이 걸음을 멈췄다. 그곳은 산꼭대기 바로 아래 자리 잡은 산마루 지역이었다. 제법 넓은 공터가 그들을 기다리고 있었다. 고개를 돌리자 그들이 올라온 길이 한눈에 훤히 내려다보였다. 리셀이 눈을 가늘게 뜨고 산 아래를 살폈다.

"일단 추격자는 보이지 않는군. 하긴 워낙 빨리 왔으니 추격대가 있다고 해도 상당히 뒤떨어졌을 거야."

"좋아. 날 내려줘."

리셀이 내려놓자 아슈레인이 기지개를 켰다. 업혀 왔다고 해서 마냥 편한 것만은 아니다. 찌뿌드드한 몸을 푼 아슈레인이 자리를 골랐다.

"여기면 충분하겠군."

고개를 끄덕인 아슈레인이 나뭇가지 하나를 집어 바닥에 그림을 그리기 시작했다. 적어도 리셀의 눈에는 그렇게 보였다. 리셀이 황당하다는 듯 아슈레인을 쳐다보았다.

"뭘 하려는 거지? 난데없이 땅바닥에 그림은 왜 그리는 거야?"

"그림이 아니라 마법진이다. 날 보호하기 위한 마법진을 설치하는 거야."

리셀의 눈이 살짝 커졌다.

"마법진까지 설치할 정도로 위험한 작업이야?"

"아마 마법진을 설치하지 않으면 난 마나의 폭풍에 휘말려 멀리 날아가 버릴 거야.”

마법진을 그리던 아슈레인이 리셀을 힐끔 쳐다보았다.

“너도 엎드려 있는 게 좋을 거야. 가볍게 생각했다간 산 아래까지 날아갈지도 몰라.”

“서, 설마 그럴 리가?”

리셀이 믿기 힘들다는 듯 고개를 절레절레 흔들었다. 물론 리셀로서는 아슈레인의 경고가 쉽게 와 닿지 않는 게 당연했다. 고작해야 어린아이 머리통만 한 드래곤 하트에서 뿜어져 나올 마나가 얼마나 될까?

“뭐, 곧 알게 될 테니 굳이 말할 필요는 없겠지.”

아슈레인이 마법진을 그리는 데에는 꽤나 오랜 시간이 걸렸다. 그동안 리셀은 산 아래를 연신 내려다보며 누가 접근하지는 않는지 살폈다. 그러나 추격대가 접근하는 기미는 전혀 보이지 않았다.

그러던 사이 마침내 마법진이 완성되었다. 다 그려진 마법진을 본 아슈레인이 만족스럽다는 듯 고개를 끄덕였다.

“됐어. 이 정도면 마나 폭풍에 휘말려 들지 않겠어.”

아슈레인이 주문을 외우자 주변의 마나가 끌려 들어오며 재배열되었다.

파파파팟.

임계점 이상의 마나가 집중되자 마법진이 서서히 활성화되었다.

　원래 드래곤의 마법은 인간들의 서클 마법과는 원리가 다르다. 주변의 마나를 끌어모으는 것이 아니라 드래곤 하트의 마력을 직접 뽑아내 재배열한다. 그런 만큼 위력 면에서 서클 마법보다 월등할뿐더러 주문시간도 짧다.

　하지만 아슈레인은 아직까지 성룡이 되지 않아 몸속에 드래곤 하트가 없다. 그러므로 인간들처럼 서클 마법을 사용해야 하는 것이다. 마법진이 활성화되자 아슈레인은 머뭇거림 없이 아공간 주머니를 열었다.

　쓰쓰쓰쓰.

　벌떼가 한꺼번에 우는 듯한 소리와 함께 허공에 거무스름한 음영이 생겨났다. 어머니 아슈페론이 만들어 준 아공간상의 보물창고. 아슈레인은 아공간 주머니에서 어머니의 드래곤 하트를 꺼냈다.

　"저게 뭐지? 헉!"

　놀란 눈빛으로 아공간 주머니를 쳐다보던 리셀이 눈을 휘둥그레 떴다. 거무스름한 음영에서 찬란한 빛을 발하는 붉은 보석이 튀어나왔기 때문이었다. 어린아이 머리통만 한 보석에서는 눈뜨고 쳐다보기 힘들 정도로 찬란한 광채가 뿜어졌다.

　"그, 그게 드래곤 하트인가?"

　"그렇다."

　고개를 끄덕인 아슈레인이 손을 뻗어 드래곤 하트를 받아들었다. 드래곤 하트의 크기가 워낙 커서 두 손으로 안아 들어야 했다. 조심스럽게 어루만지는 손길에서 세상을 떠난 어머니에 대한 그리움이 또박또박 묻어났다. 아슈레인의 눈가에서 눈물이 한 방울 떨어졌다.

'이제 어머니의 심장을 대자연의 품으로 돌려보내 드릴게요.'

살짝 눈물을 훔친 아슈레인이 마법진이 있는 곳으로 걸어갔다. 아슈레인이 그려놓은 마법진은 두 개였다. 그중 하나는 아슈레인을 보호할 수 있도록 결계가 쳐진 마법진이었고 나머지 하나는 드래곤 하트를 깨뜨리려는 목적의 부양마법진이다. 드래곤 하트를 허공에 띄워놓을 수 있도록 부양마법이 걸려 있었다.

쓰쓰쓰쓰.

아슈레인이 손을 놓자 드래곤 하트가 마치 날개가 달린 것처럼 저절로 허공에 떠올랐다. 마법진 위에 올라선 아슈레인이 리셀을 쳐다보았다.

"준비를 하도록 해. 곧 의식을 시작할 테니까."

경고를 했음에도 불구하고 리셀은 그 자리에 우두커니 서 있을 뿐이었다. 아슈레인이 냉랭하게 코웃음을 쳤다.

"엎드리지 않으면 큰코다칠 거야. 드래곤 하트에 내장된 마나량이 그렇게 만만할 것 같아? 어머니께서 무려 3천5백 년을 모아오신 마나가 이 안에 농축되어 있어. 그렇게 멍하니 서 있다간 대번에 날아가 버린다는 것을 장담하지."

아슈레인의 경고를 듣고 나서야 리셀의 표정이 심각해졌다. 그 자리에 넙죽 엎드린 리셀이 고개를 갸웃거렸다.

'그런데 엎드린 자세로 마나 수련을 할 수 있을까?'

지금까지 리셀은 항상 서서 마나 수련을 했다. 가만히 선 채로 몸을 한계상황까지 몰아넣으면 자동적으로 몸의 마나가 순환을 한다. 그러나 엎드려서는 한 번도 해보지 못했다.

'상황을 봐서 일어나면 되겠지.'

리셀의 생각을 아는지 모르는지 아슈레인이 의식을 시작했다. 미리 외워놓은 주문대로 마나를 재배열하자 대기가 요동치기 시작했다.

콰콰콰콰.

허공에 떠 있던 드래곤 하트가 부르르 진동했다. 아슈레인의 마법이 드래곤 하트 내부의 마나를 자극하여 폭주시키고 있는 것이다. 만약 드래곤 하트가 땅에 놓여 있었다면 진동으로 인해 땅바닥이 마구 들썩였을 것이다. 그러나 아슈레인은 그런 반응을 미리 예측하고 드래곤 하트를 허공에 띄워놓았다.

파파파팟.

끊임없이 진동하던 드래곤 하트가 조금씩 탈색되어갔다. 마치 태양처럼 붉은빛을 내뿜던 보석에서 서서히 물이 빠져나가는 그 모습은 살이 떨릴 정도로 경이로웠다. 백색으로 변한 드래곤 하트의 표면에 마침내 균열이 일어났다.

쩌쩌쩍.

균열이 점점 커지며 틈이 생겼다. 순간 엄청난 폭풍이 주위를 휘감았다. 갈라진 틈을 통해 밖으로 빠져나온 드래곤 하트의 마나가 불러일으킨 마나 폭풍이었다. 그야말로 미증유의 기운이 사방으로 소용돌이쳤다.

뻥뻐뻥.

드래곤 하트에 돌연 수십 개의 틈이 생겨났다. 그곳에서 뿜어지는 기운이 눈 깜짝할 사이에 산마루 전체로 퍼져 나갔다.

콰지직.

드문드문 서 있던 나무들이 난데없이 수난을 당했다. 드래곤 하트가 불러일으킨 폭풍은 그 정도로 엄청났다. 굵은 둥치가 우지직하고 꺾여 나갔고 어떤 나무는 뿌리째 뽑히기도 했다.

그러나 가장 가까이 있던 아슈레인은 무사했다. 결계를 쳐서 기운을 차단한 것도 있었지만 기본적으로 골드 드래곤의 해츨링인 아슈레인은 바람의 기운에 어느 정도 내성을 가지고 있었다. 하지만 가공할 만한 마나 폭풍은 리셀을 가만히 내버려두지 않았다.

"세, 세상에?"

리셀의 눈동자는 경악에 물들어 있었다. 겨우 어린아이 머리통만 한 보석이 이 정도로 엄청난 마나 폭풍을 불러일으키다니. 만약 아슈레인의 경고를 듣지 않고 서 있었다면 대번에 날아가 버렸을 게 분명했다.

점점 밀려나는 몸을 지탱하기 위해 리셀은 손에 힘을 주어 바닥을 짚었다. 그리고 그 상태로 마나 수련을 시작했다. 그러나 익숙하지 않은 자세라서 마나는 순순히 리셀의 의도에 따르지 않았다.

'이, 이러면 안 되는데.'

리셀의 안색이 다급해졌다. 이대로 시간이 지나면 드래곤 하트의 마나는 모조리 대자연의 품으로 돌아가 버릴 터였다. 그전에 조금이라도 흡수해야 했다.

그러나 몸속의 마나는 좀처럼 움직이지 않았다. 마치 주변을 휘감고 지나가는 가공할 만한 마나의 폭풍에 잔뜩 겁을 집어먹은 것처럼 말이다.

"이럴 수는 없어. 끄응."

짧게 신음을 내뱉은 리셀이 상체를 들었다. 순간 엄청난 압력이 몸으로 밀려왔다.

"으헉."

순식간에 2미터가량 뒤로 밀려난 리셀이 입술을 질끈 깨물었다. 상체를 드는 것만으로도 이렇게 힘든데 몸을 일으킨다면 얼마만큼의 압력이 가해질 것인가? 그러나 가만히 누워 있을 수만은 없었다.

"어쩔 수 없다."

리셀이 별안간 몸을 일으켜 바닥에 책상다리를 하고 앉았다. 엄청난 압력이 밀려왔지만 리셀은 필사적으로 몸을 지탱

했다.

 '결코 이 기회를 놓칠 순 없어.'

 겨우겨우 상체를 세운 리셀이 전력으로 마나 수련을 시작했다. 그야말로 필사적인 시도였다. 그러나 마나 폭풍은 리셀을 가만히 내버려두지 않았다. 강대한 기운에 휘말려 몸이 계속해서 뒤로 밀리고 있었지만 리셀은 눈을 꼭 감은 채 마나 수련에 여념이 없었다.

 그런 리셀의 염원이 닿았는지 마침내 마나가 반응을 했다. 리셀의 배꼽 아래 마나홀에 뭉쳐 있던 기운이 서서히 몸속을 순환하기 시작한 것이다. 그러나 그 속도는 평소보다 몇 배나 느렸다. 아무래도 주변의 마나 폭풍에 영향을 받는 모양이었다.

 "저런!"

 안전한 마법진 위에 앉아 있던 아슈레인이 안타까운 표정을 지었다. 리셀이 책상다리를 하고 앉은 자세로 계속 뒤로 밀려나고 있었기 때문이었다.

 가로막는 것은 뭐든지 쓰러뜨리고 지나가는 것이 바람의 속성이다. 그대로 버틴다면 계속 밀려나서 뒤쪽의 절벽으로 떨어져 버릴 것이 분명했다. 그러나 지금 상황에서 아슈레인이 해줄 수 있는 것은 없었다. 당장 마법진 위에서 나간다면 아슈레인마저 영향을 받을 수도 있었다.

 지금 변신해 있는 어린 소녀의 몸이라면 대번에 허공으로 휘말려 올라갈 것이 분명했기에 아슈레인은 그저 발만 동동 구를 수밖에 없었다.

그러던 사이 변화가 일어났다. 끊임없이 밀려나던 리셀의 몸이 더 이상 움직이지 않았다. 가소롭다는 듯 몰아치던 마나의 폭풍이 이번에는 목표를 바꿔 리셀의 몸속을 공략하기 시작한 것이다. 그것은 바로 리셀이 쌓아온 마나가 불러일으킨 변화였다.

리셀은 벌써 10년 가까이 마나 수련을 해 왔다. 호흡을 통해 외부의 마나를 받아들여 재가공한 뒤 마나홀에 차곡차곡 쌓아온 것이다. 그 변화된 형질이 드래곤 하트에서 뿜어져 나온 마나를 자극하고 말았다.

콰콰콰콰.

산마루를 완전히 장악한 드래곤 하트의 마나가 거친 기세로 리셀의 몸속을 공략했다. 정확히 말하면 리셀의 몸속에 있는 마나를 공격하는 것이다. 코와 귀, 모공을 통해 리셀의 몸속으로 들어간 마나 폭풍이 리셀의 마나를 탐욕스럽게 집어삼키기 시작했다.

리셀은 지금껏 악령의 숲 깊숙한 곳에서 수련을 해왔다. 그런 만큼 마나의 질이 비교적 순수한 편이었다. 그러나 드래곤 하트의 마나는 그런 리셀의 마나와는 비교도 할 수 없을 정도로 순수하며 또한 농도가 짙었다. 때문에 드래곤 하트의 마나는 금세 리셀의 마나를 빨아들여 흡수해버렸다. 그리고 리셀의 몸속을 정신없이 치달리기 시작했다.

"끄으으으!"

입술을 비집고 신음이 흘러나왔다. 지금껏 리셀의 몸속을 순환하던 마나의 흐름이 시냇물이라면 지금의 마나 폭풍은 거센 파도이자 폭포수였다. 감히 상상도 하지 못한 미증유의 힘이 리셀의 내부를 헤집고 다녔다.

참을 수 없는 고통에 리셀의 입이 저절로 벌어졌다. 원래대로라면 몸속의 마나가 풍선의 바람이 빠지듯 입 밖으로 빠져나가야 한다. 그러나 지금 리셀의 주변은 드래곤 하트의 마나가 완전히 점유하고 있는 상태였다. 입이 열리자 드래곤 하트의 마나가 기다렸다는 듯 리셀의 몸속으로 빨려 들어갔다.

콰르르르.

리셀의 눈동자에 핏발이 섰다. 눈꼬리가 찢어지며 피가 흘러나왔다. 그 정도로 참기 힘든 고통을 겪고 있는 것이다.

몸속으로 파고들어 온 마나 폭풍은 리셀의 마나를 탐욕스럽게 집어삼키며 마나홀을 거슬러 올라갔다. 그리고 마침내 마나홀을 완전히 점령해버렸다.

바람은 가로막는 것을 모조리 쓰러뜨리는 속성을 지녔다. 그러나 더 이상 갈 곳이 없으면 역류할 수밖에 없다. 리셀의 마나홀을 점령한 마나의 폭풍은 막다른 길에 가로막히자 역류하기 시작했다. 평소 리셀이 마나를 순환시키던 경로로 노도처럼 치달은 것이다.

　그러나 평소 마나가 흐르던 길은 성난 파도 같은 마나의 폭풍을 감당할 여력이 없었다. 때문에 마나 폭풍은 거침없이 길을 넓히며 리셀의 몸속을 질주했다.

　리셀의 행운은 여기에서 시작되었다.

　리셀은 평소 마나 수련을 하며 일체의 강제적인 힘을 행사하지 않았다. 그저 마나가 흘러가는 대로 내버려둔 것이다. 때문에 마나는 지금껏 가장 자연스러운 경로를 통해 리셀의 몸속을 순환했으며 그 경로 어디에도 어긋남이나 걸림이 없었다.

　만약 리셀이 그렇게 수련하지 않았다면 지금 이 순간, 큰 화를 입었을 것이다. 가공할 만한 힘을 지닌 마나의 폭풍이 어그러지거나 적절하지 않은 경로로 밀려들었다면 분명 폭주하여 리셀의 몸을 산산조각내버렸을 터였다.

　그런 행운으로 인해 마나 폭풍은 폭주하지 않고 리셀의 몸을 순환했다. 그리고 마침내 막다른 길에 도착했다. 지금껏 리셀의 경지를 가로막고 있던 정수리 부근의 방벽에 가로막힌 것이다.

　콰아아아.

　장벽이 길을 가로막고 있자 마나가 바락 성을 내었다. 감히 바람이 가는 길을 가로막다니……. 완전히 막힌 마나홀과는 달리 정수리의 방벽은 뚫을 수 없는 것이 아니다.

　리셀의 몸을 장악한 마나의 폭풍은 일말의 망설임도 없이 방벽에 정면으로 부딪쳐갔다.

쾅, 콰쾅.

그러나 지금껏 리셀의 성장을 막고 있던 방벽은 상당히 견고했다. 고작해야 한두 번의 충돌로는 뚫리지 않았다. 그러나 마나의 폭풍은 지치지도 않는 듯 계속해서 방벽을 공략해 갔다. 세 번, 네 번, 다섯 번, 끊임없이 부딪치던 마나의 폭풍은 마침내 방벽의 한 귀퉁이를 무참히 허물어뜨릴 수 있었다.

콰아앙.

그 순간 리셀의 머릿속에서 벼락이 쳤다. 오랫동안 그를 정체시켜 둔 정수리의 벽이 뚫려버린 것이다. 구멍이 생기자 마나의 폭풍이 그 틈을 파고들었다. 조그마한 구멍 하나로 둑 전체가 허물어진다고, 견고해 보이던 방벽은 마나의 폭풍에 휘말려 금세 흔적도 없이 사라져버렸다.

방벽 너머에는 길이 뚫려 있었다. 지금껏 리셀이 순환시켜 온 반대쪽 길이었다. 길을 찾은 마나 폭풍은 거침없이 그쪽으로 질주를 시작했다. 그 과정에서 길에 나 있던 턱이나 장애물은 모조리 허물어져 버렸다.

방벽을 무너뜨리고 질주를 거듭한 마나의 폭풍이 도착한 곳은 리셀의 마나홀이었다. 그러자 마나의 폭풍은 흡수당한 리셀의 마나를 대신해 그의 몸을 순환하기 시작했다. 아랫배에서 뿜어져 나와 리셀의 상체를 돌고, 허물어진 정수리의 방벽을 지나 다시금 마나홀로 돌아오는 과정이 끊임없이 되풀이되 있다.

리셀은 이제 평온을 되찾은 상태였다. 눈을 꼭 감은 채 몸속을 돌고 있는 마나의 존재감을 음미하고 있는 것이다. 아직까지 몸속에서 끔찍한 통증이 전해왔지만 이전처럼 참기 힘든 수준은 아니었다.

콰르르르.

산마루의 마나 폭풍은 서서히 잦아들고 있었다. 일부는 리셀의 몸속에 빨려 들어갔고 나머지는 바람에 이끌려 대자연의 품으로 돌아가 버렸다. 그것을 아는지 모르는지 리셀은 마나 수련에 여념이 없었다. 한 번 두 번, 마나가 몸을 순환하면서 변화가 일어났다.

우두두둑 우둑.

뼈 부딪치는 소리와 함께 리셀의 몸이 경련했다. 피부가 가늘게 일어나더니 벗겨져 날아갔고 전신의 모공을 통해 시커멓고 끈적끈적한 액체가 흘러나와 옷을 적셨다. 새로이 변화된 환경에 맞춰 몸이 적응하는 과정을 겪고 있는 것이다.

지금 리셀의 몸속을 순환하는 마나는 리셀이 원래 가지고 있던 마나보다 월등히 순수하며 또한 농도가 짙었다. 3천5백 년을 살아온 드래곤이 쌓아온 마나를 적지 않게 흡수했기 때문에 자연적으로 몸이 변화하는 것이다.

콰드드드득.

아랫배의 마나홀이 이전과 비교조차 하기 힘들 정도로 커졌다. 그리고 전신에 뚫린 마나의 통로도 월등히 넓어졌다. 주요 통로에서 이어지는 가느다란 세맥까지 모조리 마나 폭풍이 뚫고 지나가 버렸다. 모공에서 흘러나오는 시커먼 땀은 바로 그 세맥을 틀어막고 있던 불순물의 잔재들이었다.

마나 폭풍의 순환은 끊임없이 이어졌다. 마나가 리셀의 몸을 한 번 순환할 때마다 리셀의 입가로 시커먼 핏줄기가 왈칵 내뿜어졌다. 마나의 폭풍이 좋지 않은 기운을 모조리 쓸어다 식도를 통해 내뱉는 것이다.

시간이 지나자 잔뜩 성이 나 있던 마나 폭풍이 서서히 진정되어 갔다. 오랫동안 드래곤 하트에 갇혀 있던 울분을 모조리 터뜨린 마나는 이제 대자연의 품으로 돌아갈 시간이란 사실을 깨달았는지 서서히 흩어지기 시작했다.

하지만 흩어지는 마나는 극히 일부분이었다. 대부분의 마나는 리셀의 마나홀에 들어가 안착했다. 인간 역시 대자연의 한 부분, 따라서 리셀의 마나홀을 집으로 삼고 살아가기로 결정한 것이다. 그러나 리셀의 몸속을 치닫던 마나의 양은 마나홀을 가득 채우고도 남을 정도였다.

더 이상 들어갈 자리가 없자 마나가 알아서 자신의 형질을 변화시키기 시작했다. 흡수한 리셀의 마나가 띠고 있던 형질 대로 변해 리셀의 세맥에 보금자리를 틀고 앉았다. 결국 그 엄청난 마나들이 모조리 리셀의 몸에 갈무리되었다.

"크으으."

그제야 리셀의 입이 벌어지며 신음이 흘러나왔다. 그 지긋지긋하던 싸움이 마침내 끝난 것이다. 거기까지가 리셀이 기억하는 전부였다. 리셀은 미처 눈을 뜨지도 못하고 그 자리에 폭 꼬꾸라져 버렸다.

"리, 리셀!"

멀리서 달려오는 아슈레인의 아련한 고함소리를 들으며 리셀의 의식이 멀어져갔다.

제2장

기책(奇策)

아슈레인의 얼굴에는 당혹감이 가득했다. 그의 상식으로 이해하기 힘든 일이 벌어졌기 때문이었다.

"어찌 이런 일이⋯⋯."

그러나 지금은 한가롭게 고민이나 하고 있을 때가 아니었다. 조금 전 그는 마법적인 신호를 감지했다. 다분히 인위적인 손길이 닿은 마력의 흔적을 보니 모르긴 몰라도 인간 마법사가 이쪽을 향해 탐색마법을 펼친 게 분명했다. 늘어져 있는 리셀을 힐끔 쳐다본 아슈레인이 절벽 가장자리 쪽으로 몸을 날렸다.

"이, 이런."

아슈레인의 안색이 시커멓게 죽어 들었다. 산 아래쪽에서 이쪽을 향해 달려오고 있는 인간의 무리를 발견한 것이다. 그들이 들고 있는 깃발에는 아슈레인이 결코 잊을 수 없는 문장이 그려져 있었다. 바로 어머니인 아슈페론을 사냥한 인간들의 문장이었다.

"리셀이 그토록 빨리 달렸건만 벌써 따라잡히다니……."

아슈레인이 입술을 지그시 깨물었다. 거리를 보니 십 분 이내로 이곳에 도착할 것 같았다. 그러나 자신을 업고 도망쳐야 할 리셀은 지금 인사불성이 되어 있었다.

"미적거리다가 저놈들에게 붙잡힌다면 모든 것이 끝장이야."

단단히 마음을 먹은 아슈레인이 리셀이 쓰러져 있는 쪽으로 방향을 틀었다.

현상금 사냥꾼 제이슨의 능력은 대단했다. 그는 너무도 수월하게 리셀이 남긴 흔적을 찾아냈다.

"이쪽입니다. 풀이 변색된 정도를 보니 약 서너 시간 전에 지나간 것 같습니다. 지형을 볼 때 다른 곳으로 빠졌을 가능성은 희박합니다."

"그래, 모두 들었지? 서둘러라!"

크릭스가 신이 나서 기사들을 독려했다. 제이슨이 선두에 서서 흔적을 살피며 달려가고 그 뒤를 이어 기사들이 따라붙었다. 추격을 위해 금속갑옷을 벗어두고 온 터라 그들의 이동 속도는 상당히 빨랐다. 물론 마음이 급한 크릭스의 재촉이 가장 큰 역할을 했겠지만 말이다.

그렇게 추격에 몰두하고 있는데 갑자기 대기가 마구 일렁였다. 드래곤 하트가 깨어지며 뿜어져 나온 폭풍이 그들이 있는 곳까지 전달된 것이다. 보통 사람들은 느끼지 못하는 기운인 마나였지만 워낙 막대한 양이었기 때문에 그들도 똑똑히 느낄 수 있었다.

"무슨 일이지?"

"뭐, 뭐야?"

기사들이 술렁거렸다. 크릭스 역시 영문을 모르겠다는 표정으로 고개를 갸웃했다. 그러나 침착하게 상황을 파악하고 있는 사람이 하나 있었다. 그들을 따라온 마법사 레이몬드의 표정이 심각해졌다. 마탑에다 거금을 주고 지원받은 마법사 레이몬드가 추격대에 동행하고 있었던 것이다.

"이 기운은?"

"무슨 일이오?"

"이건 마정석이 깨질 때 보이는 현상과 흡사합니다. 물론 그 규모에 있어서 상상도 할 수 없을 정도로 차이가 나지만 말입니다."

순간 크릭스의 안색이 하얗게 질려버렸다.

"그렇다면?"

"아마도 드래곤 하트가 깨어지면 이런 현상을 보일 것도 같습니다."

"그럴 리가 없소!"

크릭스가 더 이상 생각할 것도 없다는 듯 기사들을 독려했다.

"모두 서두르시오! 머뭇거릴 시간이 없소. 제이슨, 어서 길을 안내하도록 하라."

"아, 알겠습니다."

일행의 이동속도가 곱절이나 빨라졌다. 특히 제이슨 뒤에 바짝 붙어 따라가던 크릭스는 속이 타들어갈 지경이었다. 만에 하나 조금 전의 현상이 마법사의 말대로 드래곤 하트가 깨어지는 과정에서 벌어진 것이라면…….

'그렇다면 나는 끝장이야. 가문에서 매장될지도 몰라.'

가문에서 확실하게 입지를 다지기 위해 시도한 일이었다. 이번 일을 성공시켰다면 크릭스는 확실하게 가문의 후계자로 인정받았을 것이다. 그러나 드래곤 하트를 가지고 가지 못한다면 크릭스의 운명은 불 보듯 빤했다.

이번 드래곤 사냥에 아그리아 공작가가 투입한 인적, 물적 자원은 실로 천문학적인 수준이다. 드래곤의 위치를 알아내기 위해 거금을 투입했고 사냥을 하면서 많은 기사들을 잃었다. 그들은 하나같이 엄청난 돈과 시간을 들여 키워낸 가문의 정예 기사들이었다.

그런 손해를 감수하고 드래곤 사냥을 시도했지만 건진 것이라곤 얼마 되지 않는 드래곤의 비늘과 살덩이, 뼈뿐이었다. 그러나 드래곤 하트만 손에 넣는다면 그 모든 것을 상쇄할 수 있다. 그러지 못한다면 처참한 파멸이 기다리고 있겠지만 말이다.

구릉을 넘어서자 야트막한 야산이 모습을 드러냈다. 입구에 난 흔적을 살펴본 제이슨이 산 위쪽을 쳐다보았다.

"특이하군요. 협곡으로 통하는 통로를 선택하지 않고 산 위쪽으로 간 것 같습니다."

이어진 마법사 레이몬드의 말이 그 결정을 확정 지었다.

"아무래도 마나 폭풍이 산 위에서 일어난 것 같습니다."

"서, 서두르시오. 직접 가서 확인해야 하오."

사색이 된 크릭스가 제이슨을 밀쳐내고 선두에 서서 달려갔다. 지칠 대로 지친 기사들이 숨을 헐떡거리며 뒤따랐다. 그 때문에 그들은 알지 못했다. 그들이 사냥한 드래곤의 해츨링이 멀리서 자신들을 지켜보고 있다는 사실을 말이다.

간신히 산마루 위로 올라온 그들은 넋을 잃고 말았다. 그리 넓지 않은 산마루가 마치 폭풍이 휩쓸고 간 것처럼 초토화되어 있었기 때문이었다. 드문드문 서 있던 나무들은 모조리 부러지거나 뿌리째 뽑혀나갔다. 바닥의 흙 역시 마구 패이고 뒤집어져 있었다. 제이슨이 이해하기 힘들다는 듯 고개를 내저었다.

"도대체 이곳에서 무슨 일이 일어났기에?"

기사들 역시 당혹한 표정이었다. 겉으로 보이는 것처럼 폭풍이 밀어닥쳤다면 광범위한 지역이 초토화가 되어 있어야 앞뒤가 맞을 텐데 올라오면서 본 산의 아랫부분은 멀쩡했다. 이런 좁은 지역만 뒤집어놓는 폭풍은 그들의 상식으로는 존재하지 않는다. 숨을 헐떡이던 크릭스가 마법사 레이몬드를 쳐다보았다.

"이곳에서 도대체 무슨 일이 벌어진 것이오?"

레이몬드는 대답하지 않았다. 심각한 표정으로 주변을 두리번거리던 그가 걸음을 옮겼다. 정확히 뒤집어진 산마루의 중앙 지점이었다. 조심스럽게 걸어간 그가 허리를 굽혀 뭔가를 집어 들었다. 마치 깨어진 석영이나 수정처럼 보이는 매우 투명한 조각이었다.

"아무래도 불행한 일이 벌어진 것 같습니다."

"불행한 일?"

"아까 느낀 현상은 드래곤 하트가 깨지며 생긴 것이 확실합니다. 3천5백 년을 살아온 드래곤의 심장이니 이곳이 이 정도로 뒤집어질 법하지요."

그 말을 듣자마자 크릭스가 도리질을 했다.

"거짓말하지 마시오. 그, 그럴 리가 없소!"

"여기 부서진 드래곤 하트의 조각이 있습니다. 거의 지워지긴 했지만 마법진의 흔적을 보니 이곳에 결계를 치고 난 다음 드래곤 하트를 깨뜨린 것 같습니다.”

레이몬드가 조심스럽게 다가와 깨진 조각을 내밀었다. 그것은 바로 골드 드래곤 아슈페론이 세상에 남긴 드래곤 하트의 파편이었다. 떨리는 손으로 드래곤 하트의 파편을 받아든 크릭스가 그 자리에 풀썩 주저앉았다. 이로써 그의 미래는 완전히 끝장난 것이나 다름없었다.

“이, 이럴 수는 없어. 이럴 수는…….”

마치 넋이 나간 사람처럼 혼잣말을 중얼거리던 그의 눈에 급격히 살광이 치솟았다. 그것은 바로 드래곤 하트를 깨뜨린 해츨링에 대한 분노였다. 착 가라앉은 음성이 입술을 비집고 흘러나왔다.

“우선 이곳에 남아 있는 드래곤 하트의 파편을 수습하도록 하시오. 그리고.”

잠시 말을 끊은 크릭스가 제이슨을 쳐다보았다.

“놈들의 흔적을 계속 추적하도록. 이렇게 된 이상 해츨링이라도 붙잡아가야 한다.”

어차피 드래곤 하트를 잃은 이상 가문의 후계자 자리는 물 건너간 상황이다. 아마도 공작가로 돌아간 그에겐 가문의 전력과 물자를 잃은 데 대한 책임추궁이 기다리고 있을 것이다. 최소한 해츨링이라도 포획해 가야 책임을 조금이라도 덜 수 있다.

　명을 받은 제이슨이 재빨리 흔적을 조사하기 시작했다. 그 결과가 어찌 되든 거액의 보수를 약속받았으니 최대한 몸값을 해야 하는 상황이었다. 목표의 흔적은 오래지 않아 발견되었다.

　"여기 있습니다. 그런데?"

　제이슨의 표정이 심각해졌다. 드러난 흔적이 심상치 않았기 때문이었다.

　"이것을 보십시오."

　제이슨의 말에 크릭스와 기사들이 재빨리 뛰어갔다. 제이슨이 가리킨 것은 큼지막한 발자국이었다. 상당히 무거운 체중을 지닌 것으로 추정되는 생명체의 발자국이 바닥에 뚜렷이 찍혀 있었다.

　"와이번의 발자국입니다."

　"와이번?"

　"그렇습니다. 깊숙이 패여 들어간 것을 보니 하늘에서 내려와 착지한 뒤 여기서 뭔가를 물어 올렸습니다. 그리고 저쪽 방향으로 걸어갔습니다."

　제이슨이 손을 뻗은 방향으로 발자국이 나 있었다.

　"아무래도 저희가 쫓는 자들은 이곳에서 와이번에게 물려간 것 같습니다. 흔적을 보니 확실합니다."

　제이슨은 기사들이 추격하는 대상이 해츨링이라는 사실을 모른다. 단지 젊은 견습기사가 어린 소녀를 데리고 도망치는 것으로만 알고 있다. 현상금 사냥꾼들 사이에 소문이 퍼져 나가는 것을 방지하기 위해 크릭스는 그렇게만 알려주었다. 입술을 지그시 깨문 크릭스가 재차 물었다.

"와이번의 발자국이 확실한가?"

"그렇습니다."

"혹시 드래곤이나 드래곤의 해츨링이 남긴 발자국일 가능성은 없나?"

뜬금없는 질문에 제이슨이 눈을 크게 떴다.

"해츨링은 지금까지 한 번도 보지 못해 모르겠고 드래곤의 발자국은 아무래도 아닌 것 같습니다. 일단 드래곤에 비하면 크기가 무지하게 작은데다 발자국의 형상이 판이하게 다릅니다."

그럼에도 불구하고 크릭스는 추격의지를 꺾지 않았다. 그로서는 쉽사리 해츨링을 포기할 수 없었다.

"발자국을 추격할 수 있겠나?"

"가능하긴 합니다만 발자국이 와이번 서식지로 향해 있습니다. 산 정상을 넘어서면 곧바로 와이번이 활동하는 장소가 나옵니다. 아마도 위험할 것입니다."

"위험해도 할 수 없지. 추격하게."

"아, 알겠습니다."

제이슨이 어쩔 수 없다는 듯 걸음을 옮겼다. 기사들이 지친 몸을 이끌고 그 뒤를 따랐다.

발자국은 정확히 와이번 서식지로 이어지고 있었다.

"아무래도 와이번이 어린 녀석인 것 같습니다. 먹이의 무게 때문에 날아가는 것을 포기한 것으로 추정됩니다."

크릭스는 아무런 말도 하지 않고 뒤를 따랐다. 해츨링의 시체를 직접 자신의 눈으로 확인하기 전에는 추격을 포기할 수 없었다.

그들은 발자국을 따라 산 아래에까지 추격을 계속했다. 야산이긴 하지만 산 아래 숲에는 나무가 드문드문 자라있었다. 숲의 가장자리에 이르자 제이슨이 조심스러운 표정으로 고개를 돌렸다.

"여기서부터 와이번들의 영역입니다. 더 이상 들어가면 위험합니다."

크릭스는 들은 척도 하지 않고 고개를 흔들었다.

"위험해도 어쩔 수 없다. 무슨 수를 써서라도 반드시 놈들을 붙잡아가야 한다."

그러나 이번에는 제이슨도 쉽사리 물러서지 않았다.

"이곳부터는 나무가 없어서 와이번의 눈을 피할 수 없습니다. 제아무리 실력이 뛰어난 기사라도 활강해서 낚아채는 와이번의 공격을 감당하기는 힘듭니다. 그러니……."

그 말에 크릭스가 버럭 역정을 내었다.

"우리는 아그리아 공작가의 최정예 기사들이다. 그깟 몬스터 정도는 문제가 되지 않아!"

"하지만……."

"네놈이 지금 우리 아그리아 공작가를 능멸하려는 것이냐?"

크릭스가 역정을 부리자 제이슨도 더 이상 만류할 엄두를 내지 못했다. 위험하다는 사실을 익히 알고 있었지만 고용주의 고집을 꺾을 방도가 없는 것이다.

"아, 알겠습니다."

제이슨이 조심스럽게 주위를 살피며 숲에서 걸어 나왔다. 그 뒤를 크릭스와 아그리아 공작가의 기사들이 검을 뽑아든 채 뒤따랐다.

연신 하늘을 살피는 제이슨의 걸음걸이는 매우 신중했다. 그 때문에 일행의 행보는 극히 더딜 수밖에 없었다. 하지만 그 것도 오래가지 못했다.

"시간이 없다. 서둘러라!"

명을 받은 제이슨이 어쩔 수 없다는 듯 걸음을 빨리했다. 이제는 하늘을 살필 여유도 없었다.

위험은 생각보다 빨리 찾아왔다.

쐐애애액.

화살이 쏘아지는 듯한 소리에 고개를 든 제이슨의 얼굴이 창백해졌다. 뭔가가 그를 향해 쏜살같이 내리꽂히고 있었다. 비늘로 뒤덮인 동체에 날개를 활짝 편 짙은 회색의 생명체는 다름 아닌 와이번이었다. 영리하게도 구름 속에 몸을 숨기고 있다가 느닷없이 나타난 것이다.

"여, 역시."

그 뒤를 이어 여러 마리의 와이번이 날개를 접고 활강해 내려오고 있었다. 그것뿐만이 아니었다. 구름 사이로 드러난 하늘에서 수를 헤아릴 수 없는 와이번들이 선회하며 그들을 노리고 있었다. 제이슨은 생각할 것도 없다는 듯 바닥에 넙죽 엎드렸다.

"모두 엎드리시오!"

그 반사적인 행동이 제이슨을 살렸다. 처음으로 내리꽂힌 와이번의 발톱이 아슬아슬하게 제이슨의 등허리를 스치고 지나갔던 것이다. 그러나 다른 기사들에게 그런 요행은 찾아오지 않았다. 선두 와이번에 이어 차례대로 활강해 내려오는 와이번들이 당황해서 어쩔 줄 모르는 기사들을 하나둘씩 낚아채기 시작했다.

"으아아아!"

큼지막한 발톱에 몸통을 붙잡힌 기사들이 비명을 내질렀다. 가벼운 가죽갑옷만 입고 있었기에 날카로운 와이번의 발톱이 몸속으로 파고들며 피가 주르르 흘러나왔다. 몇몇 용감한 기사들이 움켜쥔 검을 휘둘러 와이번을 공격했다.

그러나 와이번의 비늘은 거의 판금갑옷만큼이나 단단했다. 단단히 땅을 디디고 선 채 검을 휘둘러야 상처를 줄 수 있을 텐데 허공에 뜬 상태에서는 도무지 검에 힘이 들어가지 않았다.

기사 한두 명의 검은 용케 비늘 사이를 뚫고 와이번의 살 속으로 파고들었다. 그러나 그것은 더욱 참담한 결과를 초래했다. 느닷없는 통증에 깜짝 놀란 와이번이 움켜쥔 발톱을 풀어버린 것이다. 한참 활강해서 날아오르고 있는 상황에서 발톱을 풀어버렸으니 어쩔 것인가.

"으아아! 사람 살려!"

수십 미터 상공에서 추락한 기사들의 몸이 소름 끼치는 소리를 내며 땅에 틀어박혔다. 볼 것도 없는 즉사였다.

"이, 이럴 수가?"

크릭스는 어찌할 바를 모른 채 그 자리에 우두커니 서서 오들오들 떨고 있었다. 무려 십여 명의 기사들이 와이번의 발톱에 붙들려 갔다. 생각지도 못한 상황에 직면하자 넋이 나가버린 것이다. 그런 그를 누군가가 거칠게 잡고 흔들었다. 재빨리 몸을 일으켜 다가온 제이슨이었다.

"후퇴해야 합니다. 숲으로 들어가지 않으면 전멸은 시간문제입니다. 한 번 눈에 띈 이상 와이번들은 포기하지 않을 것입니다."

그 말에 겨우 정신을 차린 크릭스가 떨리는 음성으로 명령을 내렸다.

"퇴, 퇴각한다!"

명령이 떨어지기가 무섭게 기사들이 겁에 질린 표정으로 몸을 날렸다. 그러나 해츨링을 추격하느라 숲에서 상당히 떨어져 있는 상황이었다. 숲으로 도주하는 중에도 세 명의 기사가 와이번에 의해 하늘로 붙잡혀 올라갔다. 스물한 명으로 구성된 추격대가 눈 깜짝할 사이에 여덟 명으로 줄어드는 순간이었다.

"사, 살려줘."

와이번에게 붙잡힌 기사들의 고함 소리가 허공에 메아리쳤다. 동료들의 비명 소리를 들은 기사들이 입술을 질끈 깨물었지만 구할 방도는 없었다. 허공을 자유자재로 날아다니는 와이번에게서 어찌 동료들을 구해낼 수 있단 말인가?

그들은 숲 속으로 들어오고 나서야 겨우 한숨을 돌릴 수 있었다. 드문드문 나 있는 나무 때문에 와이번들은 더 이상 그들을 공격할 엄두를 내지 못했다. 이마에 흥건한 땀을 닦아낸 제이슨이 짜증스러운 어조로 입을 열었다.

"제가 미리 경고하지 않았습니까. 숲을 나가는 것은 위험하다고 말입니다. 제아무리 실력이 뛰어난 기사라도 와이번을 감당할 수 없습니다. 다수의 궁수가 있지 않은 이상 말입니다."

크릭스는 아무런 말도 하지 않았다. 자신의 판단착오로 가문의 기사 열세 명을 너무도 허무하게 잃어버렸다. 그들을 키워내는 데 들어간 돈과 시간을 감안하면 입이 열 개라도 할 말이 없었다.

와이번들은 허공에서 떨어져 죽은 기사들의 시체도 가만히 내버려두지 않았다. 날개를 접고 내려온 와이번들이 낙사한 기사들의 시체를 발톱으로 움켜쥐고 다시금 날아올랐다. 그들에겐 둥지로 가져가 새끼들과 만찬을 벌일 소중한 음식이었다.

그 모습을 살아남은 기사들이 비통한 표정으로 쳐다보고 있었다. 그 와중에도 제이슨은 외부의 사정을 유심히 살피는 데 여념이 없었다. 한참동안 발자국을 관찰한 제이슨이 손을 들어 올렸다.

"저곳입니다. 발자국이 저 동굴로 이어져 있습니다."

그 말에 기사들의 시선이 일시에 집중되었다. 제이슨이 가리킨 방향을 보자 큼지막한 돌산 아래 뚫린 동굴 하나가 시야에 들어왔다.

"입구가 상당히 큰 것으로 보아 와이번이나 그에 버금가는 몬스터가 살고 있는 것 같습니다."

겨우 정신을 차린 크릭스가 힘없는 음성으로 물어왔다.

"와이번들은 산꼭대기에서 서식한다고 하지 않았나?"

"새끼를 키우는 암컷들은 그렇지요. 하지만 예외도 있습니다. 무리에서 쫓겨난 어떤 수컷들은 저런 동굴을 보금자리로 삼기도 하지요. 혼자 돌아다니면 위험하기 때문에 쫓겨난 녀석들도 무리에서 멀리 떨어지지 않습니다. 아마 그 견습기사라는 녀석을 물어간 와이번도 그런 경우인가 봅니다."

참담한 희생을 치렀지만 크릭스는 아직까지 포기하지 않았다.

"밤이 되면 동굴로 접근하는 것이 가능할까?"

"뭐, 가능하긴 합니다. 대부분의 몬스터들과 달리 와이번은 야행성이 아니니까요. 하지만 사람을 찾을 가능성은 희박합니다. 지금쯤 와이번의 뱃속으로 들어갔을 가능성이 농후하니까요. 아 저것 보십시오."

제이슨이 자리에서 벌떡 일어나 손짓을 했다. 기사들이 일제히 그쪽을 쳐다보았다.

그들이 쳐다보던 동굴의 입구에서 흙먼지가 풀썩하고 일어나더니 뭔가가 동굴 밖으로 모습을 드러냈다.

그 정체가 뭔지 확인한 기사들은 맥이 탁 풀리는 것을 느꼈다. 동굴 밖으로 나온 것은 조금 덩치가 작은 와이번이었다. 거리가 워낙 멀었기에 확실히 보이지 않았지만 하얀 뼈 같은 것을 물고 있었다. 그들이 지켜보는 사이, 와이번은 물고 온 뼈를 바닥에 뱉어버렸다. 들락날락하며 뼈를 모두 둥지 밖으로 내다버린 와이번이 다시금 동굴 안으로 들어갔다. 제이슨의 설명이 이어졌다.

"아무래도 우리가 추적해 온 녀석의 뼈인 것 같습니다. 와이번은 생각보다 청결한 몬스터입니다. 용변도 항상 둥지 밖에서 해결하고 먹고 남은 찌꺼기 역시 둥지에 남겨두지 않습니다. 무리에서 쫓겨난 외톨이 와이번의 둥지에 몇 번 들어가보고 파악한 사실입니다."

크릭스의 얼굴에 씁쓸함이 감돌았다. 드래곤 하트에 이어 해츨링까지 잃어버린 것이다. 이대로 가문으로 돌아가면 어떤 징계를 받을지 몰랐다. 그러나 어쩔 것인가? 모두가 그의 실수로 인해 초래된 일인 것을……. 착잡한 음성이 입술을 비집고 흘러나왔다.

"추격을 포기하고 돌아간다."

돌아간다는 말에 기사들의 얼굴이 확 밝아졌다. 혹시라도 크릭스가 고집을 부리지는 않을까 우려하던 참이었다. 장비를 집어 들고 하나둘 몸을 일으킨 기사들이 다수의 동료들을 집어삼킨 와이번의 둥지를 힐끔 한번 쳐다본 뒤 행군을 시작했다. 터덜터덜 걸음을 옮기는 크릭스의 어깨가 축 늘어져 있었다.

그런데 그런 그들의 뒷모습을 먼발치에서 쳐다보는 눈동자 하나가 있었다.

"성공이로군."

입가로 미소가 번져갔다. 입이 벌어지며 날카로운 이빨이 모습을 드러냈다. 놀랍게도 말을 한 자는 인간이 아니었다. 조금 전 동굴에서 뼈를 내다버리던 와이번이 바로 그 주인공이었다.

다시 한 번 동굴 밖으로 고개를 내밀어 숲의 동정을 살펴본 와이번이 몸을 돌려 동굴 속으로 들어갔다. 동굴은 그리 깊지

않았다. 조금 들어가자 바닥에 마른 풀이 깔려 있었고 그 위에
사람 하나가 누워 있었다. 핏기 하나 없이 창백한 안색을 한
리셀이었다. 여전히 의식을 잃은 모습이었다. 그를 쳐다보던
와이번이 혀를 내밀어 입가를 핥았다.

"계책이 성공했군. 놈들은 물러갔으니 더 이상 이곳으로 오
지 않을 거야."

와이번의 정체는 다름 아닌 아슈레인이었다. 정확히 말해
아슈레인이 와이번으로 폴리모프한 상태인 것이다.

리셀은 아직까지 정신을 차리지 못했다. 그 모습을 힐끔 쳐
다본 아슈레인이 조금 전의 일을 떠올려 보았다.

그야말로 급박한 순간이었다. 산 아래에서 추격자들이 몰려
오고 있었지만 리셀은 기절해버린 상황이다. 더 이상 지체한
다면 추격대에 붙들리고 말 터였다.

"그럴 순 없어."

아슈레인은 다급히 폴리모프를 해제했다. 어린 소녀의 모습
으로는 리셀을 데리고 갈 수 없기 때문에 본래의 모습으로 되
돌린 것이다.

파아아앗.

눈부신 섬광과 함께 아슈레인의 몸이 커졌다. 잠시 후, 아슈
레인은 5미터 길이의 금빛 동체를 가진 드래곤의 해츨링으로
변모해 있었다.

"서둘러야 해."

몸을 쭉 편 아슈레인이 큼지막한 입을 벌려 리셀을 물어 올렸다. 그때, 뭔가가 리셀을 향해 쏜살같이 날아왔다.

"뭐, 뭐야?"

화들짝 놀란 아슈레인이 날아드는 뭔가를 향해 반사적으로 브레스를 토해냈다. 드래곤에 비해 위력도 형편없고 몇 번 발사할 수 없었지만 그래도 명색이 브레스이다.

아슈레인이 뿜어낸 바람의 브레스는 빠르게 하강하며 리셀을 낚아채려던 몬스터의 몸통에 정통으로 명중했다.

키에에엑.

찢어지는 듯한 비명과 함께 몬스터가 중심을 잃고 바닥에 거칠게 내동댕이쳐졌다.

쿠우웅.

흙먼지가 뭉게뭉게 일어났다. 브레스에 맞아 바닥에 충돌한 탓에 몬스터는 일어나지 못하고 버둥거렸다. 아슈레인은 리셀을 낚아채려 한 몬스터의 자세한 모습을 볼 수 있었다.

전체적으로 드래곤과 흡사하게 생겼지만 머리가 작고 몸통이 훨씬 가는 반면, 날개가 길어 오랫동안 날아다니기에 용이할 것 같은 몬스터였다. 앞발은 그저 달려 있기만 한 것에 불과할 정도로 퇴화되어 있었지만 뒷발은 먹잇감을 낚아채기 쉽도록 우람하게 발달되어 있었다. 전체 크기는 7, 8미터 정도. 아슈레인에 비해 조금 큰 정도였다.

"저 녀석이 바로 리셀이 말한 와이번인가?"

아슈레인이 고개를 갸웃거리는 사이 와이번이 몸을 일으켜 날아올랐다. 아무래도 해츨링의 브레스이다 보니 큰 타격을 입지 않은 모양이었다. 그러나 브레스에 실린 날카로운 바람의 기운에 몸통 이곳저곳이 찢겨 피가 배어 나오고 있었다. 와이번이 정신없이 도주하는 모습을 보던 아슈레인이 퍼뜩 정신을 차렸다.

"그래. 와이번으로 폴리모프하면 도망치는 데 용이하겠군."

이대로 숲 밖으로 나간다면 대번에 추격대의 눈에 띌 것이다. 골드 드래곤의 황금빛 동체는 멀리서도 쉽게 식별할 수 있다. 그러나 짙은 회색빛을 띤 와이번으로 폴리모프하면 쉽사리 눈길을 끌지 않을 것이다. 그리고 와이번으로부터 공격받을 가능성도 비약적으로 줄어든다.

생각이 거기까지 미치자 아슈레인은 재빨리 마나를 끌어모았다. 와이번의 생김새를 유심히 살펴보았으니 폴리모프에 걸림돌은 없었다.

"지체할 시간이 없어."

조바심을 억누르며 애를 썼기에 마침내 폴리모프에 필요한 마나를 끌어모을 수 있었다. 준비가 되자 아슈레인이 머뭇거림 없이 마나를 재배열했다.

번쩍.

눈부신 섬광과 함께 아슈레인의 몸이 변형되었다. 비만형이던 몸이 홀쭉해지더니 거무튀튀하게 변색되었다. 아무것도 없던 등에서 날개가 돋아나더니 몸을 감쌌다.

잠시 후, 아슈레인은 나무랄 데 없는 와이번의 모습으로 변해 있었다. 앞발이 긴 것만 진짜 와이번과 다를 뿐이었다.

"서둘러야겠군."

내려놓은 리셀을 다시금 물어 올린 아슈레인이 몸을 날렸다. 평소의 모습과 비슷한 와이번으로 폴리모프했기에 움직이는 데에는 아무런 무리가 없었다. 물론 와이번처럼 날 수는 없었다. 폴리모프란 원칙적으로 외형만 바꾸는 마법이기 때문이었다.

숲 밖으로 나오자 헤아릴 수 없을 만큼 많은 와이번들이 이곳으로 몰려오고 있었다. 아마 아슈레인에게 쓴맛을 본 와이번이 동료들을 대거 이끌고 몰려오는 것 같았다.

"크, 큰일이야."

아슈레인은 그 모습을 보고 겁에 질렸지만 다행히 와이번들은 공격해오지 않았다. 고공에서 사냥감을 물색하는 와이번의 특성상 시각에 많이 의존할 수밖에 없다. 때문에 와이번들은 후각보다는 시각이 월등히 발달해 있었다. 몰려온 와이번들의 눈에 보인 것은 동족 하나가 먹잇감을 물고 땅을 달려가는 장면이었다.

어린 와이번들이 먹잇감의 무게 때문에 날지 못하는 광경을 여러 번 보았기 때문에 와이번들은 아슈레인에 대해 의심을 품지 않았다. 물론 동료에게 상처를 입힌 괴상한 생명체는 아무리 살펴봐도 보이지 않았다.

정신없이 달려가던 아슈레인의 눈에 돌산 아래쪽에 뚫려 있는 큼지막한 동굴이 들어왔다.

"저곳에 몸을 숨기면 되겠군."

아슈레인은 결정을 내림과 동시에 동굴 방향으로 몸을 날렸다.

쿵 쿠쿵 쿵.

와이번과는 달리 드래곤의 몸무게는 적지 않았기 때문에 한 걸음을 내디딜 때마다 대지가 끊임없이 비명을 토해냈다. 동굴의 입구에 도착한 아슈레인은 조심스럽게 내부를 살폈다. 다행히 동굴 안은 비어 있었다. 몬스터 특유의 냄새가 심하지 않은 것을 보니 주인을 잃은 지 오래된 동굴 같았다.

"다행이로군."

아슈레인은 안도의 한숨을 내쉬며 동굴 안으로 들어가 리셀을 내려놓았다. 그리고 밖의 상황을 살피기 위해 동굴 입구로 나가 밖으로 고개를 내밀었다.

그런 아슈레인의 시야에 막 숲을 빠져나온 추격대의 모습이 들어왔다. 그들은 바닥에 난 발자국을 주시하며 조심스럽게 동굴 쪽으로 다가오고 있었다.

"이런."

아슈레인이 입술을 깨물었다. 급히 피하느라 발자국에 신경을 쓰지 못한 것이 화근이었다. 이대로라면 꼼짝없이 붙잡힐 수밖에 없다.

그때 이변이 일어났다. 아슈레인으로 인해 몰려온 와이번 무리들이 갑자기 활강하며 추격대를 공격하기 시작한 것이다. 와이번에게 인간이란 흔히 맛볼 수 없는 별미 중 하나이다.

눈 깜짝할 사이에 십여 명의 인간들이 와이번에게 붙들려 하늘로 올라갔다. 그중 몇 명은 바닥으로 떨어져 피곤죽이 되어버렸다. 그 모습을 목격한 아슈레인은 비로소 마음을 놓을 수 있었다.

"천만다행이야."

결국 추격대는 더 이상 버티지 못하고 다시 숲 속으로 도망갔다. 그러나 완전히 떠난 것은 아니었다. 추격대가 숲 가장자리에 머물며 계속 동굴을 쳐다보는 것을 확인한 아슈레인은 위기가 아직 끝나지 않았음을 느꼈다.

밤이 되면 와이번들이 더 이상 활동하지 못할 테고 저들은 와이번의 방해를 받지 않고 동굴로 접근할 수 있을 것이다. 그때, 아슈레인의 뇌리에 한 가지 생각이 떠올랐다.

"저들은 아마도 내가 와이번으로 폴리모프한 사실을 모를 것이다."

눈빛을 빛낸 아슈레인이 동굴 안을 뒤졌다. 때마침 동굴의 구석에는 전 주인이 먹다 남긴 것으로 보이는 뼈가 즐비하게 쌓여 있었다.

"잘 되었어."

빙그레 미소를 지은 아슈레인이 큼지막한 입 한가득 뼈를 물고 동굴 밖으로 나갔다. 와이번의 모습을 저들에게 똑똑히 각인시키려는 심산에서였다. 동굴 밖으로 나간 아슈레인이 물고 온 뼈를 바닥에 버렸다.

'부디 이 뼈를 리셀의 것으로 여겨주기를.'

아슈레인의 속임수는 통했다. 와이번으로 폴리모프한 아슈레인이 뼈를 내다버리는 모습을 본 추격대가 그만 추격을 포기해버린 것이다. 쓸쓸히 몸을 일으켜 숲 안쪽으로 사라지는 추격대의 모습을 아슈레인은 쾌재를 부르며 관찰하고 있었다.

"이로써 인간들의 손에서 벗어난 것인가?"

위험에서 벗어나자 맥이 풀려왔다. 동시에 눈이 저절로 감길 정도로 졸음이 밀려왔다. 그러나 이대로 잘 수는 없었다. 지금 그들이 머무는 동굴은 입구가 크기 때문에 오만 종류의 몬스터들이 드나들 수 있다.

때문에 아슈레인은 한참 동안 공을 들여 입구에 마법진을 설치해야 했다. 인위적으로 결계를 만들어 몬스터들의 후각과 시각을 속이는 마법진이었다.

파츠츠츠츠.

마법이 발동하자 동굴의 입구가 거짓말처럼 스르르 사라졌다. 주위의 암벽과 다름없는 모습으로 변해버린 것이다. 그렇게 입구를 틀어막고 난 아슈레인이 터덜거리며 동굴 안쪽으로 들어왔다. 그리고 리셀의 옆에 털썩 쓰러져 그대로 곯아떨어져 버렸다.

드르러렁.

지고한 종족인 드래곤, 그 해츨링의 코 고는 소리는 인간과 별반 차이도 없었다.

제3장
기약 없는 약속

　돌아가는 추격대의 분위기는 쓸쓸했다. 특히 크릭스는 핏기 하나 찾아볼 수 없는 얼굴로 맥없이 걸음을 옮기고 있었다. 많은 동료들을 잃은 기사들 역시 어깨가 축 늘어져 있었다. 그러나 단 한 명만은 흥분으로 인해 얼굴이 붉게 상기되어 있었다.

　'후후후. 드디어 기회가 왔군.'

　괴소의 주인은 마탑에서 파견된 마법사 레이몬드였다. 대열의 중간쯤에서 걸어가는 그의 입가에서는 살며시 미소가 피어나고 있었다. 추격대가 숲을 나가 와이번 서식지로 진입할 당시 그는 의도적으로 뒤로 빠졌다.

　"위험한 장소라고 하니 본인은 나가지 않겠소."

와이번이 얼마나 위험한 몬스터인지는 마법사인 그가 누구보다도 잘 알고 있었다. 크릭스는 별로 고민하지 않고 그것을 허락했다.

"그렇게 하도록 하시오."

미리 빠진 덕분에 기사들이 와이번의 습격으로 인해 우왕좌왕할 때, 레이몬드는 비교적 안전한 숲의 초입에서 상황을 면밀히 관찰할 수 있었다. 결국 추격대는 엄청난 희생을 치르고 레이몬드가 있는 곳으로 패주해왔다.

그 뒤를 이어 동굴에서 와이번이 모습을 드러내었을 때 그는 속으로 쾌재를 불렀다. 추격대와 함께 이곳까지 오는 동안 마법의 흔적을 유심히 관찰했던 그였다.

'미약하게 남아 있는 마력의 흔적을 볼 때 아무래도 해츨링이 폴리모프를 한 것 같군.'

동굴 속에서 와이번이 나온 순간 레이몬드의 예상은 현실이 되어버렸다. 숙련된 마법사인 레이몬드는 와이번의 몸에서 풍기는 마력의 향기를 충분히 간파할 수 있었다.

'저렇게 앞발이 긴 와이번은 없지. 폴리모프한 해츨링이라는 사실에 내 마법사 생명을 걸어도 좋다고.'

그러나 그는 그 사실을 크릭스에게 말하지 않았다. 굳이 말해봐야 아그리아 공작가만 좋은 일을 시킬 뿐이다. 사실 그는 선배 마법사인 알프레드로부터 밀명을 받은 상태였다.

'힘들겠지만 혹시라도 해츨링을 빼돌릴 기회가 생긴다면 몰

래 시도해보도록 하라. 만약 성공시킨다면 탑에서 성대한 보상을 할 것이다.'

바로 지금이 알프레드의 명을 이행할 절호의 순간이었다. 레이몬드의 입가에 빙그레 미소가 걸렸다.

'장소는 확실하게 기억해 두었다. 밤에 움직인다면 와이번의 눈길을 피할 수 있을 터. 해츨링을 포획해 우리 마탑의 소유로 하는 것은 이제 시간문제야.'

그러나 지금은 눈에 띄게 행동할 수 없었다. 우선은 추격대와 함께 움직여야 한다.

'그런 다음 알프레드님께 사실을 보고하는 거야.'

만약 사실을 보고한다면 드래곤 사냥에 투입된 마법사들이 모두 해츨링 포획에 나설 것이다. 용병까지 고용하면 해츨링을 붙잡는 것은 일도 아니었다. 임무를 성공시킬 경우 받을 포상을 생각하자 가슴이 뿌듯해 왔다.

'아마도 마법재료와 시약들을 아낌없이 지원해 줄 것이다. 운이 좋다면 드래곤의 마법서도 한두 권 얻을 수 있을지 모르지. 정말 기대되는군. 후후후후.'

기사들을 따라 걷는 레이몬드의 가슴 속으로 나지막한 웃음소리가 울려 퍼졌다.

"크으윽."

나지막한 신음소리와 함께 리셀이 눈을 떴다. 피가 꺼멓게 말라붙은 모습이 상당히 괴기스러웠다.

“여기가 어디지?”

상체를 들어 올린 리셀이 주위를 둘러보았다. 퀴퀴한 냄새가 풍기는 동굴 속, 몬스터의 노린내가 흐릿하게 느껴졌고 바닥에는 마른 풀이 깔려 있었다.

막 정신을 차린 다음이라 그런지 시야가 흐릿흐릿했다. 마치 모닝스타에 한 대 얻어맞은 것처럼 머리가 멍했기에 리셀이 얼굴을 찌푸렸다.

“혹시 죽은 것은 아니겠지?”

정신을 차리고 나자 기절하기 전의 상황이 떠올랐다. 당시를 떠올려보던 리셀이 피식 미소를 지었다.

“정말 엄청나긴 하군. 드래곤 하트에 들어 있는 마나가 그런 엄청난 폭풍을 불러일으킬 줄은 꿈에도 몰랐어.”

어린아이 머리통 정도 크기의 드래곤 하트에서 새어나온 마나가 반경 2백 미터 정도 되는 산마루를 완전히 초토화시켜버렸다. 직접 겪어보지 않았다면 결코 믿을 수 없었을 것이다.

미증유의 기운이 몸속을 헤집고 다니던 사실을 떠올린 리셀이 조심스럽게 몸을 살펴보았다. 순간 그의 눈이 부릅떠졌다.

“뭐지?”

아랫배의 마나홀이 터질 듯 부풀어 올라 있었다. 족히 종전 크기의 다섯 배는 될 것 같았다. 그것 말고도 몸의 군데군데에서 짙은 마나의 향기가 감지되었다. 드래곤 하트에서 흘러나

온 마나 중 상당량이 몸으로 흡수된 것이다. 리셀의 표정이 심각해졌다.

"그러고 보니……."

당시에는 극도의 통증으로 인해 정신이 하나도 없었지만 안정을 되찾자 기억이 조금씩 떠올랐다. 리셀이 반사적으로 손을 들어 올려 머리를 만져보았다. 리셀의 마나 수련을 가로막던 정수리의 방벽이 허물어진 사실을 떠올린 것이다. 리셀이 얼굴을 찌푸린 채 머리를 감싸 쥐었다.

"막힌 부분을 뚫었으니 통쾌하긴 하지만 그게 나에게 좋은 영향을 미치는 건지 그렇지 않은지 도무지 알 수가 없으니 원."

일단 몸에는 큰 변화가 없었다. 아직까지 몸 이곳저곳에서 저릿저릿한 통증이 전해지긴 했지만 몸을 움직이는 데에는 아무런 이상이 없었다. 다치지 않았다는 것을 확인하자 리셀의 관심이 아랫배의 마나홀로 향했다. 실로 엄청난 기운이 마나홀에 똬리를 틀고 있었다.

"놀랍군. 이게 다 드래곤의 마나란 말이지?"

사실 아슈레인에게 부탁을 했을 당시만 해도 이런 결과까지는 기대하지 않았다. 그저 마나가 충만할 테니 수련에 조금이나마 도움이 될 것이란 생각에 부탁한 것이었다.

한참을 궁리한 끝에 리셀은 마나 수련을 한 번 해보기로 결심했다. 자리에서 일어난 리셀이 눈을 감고 마나홀에 의념을 집중했다. 순간 입술을 비집고 신음소리가 흘러나왔다.

“크으윽.”

놀랍게도 리셀이 마나홀에 의념을 집중하는 순간, 가득 차 있던 마나의 덩어리가 잔뜩 화가 난 것처럼 출렁였다. 그 고통은 참는 데는 이골이 난 리셀조차도 감당하기 힘든 수준이었다.

“이런!”

리셀이 얼굴을 찡그렸다. 굳이 드래곤 하트의 마나를 이용하겠다고 생각한 것이 잘못된 것이었단 말인가?

조바심이 치밀어 오른 리셀이 다시금 마나홀에 정신을 집중했다. 그러나 결과는 마찬가지였다. 참을 수 없는 통증에 리셀이 배를 움켜쥐고 바닥에 주저앉았다. 씁쓸한 음성이 입술을 비집고 흘러나왔다.

“내가 건드리는 것을 전혀 용납하지 않는군.”

지금까지 리셀이 쌓아온 마나는 그렇지 않았다. 안정된 환경에서 리셀이 의념을 집중할 경우 마나는 물 만난 물고기처럼 마나홀에서 빠져나와 리셀의 전신을 돌아다녔다. 어떨 때는 리셀이 의도하지 않아도 스스로 움직여 몸속을 순환할 때도 있었다.

하지만 지금 리셀의 마나홀을 점령하고 있는 마나는 그렇지 않았다. 원래 리셀이 가지고 있던 마나가 잘 길들여진 사냥개라면 현재의 마나는 잔뜩 독이 오른 호랑이와도 같은 성질을 가지고 있었다. 리셀이 간섭하는 것을 일절 용인하지 못하는 것이다.

“골치 아프군. 이런 상황이라면 뜻대로 마나 수련을 하지 못하잖아? 지고의 종족인 드래곤의 마나라 한낱 인간 따위는 상대하지 않겠다는 건가?”

도리가 없었기에 리셀이 고개를 절레절레 내저었다. 그렇다면 믿을 것은 오직 하나뿐이었다. 육체를 한계 상황으로 밀어넣어 스스로 움직이게 하는 것. 그러나 지금 리셀의 몸 상태로는 시도하기 힘든 일이었다. 머리가 복잡해진 리셀이 자리에서 일어났다.

“우선 여기가 어딘지를 알아봐야겠군. 산마루에서 기절한 것까지는 기억나는데.”

조금 시간이 지난 탓인지 주변의 정경이 어렴풋이 눈에 들어왔다.

“그리 깊지 않은 동굴 같군.”

동굴 입구로 추정되는 방향으로 고개를 돌리자 작은 점들이 시야에 들어왔다. 그것이 하늘에 떠 있는 별이란 사실을 깨달은 리셀이 혼잣말로 중얼거렸다.

“벌써 해가 졌나 보군. 그런데 아슈레인은 어디로 간 거지?”

불현듯 걱정이 되었다. 어린 소녀의 모습을 한 아슈레인은 반드시 누군가가 돌봐줘야 할 존재이다. 몬스터가 우글거리는 산속은 어린 소녀에게 지극히 위험천만한 장소였다. 걱정을 하던 리셀이 돌연 고개를 갸웃거렸다.

‘그런데 도대체 누가 날 이곳으로 데리고 온 거지?’

그때 입구 쪽에서 기척이 느껴졌다. 무심코 그쪽을 돌아본 리셀의 눈이 커졌다.

“헉.”

놀랍게도 큼지막한 그림자가 막 굴 안으로 머리를 들이밀고 있었다. 노란빛이 도는 눈동자에 커다란 입. 날카로운 이빨 사이로 침을 줄줄 흘려대는 육식 몬스터 와이번이었다. 그것을 확인한 리셀은 눈앞이 깜깜해지는 것을 느꼈다.

‘최악이로군.’

와이번은 몸이 성하다고 해도 상대할 수 있는 몬스터가 아니다. 하물며 기운이 있는 대로 빠진 지금의 몸 상태라면…….

그러나 순순히 와이번의 입속으로 들어갈 생각은 없었기에 리셀이 허리춤에 찬 검자루를 찾아 더듬거렸다. 그러나 잡히는 것은 아무것도 없었다. 아마도 마나 폭풍에 휘말려 몸에서 떨어져 나간 모양이었다.

당황한 리셀이 이번에는 등을 더듬어보았다. 다행히 굵직한 지팡이가 손에 잡혔다. 리셀이 급히 가죽끈을 풀어내어 지팡이를 양손으로 잡았다. 그것은 평범한 지팡이가 아니었다. 마법사 카르시안이 만들어준 것으로 속에 예리한 레이피어가 숨어 있었다.

촤창.

시퍼런 빛을 토해내는 칼날이 어둠 속에서 눈부시게 빛났다. 두 손으로 단단히 검을 움켜쥔 리셀이 와이번의 공격을 기다렸다. 하지만 와이번은 공격해오지 않았다. 낯익은 음성이 리셀의 귓전을 파고들었다.

“정신을 차렸나 보군.”

리셀의 눈이 경악으로 물들었다. 지극히 익숙한 음성이 와이번의 입에서 흘러나오고 있었다.

“혹시 아슈레인?”

와이번이 고개를 끄덕였다.

“그렇다. 낯선 모습이겠지만 본질은 나다.”

리셀이 안도의 한숨을 내쉬며 검을 지팡이에 집어넣었다.

“놀랐잖아? 꼼짝없이 잡혀먹히는 줄 알았다고.”

“놀라게 할 의도는 없었다.”

“어떻게 된 거지? 네가 날 이리로 데리고 온 것인가?”

“그렇다. 네가 기절해서 늘어진 탓에…….”

아슈레인이 나지막한 어조로 그간의 일을 설명했다. 그가 와이번으로 폴리모프해서 리셀을 데리고 이리로 온 일이 설명되었다.

“추격대가 생각보다 빨리 찾아왔어. 다행히 와이번 떼가 개입해서 위기를 모면할 수 있었지.”

모든 사정을 듣자 리셀이 감탄했다. 아슈레인의 기지가 아니었다면 꼼짝없이 붙들려갈 뻔했기에 가슴이 절로 서늘해 왔다.

“그랬군. 고마워. 이번에는 네가 날 살렸구나.”

"감사받자고 한 일은 아니야. 어차피 네가 아니었다면 이곳까지 오지도 못했을 테니."

멋쩍은 듯 아슈레인이 정색을 했다.

"어쨌거나 추격대가 돌아가는 것을 확인했다. 아마 다시는 이곳으로 오지 못할 거야."

"그럴지도 모르지. 심혈을 기울여 키운 기사들을 그리 허무하게 잃었으니 말이야."

아슈레인이 동굴 속을 둘러보며 말을 이어나갔다.

"당분간 여기에서 살아야 할 것 같다. 와이번들이 지켜주는 이곳보다 더 안전한 장소는 없을 테니 말이야."

그러나 리셀은 그 말에 동의하지 않았다. 산속 생활에 익숙하다 보니 한눈에 동굴의 단점을 파악한 것이다.

"그건 힘들 것 같다. 이곳은 오래 살 만한 장소가 아니야. 일단 식수를 어디서 구할래?"

물. 그것은 생명체에겐 떼어놓고 생각할 수 없는 요소이다. 물론 아슈레인도 그 점에 대해서 생각해 본 모양이었다.

"지금 내가 장소를 가릴 형편은 아니잖아? 조금 불편하더라도 멀리 가서 마시고 와야지. 이 모습을 하고 다니면 와이번들이 공격하지 않을 테니 말이야."

"그렇다면 사냥은 어떻게 할 생각인데? 저번에 보니 먹는 양이 결코 적지 않던데 이 부근에서 그만한 사냥감을 구할 수 있을 것 같아?"

리셀이 그 점을 지적하자 아슈레인은 꿀 먹은 벙어리가 되어버렸다. 사실 이 부근에서 사냥감을 구하는 것은 매우 힘들다. 시력이 좋은 와이번들이 항상 눈을 번뜩이며 하늘을 선회하는 탓에 탁 트인 평원을 돌아다니는 짐승은 거의 없었다. 기껏해야 땅쥐나 여우 정도가 바위 그늘에 몸을 숨기고 돌아다닐 뿐이었다. 그런 작은 짐승을 잡아봐야 아슈레인의 먹성이라면 고작해야 한입 거리에 불과했다.

"그 점은 생각하지 못했다. 힘들겠지만 숲으로 들어가서 사냥을 해 오면 되지 않을까?"

"자력으로 사냥해 본 적은 있고?"

"……."

아슈레인이 아무런 말도 하지 못하고 고개를 푹 숙였다. 사실 지금까지 가디언이나 어머니가 사냥해 온 짐승을 먹어본 것이 전부였다. 먹을 고기를 직접 사냥해 본 적은 한 번도 없었다. 그것을 보고 리셀이 혀를 끌끌 찼다.

"쯔쯔. 덩치만 컸지 완전히 어린아이로군."

아슈레인이 얼굴을 붉히며 화를 내었다.

"나, 날 모욕하지 마라."

"모욕하려는 게 아니야. 그리고 이곳은 그리 안전한 장소가 되지 못해. 특히 인간이란 종족에게는 말이야."

"그게 무슨 말이지?"

리셀이 차분한 어조로 이유를 설명했다.

“드래곤이란 방대한 마나를 몸속에 품고 있는 생명체야. 적어도 스승님께 그렇게 들었어. 아마 해츨링도 마찬가지일 거야. 그렇지 않아?”

아슈레인이 묵묵히 고개를 끄덕였다.

“그렇다. 마법을 발현하려면 항상 체내에 마나가 충만해야 하지. 성룡 같은 경우에는 틈만 나면 심장에 마나를 주입하곤 한다.”

“바로 그 이유 때문에 인간들은 드래곤의 존재를 쉽사리 간파할 수 있어. 특히 마법사의 경우 말이야.”

“마법사가 드래곤을 탐지할 수 있다고?”

“그렇다고 들었어. 마법사가 탐색마법을 걸면 손쉽게 드래곤의 위치를 알아낼 수 있다고 말이야. 같은 맥락으로 살펴보면 너 같은 해츨링 역시 손쉽게 탐지해 낼 수 있을 거야.”

“하, 하지만 이곳은 와이번들의 영역이야. 와이번들의 경계를 뚫고 이곳까지 와서 날 붙잡으려 한다는 것은…….”

리셀이 아슈레인의 말을 끊었다.

“인간이란 부와 명예를 위해서는 목숨조차 아끼지 않는 존재들이지. 그리고 와이번들도 그리 완벽한 울타리는 되어주지 못해.”

리셀이 고개를 들어 별이 반짝이는 밤하늘을 올려다보았다.

“와이번은 대표적인 주행성 몬스터들이야. 낮에만 활동하고 밤에는 보금자리에서 쉰다는 뜻이지. 만약 내가 널 사냥하려고 마음먹었다면 밤에 와이번들의 눈을 피해 움직일 거야. 아마 다른 인간들도 같은 생각을 하겠지?"

아슈레인은 침묵을 지켰다. 와이번으로 변해 있었기 때문에 표정이 드러나지 않았지만 적지 않게 동요한 모양이었다.

그가 생각을 정리할 시간을 주기 위해 리셀은 아무런 말도 하지 않았다. 아슈레인의 입이 한참 만에야 열렸다.

"그럼 어떻게 해야 하지?"

"나도 모르겠어. 하지만 한 가지 확실한 것은 이곳이 그다지 안전하지 않다는 점이지. 그러니 내가 처음 말한 대로 하는 것은 어때?"

리셀이 조심스러운 어조로 계획을 설명했다.

"일단 수단과 방법을 가리지 않고 저 돌산으로 올라가는 거야. 그런 다음 와이번 무리에 끼어서 생활하는 거지. 혹시 하늘을 날 수 있어?"

그 말에 아슈레인이 퉁명스럽게 대답했다.

"멍청한 소릴 하는군. 내가 날 수 있었다면 그런 위기를 겪지 않았겠지. 애석하지만 나는 날 수 없다. 심지어 날개조차 달려 있지 않아."

아슈레인의 말대로 해츨링은 하늘을 날 수 없다. 성룡이 되어야만 날개가 돋아나 창공을 마음껏 날아다닐 수 있는 것이다. 그 말에 리셀이 약간 당황했다.

"마법을 써도 안 되는 거야?"

"하늘을 날 수 있는 마법은 상당한 고급 마법이야. 엄청나게 마나를 소모하지. 지금 내 마법 실력으로는 단 10초도 날아다닐 수 없어."

"흠. 그럼 문제가 되겠군."

리셀이 난감한 표정을 지었다. 그의 말처럼 와이번의 둥지는 인간의 손에서 가장 안전한 장소이다. 깎아지른 듯한 절벽으로 구성된 와이번의 둥지를 올라가는 방법은 암벽을 타는 것과 그리폰 같은 길들인 비행 몬스터를 타고 올라가는 방법 두 가지뿐이다.

그중 암벽을 타고 오르는 것은 자살행위나 다름없다. 보금자리에서 알을 품고 새끼를 보살피는 만큼 와이번들은 둥지에 대한 침입을 일절 용납하지 않았다. 아마 얼마 올라가지 못하고 와이번에게 공격당할 가능성이 컸다. 절벽에 매달린 상태에서는 아무리 실력이 뛰어난 기사라도 꼼짝없이 당할 수밖에 없는 것이 현실이다.

두 번째로 비행 몬스터를 타고 접근하는 것 역시 실현 가능성이 희박한 방법이다. 인간들이 흔히 조련하는 그리폰은 명백히 와이번의 하위 몬스터이다. 와이번을 본다면 꽁지가 빠지게 도망쳐야 한다.

그런 그리폰을 타고 어떻게 와이번의 둥지로 접근할 수 있을 것인가? 게다가 와이번은 날개가 큰 만큼 비행속도가 그리폰보다 몇 배나 빠르다. 공중에서 맞닥뜨릴 경우 잡아먹히리라는 건 불은 보듯 빤한 일이었다.

　다시 말해 와이번 둥지는 아슈레인에게 있어 최상의 피난처라는 뜻이었다.

　그러나 아슈레인이 와이번의 둥지에서 살아가기에는 크나큰 문제점이 있었다. 와이번 무리와 함께 사냥을 하거나 물을 마시러 가려면 비행 능력이 필수이다. 그러나 해츨링인 아슈레인은 날 수가 없다. 마법을 써서 날아다니는 것 역시 불가능하다고 한다. 그렇다면 둥지에서 꼼짝없이 굶어 죽을 수밖에 없는 것이다.

　생각을 거듭하던 리셀이 머리가 아픈지 고개를 흔들었다.

　"어렵군. 일단 그것은 차차 생각하기로 하자."

　"그러지. 그런데 넌 어떻게 된 것이냐?"

　아슈레인이 궁금하게 생각했던 것을 물어보았다. 리셀에게 생긴 기이한 현상을 그가 이해하지 못하는 건 당연했다.

　"나도 잘 모르겠어. 한 가지 확실한 것은 드래곤 하트에서 나온 마나 중 상당량이 내 몸에 똬리를 틀었다는 거야."

　말을 마친 리셀이 조심스럽게 아슈레인의 안색을 살폈다. 드래곤 하트에서 나온 마나는 엄연히 아슈레인을 낳아준 어머니가 가지고 있던 것이다. 그러니 태도가 조심스러울 수밖에 없었다.

　그러나 아슈레인은 그 문제에 대해서 그리 예민하게 반응하지 않았다.

"어차피 대자연의 품으로 돌아갈 마나였어. 인간 역시 대자연의 일부분이지. 내 어머니의 마나가 네 몸속에서 살아 숨 쉬고 있다니 나로서는 기쁠 뿐이야. 무엇보다도 넌……."

리셀을 쳐다보던 아슈레인의 눈빛이 살짝 빛났다.

"……내 생명의 은인이잖아?"

"그건 나도 마찬가지 아니겠어? 네가 아니었다면 난 와이번의 먹이가 되었거나 아니면 추격대의 손에 붙들렸겠지."

조심스럽게 걸어온 아슈레인이 벽에 등을 기대고 앉았다.

"사실 드래곤들 사이에는 철칙이 있어."

"그게 뭐지?"

"아직까지 가치관이 완전하지 않은 해츨링은 철저히 인간과 격리시킨다는 거지. 잘 모르겠지만 정신적 방어기제가 완전하지 못한 해츨링에게 인간이 상당히 크나큰 영향을 미치기 때문이라고 들었어."

"그게 사실이야?"

아슈레인이 묵묵히 고개를 끄덕였다.

"맞아. 새끼를 키우는 드래곤은 어떠한 경우에도 인간과 관계를 맺지 않아. 인간과 접촉하는 것은 철저히 성룡이 된 이후에나 허락되어 있지."

"그렇다면 너는 저주받은 것이로군. 성룡이 되기 전에 인간과 접촉했으니 말이야."

그 말에 아슈레인이 씁쓸히 웃었다.

"어쩌면 그럴지도. 어쨌거나 너와 함께 이곳으로 오며 많은 것을 배웠다. 만약 네가 아니었다면 난 스스로 목숨을 끊었을 거야. 하지만 널 보고 많은 것을 느꼈어. 특히 한계 상황에서도 포기하지 않는 불굴의 의지가 가장 감명 깊었지. 아마 난 성룡이 되어서도 널 결코 잊지 못할 거야. 드래곤의 기억에는 망각이라는 것이 없기 때문에."

리셀이 씁쓸히 웃었다.

"드래곤은 상상도 하기 힘들 정도로 오래 살아가는 생명체 아닌가? 모르긴 몰라도 네가 성룡이 되었을 때 난 아마 오래전에 죽어 뼈만 남아 있을 텐데."

"그럴 수도 있겠지. 어쨌거나……."

아슈레인의 눈에서 돌연 분노의 광망이 뿜어졌다.

"난 반드시 성룡이 될 것이다. 어떻게든 힘을 얻어서 어머니를 죽인 인간들의 가문을 멸살시킬 것이다. 아그리아 공작가라고 했나?"

"아그리아 가문, 그리고 아스트리아 황실이지. 또한 아스트리아의 마탑 역시 가세한 것으로 알고 있어. 제아무리 드래곤이라고 하더라도 그 모두에게 복수하는 것은 벅찰 텐데?"

"알고 있다. 내 복수는 오로지 아그리아 공작가에 한정될 것이다. 네가 말한 황실 소속의 기사들과 마탑의 마법사들은 어머니의 사냥에 그리 적극적으로 나서지 않았어. 현실적으로 그들에게까지 복수할 여력도 없고."

"잘 생각했어. 그 모두를 적으로 돌리는 것은 그리 현명하지 않지."

그때 아슈레인이 불타오르는 듯한 눈빛으로 리셀을 쳐다보았다.

"만약 내가 성룡이 되면, 그리고 네가 그때까지 살아 있다면 한 가지 부탁을 들어다오."

"무슨 부탁이지?"

원한이 치밀었는지 아슈레인이 이를 부드득 갈았다.

"나에게 복수할 방법을 일러다오. 내가 성룡이 된다 하더라도 복수를 할 수 있을지 장담할 수 없다. 3천5백 년을 살아온 어머니까지 사냥한 놈들이야."

"……"

"저번에 네가 한 말을 아직까지 기억한다. 힘이 모자란다면 복수할 대상의 적과 힘을 합치는 것이 인간들의 방식이라고 그랬지?"

"분명히 그랬지."

"네가 그 방법을 알려다오. 나에게 아그리아 공작가와 적대하는 세력을 소개시켜달란 말이다. 솔직히 말해 난 인간사회에 대해 아무것도 모른다. 또한 인간들이 드래곤에게 무엇을 바라는지도 알지 못한다. 그러니 거기에 대해 조언을 해 줄 수 있겠나?"

아슈레인을 물끄러미 쳐다보던 리셀이 흔쾌히 고개를 끄덕였다.

"기꺼이 그렇게 하지. 어차피 아그리아 공작가는 나의 적이기도 하니까 말이야. 물론 그것은 나중 문제고 일단은 생존이 우선이야. 지금은 네가 성룡이 될 때까지 생존할 방법을 궁리해야 해."

"알겠다."

둘은 밤이 새도록 두런두런 대화를 나누었다. 그러나 결론은 쉽게 나지 않았다.

동굴 속에서 논의하는 사이 날이 밝았다.

끼애애액.

아침 일찍 일어난 와이번 무리가 둥지 주변을 선회하며 기성을 내질렀다. 몇몇 무리는 사냥을 하기 위해 떼를 지어 몰려갔다. 리셀이 잠을 자지 못해 벌겋게 충혈된 눈동자로 동굴 밖을 쳐다보았다.

"무척이나 살벌한 곳이로군. 낮에는 도저히 돌아다닐 엄두를 내지 못하겠어."

이처럼 확 트인 평원을 돌아다닌다면 결코 와이번의 예리한 시선을 피하지 못할 것이다. 그 반증으로 드문드문 돌산이 솟아 있는 적막한 평원에는 심지어 쥐 한 마리도 찾아볼 수 없었다.

"역시 이런 곳에서 사냥은 불가능해. 물을 마시러 가려고 해도 멀리 나가야 할 테니까."

그때 뒤에서 괴상한 음향이 들렸다.

꼬르륵.

그게 아슈레인의 뱃속에서 나는 소리란 사실을 알아차린 리셀이 기가 막힌 표정을 지었다.

"벌써 배가 고픈 거야? 바로 어제 노루랑 멧돼지 한 마리를 혼자 해치웠잖아."

그 말에 계면쩍었는지 아슈레인이 얼굴을 붉혔다. 그래 봐야 와이번의 얼굴이라 티도 나지 않았지만 말이다.

"……해츨링은 상당히 많이 먹는다. 성룡으로 탈피하기 위해 영양분을 비축하는 것이지."

"흠. 아무리 봐도 여기는 안 돼. 네 먹성을 감안하면 틀림없이 굶어 죽고 말 거야."

그때 동굴 밖에서 날카로운 소리가 울려 퍼졌다.

끼애애액.

와이번의 소리와 비슷했지만 훨씬 톤이 가냘팠다. 동굴 밖으로 고개를 내민 리셀의 눈이 커졌다.

소리는 돌산 위 와이번의 둥지에서 들려오고 있었다. 옅은 회색빛을 띤 뭔가가 돌산 정상에서 굴러떨어지고 있었다. 그들이 쳐다보는 사이 그것은 점점 붉은빛으로 물들어가고 있었다. 눈을 가늘게 뜨고 살펴보던 리셀이 마침내 정체를 알아차렸다.

"와, 와이번 새끼야!"

돌산 꼭대기의 경사로를 데굴데굴 굴러 내려오던 와이번 새끼를 기다리는 것은 깎아지른 절벽이었다. 벌써 절명했는지 축 늘어진 와이번 새끼가 천장단애로 추락했다.

"저런."

리셀과 아슈레인이 침을 꿀꺽 삼켰다. 마음 같아서는 둥지 위쪽의 어른 와이번들에게 의념이라도 전하고 싶었다. 어서 날아와서 떨어지는 새끼를 구하라고 말이다. 그러나 대부분의 와이번들이 사냥을 나간 듯, 절벽 위쪽에서는 아무런 기척도 느껴지지 않았다.

퍼어억.

소름 끼치는 소리와 함께 리셀이 고개를 돌렸다. 그토록 높은 곳에서 굴러떨어졌으니 와이번 새끼가 피떡이 되었음은 굳이 쳐다보지 않아도 알 수 있었다.

"불쌍한 녀석. 장난치다 떨어졌나 보군."

"외부의 손길로부터는 안전하다고 하는 와이번 둥지도 위험하긴 마찬가지로군."

돌산 아래에 널브러져 있는 와이번 새끼를 힐끔 쳐다보던 리셀의 눈이 별안간 빛났다. 뭔가 좋은 생각이 떠오른 모양이었다.

"혹시 그 방법이라면?"

혼잣말로 되뇌던 리셀이 아슈레인을 쳐다보았다.

"지금 나가서 저 와이번 새끼를 물고 올 수 있어?"

그 말에 아슈레인은 엉뚱하게도 입맛을 다셨다.

"흠. 와이번은 한 번도 먹어보지 못했는데 맛이 어떤지 궁금하군. 너는 모닥불이나 피워놓고 있어. 나가봐야 와이번들에게 물려갈 뿐이니까."

"멍청한 녀석. 먹기 위해 물고 오라는 게 아니야. 그러니 최대한 온전하게 물고 와야 해."

영문을 모르겠다는 듯 눈을 데룩데룩 굴리던 아슈레인이 곧 고개를 끄덕였다.

"그렇게 하도록 하지."

동굴 밖으로 나간 아슈레인이 네 발을 재빨리 움직여 와이번 새끼가 추락한 곳으로 달려갔다. 뒤뚱거리며 달려가는 모습이 그리 우아하진 않았지만 말이다. 아슈레인이 달려나가자 허공에서 와이번들이 울부짖는 소리가 들려왔다.

끼아아악!

그러나 동족으로 인식했는지 아슈레인을 공격해오지는 않았다. 리셀이 동굴 안쪽으로 몸을 숨기며 하늘을 올려다보았다.

'여긴 어딜 가나 와이번의 시야에서 벗어날 수 없나 보군. 그런데 녀석들이 왜 떨어지는 새끼를 구해주지 않았지?'

물론 그 이유를 리셀이 알 리가 없었다. 잠시 후 아슈레인이 축 늘어진 와이번 새끼를 물고 왔다. 두개골이 깨어져 허연 뇌수가 드러난 처참한 몰골이었다.

"가지고 왔어. 그런데 생각보다 작군."

　와이번 새끼의 몸길이는 기껏해야 1미터 남짓이었다. 짙은 회색을 띠는 다 자란 와이번과는 달리 몸 색깔이 옅은 회색이었고 동체에는 비늘도 나 있지 않았다. 날개의 생김새가 어설픈 것을 보아 날아다니는 것은 어려워 보였다.

　"먹어봐야 간에 기별도 가지 않겠군."

　아슈레인의 철없는 말을 흘려버린 리셀이 골똘히 생각에 잠겼다. 떠오른 생각을 정리하는 것이다. 잠시 후 리셀이 환히 밝아진 안색으로 아슈레인을 쳐다보았다.

　"좋은 방법이 떠올랐어."

　"무슨 방법이지?"

　"내 계획대로 한다면 안전하게 절벽 위의 와이번 둥지로 갈 수 있을뿐더러 먹고 마시는 것이 모두 해결될 거야."

　"그, 그런 방법이 있어?"

　리셀이 손을 뻗어 축 늘어진 와이번 새끼를 가리켰다.

　"저 새끼의 모습으로 폴리모프를 하는 거야. 그런 다음 새끼가 죽은 장소에서 기다리는 거지."

　"새끼로 변한다고 해서 날 수는 없어."

　"멍청하기는……. 다 큰 와이번의 몸길이를 감안해 볼 때 이 새끼는 알에서 부화한 지 얼마 되지 않았어. 그렇다면 분명히 어미가 있을 테고. 아마 새끼가 추락했을 때에는 사냥을 나가 있어서 둥지에 없었을 거야. 만약 어미가 둥지로 돌아와서 새끼가 없다면 어떻게 하겠어?"

"아마 새끼를 찾아 돌아다니지 않을까?"

"그때 네가 짠하고 나타나는 거야. 새끼의 모습으로 폴리모프 하고 말이야."

비로소 리셀의 의도를 알았는지 아슈레인의 얼굴이 붉어졌다.

"지금 나한테 와이번 새끼 역할을 하란 말이야? 어미 와이번이 물어주는 먹이와 물을 먹고 마시며?"

리셀이 의기양양한 표정으로 고개를 끄덕였다.

"바로 그렇지."

"그, 그래도 난 명색이 드래곤의 해츨링이야. 그, 그런데 와이번 새끼 노릇을 하라는 것은 좀 그렇지 않나?"

떠듬거리며 대답하는 아슈레인에게 리셀의 서슬 퍼런 질책이 이어졌다.

"그렇다면 이곳에서 곱게 굶어 죽던가? 그것 말고 네가 생존할 방법이 있을 것 같아? 반드시 성룡이 되어서 복수하겠다는 각오는 어디로 갔어? 지금은 어떻게든 살아남을 궁리를 해야 할 때야."

리셀의 눈을 뚫어지게 쳐다보던 아슈레인이 한숨을 내쉬었다.

"……알겠다. 그렇게 하마. 그게 살아남을 수 있는 유일한 방법이라면 어쩔 수 없지."

아슈레인이 처량한 표정으로 마나를 재배열했다.

"어린 소녀의 모습으로도 변했으니 와이번 새끼로 변하는 것은 그리 어렵지 않을 거야. 여기 시체가 있으니 한 치도 틀리지 않게 똑같이 폴리모프해야 해."

"알겠다."

폴리모프를 할 정도로 마나를 끌어모으는 데에는 꽤나 오랜 시간이 걸렸다. 그때 밖에서 기성이 터져 나왔다.

끼아아아악.

아주 가까운 곳에서 들리는 와이번의 울음소리였다. 깜짝 놀란 리셀이 동굴 밖을 쳐다보았다.

"이, 이런!"

와이번의 어미는 생각보다 빨리 찾아왔다. 몸길이가 12미터는 될 것 같은 거대한 와이번이 절벽 아래쪽에 내려앉아 구슬프게 울부짖고 있었다. 정확히 새끼가 떨어진 그 장소였다. 바닥에는 아직까지 와이번 새끼가 흘린 피가 채 굳지 않고 있었다.

끼아아악.

와이번 어미는 연신 기성을 지르며 새끼의 행방을 찾아 헤맸다. 사냥을 갔다가 돌아와 보니 불과 얼마 전 알에서 깨어난 소중한 새끼가 둥지에서 사라진 것이 아닌가?

눈이 뒤집힌 와이번 어미는 서둘러 새끼를 찾아 나섰다. 그러나 절벽 위에 있는 와이번 둥지 곳곳을 살펴보아도 새끼의 모습은 보이지 않았다. 까불다가 절벽에서 떨어졌을지도 모른다는 생각에 와이번 어미는 날개를 활짝 펴고 날아올랐다.

새끼의 흔적은 금세 발견되었다. 새끼의 냄새가 배어 있는 핏자국을 본 와이번 어미가 구슬프게 울었다. 아무리 와이번의 뼈대가 가볍다고 해도 이런 높은 절벽에서 떨어지고도 무사할 리는 없다. 무엇보다도 새끼의 시체가 보이지 않았다.

번들거리는 와이번 어미의 충혈된 눈동자가 동굴로 향했다. 새끼의 체취가 그쪽으로 이어지고 있었다. 어슬렁거리며 동굴로 다가오는 와이번을 본 리셀은 마음이 급해졌다.

"서둘러야 해. 와이번 어미가 이곳으로 오고 있어."

그러나 아슈레인은 아직 준비를 마치지 못했다.

"마나가 충분하지 못해. 시간이 더 필요해."

그나마 다행히 와이번은 동굴로 날아오지 않았다. 바닥에 대고 연신 코를 킁킁거리며 기어오고 있었다. 냄새를 맡는 것을 보니 후각 역시 시각과 마찬가지로 예민한 듯 보였다.

"큰일이로군. 후각이 예민하다면 새끼의 냄새가 다르다는 사실을 알아차릴 텐데."

그때, 뒤에서 강렬한 마나의 파동이 느껴졌다. 고개를 돌리자 아슈레인의 몸이 눈부신 섬광을 내뿜으며 점점 줄어들고 있었다. 잠시 후 아슈레인은 바닥에 늘어져 있는 새끼와 전혀 다를 바 없는 모습으로 변해 있었다. 자신의 변한 몸을 감상하듯 둘러본 아슈레인이 머리를 흔들었다.

"이제 나가서 어미 와이번에게 다가가면 되는 건가?"

"아니 잠깐만. 지금 당장 와이번 새끼에게 가서 몸을 비비도록 해."

"그게 무슨 소리지?"

“설명할 시간이 없어. 와이번 새끼가 흘린 피를 흠뻑 뒤집어써야 해.”

결국 아슈레인은 영문도 모른 채 리셀의 말에 따라야 했다. 피투성이가 된 와이번 새끼에게 대고 몸을 마구 비비자 아슈레인의 몸 역시 피로 범벅이 되어버렸다.

“그만하면 됐어. 이제 나가도록 해.”

어미 와이번이 이미 동굴 입구까지 다가와 있는 상황이었다. 그러나 아슈레인은 곧바로 달려나가지 않았다. 그가 복잡한 눈빛으로 리셀을 쳐다보았다.

“그렇다면 우리는 여기서 헤어져야 하는 건가?”

이대로 나가버리면 리셀과 헤어진다는 사실을 똑똑히 인지한 모양이었다. 동굴 밖으로 나갈 경우 와이번에게 정체가 들켜 잡혀먹히거나 아니면 입에 물려 둥지로 가거나 둘 중 하나의 결과가 나온다. 높은 절벽에서 자력으로 내려오지 못하는 이상 이별은 필연이었다.

“아마 그렇게 되겠지?”

“다시 만날 수 있을까?”

리셀의 표정도 그리 좋지 않았다. 그동안 정이 들었기에 아슈레인과 헤어지는 것이 내키지 않는 것이다. 하지만 마냥 아쉬워하고 있을 수만은 없었다.

“네가 성룡이 되면 만날 수 있어. 그러니 지금은 오로지 생존만 생각해야 해.”

“그런가?”

고민하던 아슈레인이 뭔가 작정한 듯 주문을 외웠다. 잠시 후 허공에 거무스름한 음영이 생겨났다. 아슈레인이 아공간 주머니를 연 것이다. 리셀이 답답하다는 듯 소리를 쳤다.

“시간이 없어! 어미 와이번이 동굴 입구까지 다 왔다고.”

“잠시만 기다려.”

아슈레인이 아공간 주머니에서 뭔가를 꺼냈다. 그리 비싸 보이지 않는 조그마한 보석이었는데 자세히 보니 표면에 복잡한 도형이 그려져 있었다.

“이것을 받아.”

리셀이 잠자코 보석을 받아들었다. 그런 리셀을 향해 아슈레인이 빙그레 웃었다.

“내가 주는 선물이야. 반지로 만들거나 목걸이로 가공해서 항상 가지고 다니도록 해.”

“고마워. 그러나 난 가진 게 없어서 줄 것이 아무것도 없군. 자, 시간이 없어. 서둘러.”

이미 어미 와이번이 동굴 속으로 큼지막한 대가리를 들이밀고 있는 상황이었다.

“그럼 가도록 할게. 그리고……”

나지막한 음성이 리셀의 귓전을 파고들었다.

“꼭 다시 만나자. 친구여.”

말을 마친 아슈레인이 동굴 입구로 몸을 날렸다. 절벽 위에서 떨어진 와이번 새끼의 애처로운 소리를 흉내 내면서 말이다.

끼애애액.

어미 와이번은 화들짝 놀랐다. 조심스럽게 머리를 들이밀었는데 갑자기 뭔가가 불쑥 튀어나왔기 때문이었다. 그와 동시에 낯익은 체취가 코를 파고들었다. 짙은 피 냄새에 묻혀 있긴 했지만 얼마 전에 부화한 자신의 새끼가 틀림없었다.

새끼 와이번으로 폴리모프한 아슈레인이 어미 와이번의 품에 달려들더니 코에 머리를 비벼댔다. 나름대로 살아남기 위해 안간힘을 쓰는 것이다.

코를 대고 냄새를 맡던 어미 와이번의 눈빛이 변했다. 냄새와 생김새 모두가 자신의 새끼와 일치했다.

끼아아아악!

목청껏 부르짖은 와이번이 거대한 아가리를 벌려 아슈레인을 물었다. 순간 긴장했지만 아슈레인은 곧 안심했다. 어미 와이번이 이빨이 아니라 잇몸으로 물었기 때문에 물린 부위에서 아무런 통증이 전해지지 않았다.

아슈레인을 단단히 문 어미 와이번이 날개를 활짝 펼쳐 날아올랐다. 실로 가공할 만한 속도였다. 아슈레인과 어미 와이번은 곧 조그마한 점이 되어 절벽 위쪽으로 올라가 버렸다.

그 모습을 지켜보던 리셀이 길게 한숨을 내쉬었다. 아슈레

인이 와이번의 거대한 아가리에 물릴 때는 그도 가슴이 철렁
했다. 그러나 어미 와이번은 아슈레인을 물고 하늘 높이 날아
가버렸다.

지금 상태론 아슈레인을 먹잇감으로 간주했는지 아니면 새
끼로 인정했는지 알 도리가 없었다. 리셀의 뇌리에는 아슈레
인이 마지막으로 남긴 말이 감돌고 있었다.

"나를 친구로 간주했다는 말이지? 그렇다면 아슈레인이 성
룡이 되면 난 드래곤의 친구가 되는 건가?"

피식하고 웃은 리셀이 조용히 아슈레인이 사라진 하늘을 올
려다보았다.

"잘 가라, 친구. 부디 잘 자라서 훌륭한 드래곤이 되기를 기
원하겠다."

하늘을 하염없이 올려다보는 리셀의 눈빛이 가늘게 떨리고
있었다. 불과 며칠 동안 같이 다닌 것에 불과했지만 그 짧은
시간 만에 그들 사이에 종족의 차이를 넘어선 뭔가가 싹튼 것
같았다.

흔들리는 감정을 다잡은 리셀이 아슈레인이 남긴 보석을 가
만히 쓸어보았다. 표면에 복잡한 도형이 그려져 있기는 했지
만 그리 귀해 보이지 않는 보석이었다. 싱긋 웃은 리셀이 보석
을 주머니에 집어넣었다.

"녀석, 이왕 줄 거면 좀 비싼 것으로 주지. 아무튼 고맙다."

머리를 흔든 리셀이 동굴 안쪽으로 걸음을 옮겼다. 어차피

해가 뜬 지금은 다른 곳으로 이동하지 못한다. 나가봐야 와이번의 먹잇감이 될 뿐이었다.

"해가 지면 떠나야겠군."

아슈레인이 떠나니 외로움이 밀려왔다. 마스터 아너프리가 세상을 떠났을 때 느꼈던 감정과 비슷했다. 리셀이 나지막하게 뇌까렸다.

"성룡이 되어야 한다. 반드시 말이야."

리셀의 혼잣말은 메아리가 되어 동굴 안을 휘돌았다.

아슈레인은 어미 와이번의 큼지막한 주둥이에 물린 채 하늘로 날아올랐다. 어미 드래곤 아슈페론의 등에 타고 종종 비행을 즐겼기에 무서울 것은 없었다. 단지 주둥이에 물려 있는 것이 답답할 뿐이었다.

절벽을 빙글빙글 선회해서 날아오른 와이번이 마침내 꼭대기에 도착했다. 순간 아슈레인의 눈이 커졌다. 수를 헤아릴 수조차 없이 많은 와이번들이 절벽 위를 가득 메우고 있었기 때문이었다.

돌산의 정상은 그리 넓지 않았다. 리셀과 함께 어머니의 드래곤 하트를 깨뜨린 산마루와 비슷한 크기였다. 그곳에는 수많은 와이번들이 여기저기에 둥지를 짓고 생활하고 있었다.

아슈레인을 문 와이번은 절벽의 가장자리 부분으로 날아갔다. 그곳에 유일하게 빈 와이번 둥지가 있었다.

'절벽 가까이에 둥지를 틀어놓았으니 새끼를 잃을 법하지.'

둥지로 다가간 와이번이 날개를 접고 사뿐히 착륙했다. 그리고 큼지막한 주둥이를 벌려 아슈레인을 둥지 위에 소중히 내려놓았다. 아슈레인은 볼 수 있었다. 어미 와이번의 눈동자에 담긴 기쁨과 따사로움을 말이다.

순간 아슈레인은 번개가 전신을 관통하는 듯한 충격에 사로잡혔다. 평소 하등 몬스터로 멸시하던 와이번의 눈빛은 어머니가 자신을 쳐다보던 눈빛과 전혀 다를 것이 없었다. 염려와 사랑이 동시에 담긴 그 눈빛을 아슈레인은 지금껏 귀찮아하기만 했다. 그런데 그런 어미의 눈빛을 와이번에게서 본 것이다.

"어, 엄마."

갑자기 눈물이 핑 돌았다. 아슈레인은 자기도 모르게 다가가서 어미 와이번의 코에 머리를 비볐다.

쿠루루루루.

새끼를 달래듯 나지막하게 목청을 울린 어미 와이번이 긴 혀를 내밀어 아슈레인의 몸을 핥았다. 더러워진 새끼를 깨끗하게 만드는 와이번 특유의 목욕법이었다. 와이번의 혀에 몸을 내맡기며 아슈레인은 가늘게 몸을 떨었다.

몸 구석구석을 모두 닦아준 어미 와이번이 꾸물거리더니 아슈레인 앞에 뭔가를 내려놓았다. 그것은 아직까지 온기가 남아 있는 산양의 시체였다.

꾸루루룩.

어서 먹으라는 듯 밀어주는 어미 와이번을 힐끔 쳐다본 아슈레인이 산양에 코를 박았다.

와구와구 쩝쩝.

게걸스럽게 산양을 먹어치우는 아슈레인을 어미 와이번이 뿌듯한 눈빛으로 쳐다보았다. 한참 식사에 몰두하던 아슈레인이 돌연 캑캑거렸다. 한동안 물을 먹지 못해 목이 멘 것이다. 그것을 본 어미 와이번이 황급히 날개를 펴고 날아올랐다.

'어, 어디로 가는 거지?'

이유는 곧 밝혀졌다. 눈 깜짝할 사이에 돌아온 어미 와이번이 아슈레인의 코앞에 주둥이를 들이대고 좍 벌렸다. 아래턱에는 놀랍게도 물이 그득했다. 물론 타액과 범벅이 되어 있어 좀 탁하기는 했지만 아슈레인은 아무런 망설임 없이 머리를 물속으로 박았다. 어미 와이번을 실망시키고 싶지 않았기 때문이었다.

꿀꺽꿀꺽.

실컷 물을 마신 아슈레인이 남은 산양의 고기를 모두 먹어치웠다. 그 와중에 몇몇 와이번들이 다가와 아슈레인의 몸에 코를 대고 킁킁거렸다. 몸을 뒤덮었던 피가 사라지자 해츨링 특유의 냄새가 퍼진 모양이었다. 그러나 어미 와이번은 동료들의 접근을 용납하지 않았다. 한번 새끼를 잃었다 되찾았기 때문에 유난히 민감하게 반응했다.

"키애애액!"

날개를 활짝 펼치고 위협적인 자세로 이빨을 드러내는 어미 와이번의 서슬에 다른 와이번들은 결국 접근을 포기해야 했다. 아슈레인이 산양을 모두 먹어치우자 어미 와이번은 다시 날개를 펴고 날아올랐다.

잠시 후 아슈레인의 앞에는 평원을 질주하던 운 없는 야생마의 시체가 놓여 있었다. 감칠맛이 도는 말의 살코기를 뜯어먹으며 아슈레인은 편안함을 느꼈다.

'이곳이라면 아무런 걱정 없이 지낼 수 있겠군. 인간의 손길도 피할 수 있고 말이야.'

불현듯 이런 생각을 해낸 리셀의 얼굴이 떠올랐다. 함께 지낸 시간이 얼마 되지는 않았지만 리셀은 아슈레인에게 많은 것을 느끼게 해 주었다. 무엇보다도 그의 몸에는 어머니의 마나가 깃들어 있었다.

'리셀. 과연 네가 살아 있는 동안 내가 드래곤이 될 수 있을까?'

리셀을 만나기 위해서는 반드시 각성해서 성룡이 되어야 한다. 배가 그득해지자 졸음이 몰려왔다. 더 이상 그를 위협할 요소가 없었기 때문에 아슈레인은 그대로 곯아떨어져 버렸다.

새근거리는 숨소리를 들은 어미 와이번이 다가와 날개를 펼쳐 새끼의 몸을 감쌌다. 이상한 냄새가 풍겼지만 어미 와이번은 새끼의 정체에 대해 전혀 의심하지 않았다. 날개를 통해 전해지는 따듯한 체온을 느끼며 아슈레인은 실로 오랜만에 곤히

잠들 수 있었다.

  리셀은 해가 완전히 지고 사위가 어둠에 덮이고 나서야 동굴을 나섰다. 와이번의 눈을 피하려면 지금 길을 나서야 한다.
  지팡이를 짚고 걸음을 옮기던 리셀이 고개를 들어 절벽 위를 쳐다보았다. 와이번에게 잡아먹혔을지, 아니면 새끼로 인정받아 보살핌을 받고 있을지 알 수 없었지만 그래도 아슈레인이 저 위에 있는 것은 사실이었다. 나지막한 음성이 입술을 비집고 흘러나왔다.
  "나 갈게. 잘 있어. 나중에 기회가 되면 찾아오도록 할게."
  물론 아슈레인이 성룡이 되기 전까진 지켜지기 힘들 약속이었다. 머리를 흔들어 상념을 날려버린 리셀이 열심히 걸음을 옮겼다. 온 길을 되짚어 걸어가는 리셀의 어깨는 축 늘어져 있었다.

제4장
거듭되는 시련

　리셀이 떠나고 정확히 이틀 뒤, 일단의 무리가 동굴 부근으로 접근해왔다. 그들은 하나같이 화려한 문양이 수놓인 로브를 걸치고 있었다. 외곽에 선 건장한 사내들은 용병으로 보였다. 나지막이 속삭이는 음성이 울려 퍼졌다.

　"이곳입니다. 와이번으로 폴리모프한 드래곤이 숨어 있는 동굴 말입니다."

　입을 연 자는 추격대와 함께 왔던 마법사 레이몬드였다. 로브 사이로 드러나는 얼굴에는 드래곤 사냥에 가담했던 알프레드의 얼굴도 껴 있었다. 그의 눈동자는 기대감으로 가늘게 떨리고 있었다.

“잘했다. 만약 해츨링 포획에 성공하면 크나큰 보상을 받을
수 있을 것이다.”

“가능하다면 드래곤의 레어에서 습득한 마법서도 좀 보게
해 주십시오.”

“상부에 건의해 보겠다. 우선은 해츨링 포획이 우선이야.”

추격대와 함께 돌아간 레이몬드는 마탑에 도착하자마자 알
프레드를 찾아갔다. 자초지종을 설명하자 알프레드의 안색이
환히 밝아졌다.

“그것 정말 잘 된 일이로군. 정말 잘했어!”

그는 서둘러 포획조를 구성했다. 드래곤 사냥에 가담한 마
법사들 중 절반을 차출하고 인근 마탑의 지점에 연락을 취해
십여 명의 용병들을 지원받았다.

그러나 와이번 서식지까지 이동하는 것은 그리 만만하지 않
은 일이다. 건장한 기사들로 구성된 추격대가 무려 사흘에 걸
쳐 온 길이었다. 그런 길을 체력이 약한 마법사들이 움직이는
것은 결코 쉬운 일이 아니다.

그러나 해츨링 포획에 대한 욕심으로 인해 그들은 추격조와
거의 비슷한 속도로 험로를 주파해냈다. 고작 사흘 만에 와이
번 서식지에 도착한 것이다. 하나같이 극도로 지친 상태였지
만 마법사들의 얼굴에는 기대감이 서려 있었다. 지상최강의
종족인 드래곤의 해츨링을 생포하여 실험대상으로 삼을 수 있
으니 의당 기대가 될 수밖에 없다.

"깊은 밤이라 와이번들의 습격은 없을 것이다. 우선 동굴 속에 해츨링이 있는지 탐색해 보아라."

그 말에 레이몬드가 즉시 마나를 재배열하기 시작했다. 그는 드래곤 사냥에 동원된 마법사들 중에서 알프레드 다음으로 서클이 높은 마법사였다. 그 때문에 추격조에도 가담할 수 있었던 것이다. 수인을 맺자 재배열된 마나가 동굴로 집중되었다.

그러나 레이몬드의 얼굴에 당혹감이 어리는 것은 순간이었다.

"이, 이럴 리가 없는데?"

"왜 그러느냐?"

"……동굴 안에 해츨링이 없습니다."

"그럴 리가? 혹시 다른 곳에 숨었을지도 모르니 범위를 넓혀 보거라."

알프레드의 말에 얼굴을 찡그린 레이몬드가 바닥에 마법진을 그리기 시작했다. 마법진의 힘을 빌려 광범위한 지역을 탐색해보려는 것이다. 함께 온 마법사들이 거들었기 때문에 마법진은 금세 완성되었다.

파츠츠츠.

마법진이 서서히 활성화되며 탐지마법의 감지범위가 넓어졌다. 이 정도 규모의 마법진이라면 와이번 서식지의 절반 정도를 살필 수 있었다. 그런데 레이몬드의 얼굴에 또다시 당혹감이 어렸다.

"탐지되었습니다. 그런데……."

"오! 탐지됐다고? 그래, 해츨링은 어디에 있느냐?"

레이몬드가 가리킨 곳은 돌산 꼭대기였다. 와이번의 둥지가 있는 절벽 위인 것이다.

"저, 저곳에서 해츨링이 탐지되었습니다. 마나의 분포도를 볼 때 확실합니다."

"무슨 소리야. 날지도 못하는 해츨링이 무슨 수로 저기까지 올라갔단 말이냐?"

"하지만 결과가 그리 나왔습니다."

와이번 둥지를 올려다보던 알프레드가 입술을 깨물었다. 비록 해츨링이 탐나긴 했지만 와이번 둥지까지 어떻게 올라간단 말인가?

물론 한 번 고용하는 데 천문학적인 비용을 지불해야 하는 그리폰 라이더를 고용한다면 올라갈 수는 있다. 그러나 와이번 둥지에 접근하는 것까지는 불가능했다. 보나 마나 상위 포식자인 와이번의 눈에 띄어 잡혀먹힐 것이 분명하다.

아니, 겁에 질린 그리폰은 와이번 둥지 근처로 접근하기를 거부할 것이다. 귓전으로 당황한 레이몬드의 음성이 파고들었다.

"어, 어떻게 하지요?"

맥이 탁 풀린 알프레드가 퉁명스럽게 대꾸했다.

"뭘 어떻게 해? 포기하고 돌아가야지."

"저…… 그렇다면 저에게 주신다고 하신 포상은?"

"그것은 전적으로 해츨링 포획에 성공했을 때 가능한 것이었어. 포상을 받고 싶으면 네가 직접 절벽을 기어 올라가서 해츨링을 붙잡아 오던가!"

그 말에 레이몬드는 꿀 먹은 벙어리가 되어버렸다. 아마 그렇게 한다면 절벽을 십분의 일도 기어오르지 못하고 와이번의 먹이가 되어버릴 것이 자명했다.

먼 길을 왔지만 헛물을 켠 해츨링 포획조는 다시 발걸음을 돌려 쓸쓸히 온 길을 돌아가기 시작했다.

야밤을 이용해 와이번 서식지를 벗어난 리셀은 끊임없이 북쪽으로 움직였다. 뭐가 불만인지 얼굴에 못마땅한 기색이 역력했다.

"멍청한 짓을 했어. 배낭에서 미리 돈주머니를 빼냈어야 하는데."

리셀은 다시 무일푼이 되어버렸다. 아슈레인을 구하기 위해 배낭을 벗어던질 때 미처 돈주머니를 떠올리지 못한 것이다. 결국 50골드라는 거금은 배낭과 함께 버려졌다. 돈 한 푼 없이 머나먼 루카스 영지로 가야 하니 답답할 수밖에 없었다.

"부근에서 어떻게든 여비를 마련해야 할 텐데."

그러나 외국인인 리셀이 아스트리아 제국에서 그럴듯한 일자리를 구하기는 힘들었다. 용병 일을 하려고 해도 제국민임을 입증하는 신분증이 없으면 불가능했다.

리셀이 택한 경로는 제국의 남쪽에 나 있는 관도였다. 지도에 의하면 그 길이 루카스 후작가로 갈 수 있는 최단경로였다. 리셀은 사냥을 해 배를 채울 생각도 하지 못하고 끊임없이 달리는 데 여념이 없었다. 음식을 먹지 않는 것에는 체력을 한계 상황으로 몰아넣어 마나홀의 반응을 살펴보려는 리셀의 의도가 숨어 있었다.

"헉, 헉."

얼마 달리지 않아 숨이 턱 밑까지 치밀어 올랐다. 아무것도 먹지 않았기 때문에 체력이 평소보다 빨리 소모되었다. 원래대로라면 이정도로 몸을 굴리면 아랫배의 마나가 전신을 순환하며 활력을 불어넣어 줘야 한다.

그러나 드래곤으로부터 흡수한 마나는 꿈쩍도 하지 않았다. 리셀의 몸속에 자리를 잡긴 했지만 리셀의 통제를 일절 거부하는 것이다. 그러나 리셀은 조바심내지 않고 계속 달렸다. 시간이 지날수록 숨결이 급격히 거칠어졌다.

'네가 이기나 내가 이기나 어디 한번 해보자.'

마나를 통제할 수 없다면 빛나는 검의 소유자가 되는 것이 불가능했기 때문에 리셀은 끝까지 버텨볼 생각이었다.

지금 그가 달리는 곳은 전혀 길이 나 있지 않은 험로였다. 하루 정도 이동하면 제국 남부를 순환하는 관도가 나온다. 쓰러진 나무를 뛰어넘는 리셀의 얼굴은 창백하기 그지없었다. 힘이 거의 다 소진되었는지 땅에 발을 디디는 순간 리셀의 몸이 심하게 비틀거렸다.

'시, 심장이 터질 것 같군.'

마나가 반응한 것은 바로 그때였다. 지금껏 리셀이 끌어모은 마나는 드래곤 하트로부터 흘러나온 마나에 깡그리 흡수된 상태였다. 그러나 흡수되었다고는 해도 형질이 완전히 사라진 것은 아니었다.

원래 마나는 밀도가 높은 곳에서 낮은 곳으로 이동하는 성질을 지녔다. 마나가 한 곳에 비정상적으로 집중되지 않는다는 법칙은 바로 거기서 비롯되는 것이었다. 지금 리셀의 몸 상태는 극도로 악화되어 있었다. 식사를 통해 기운을 보충하지 않은 상태로 쉬지 않고 달렸으니 멀쩡할 리가 없다.

그러자 아직까지 형질을 잃어버리지 않은 리셀의 마나가 조금씩 반응했다. 기운의 밀도가 희박한 리셀의 각 신체 장기와 근육으로 이동하려는 움직임을 보인 것이다. 처음에는 드래곤의 마나가 그것을 틀어막았다. 그러나 리셀의 몸 상태가 더 악화되자 더 이상 만류하지 못했다.

쓰쓰쓰쓰.

리셀의 마나홀로부터 마나의 가닥이 실타래가 풀리듯 한 가닥씩 풀려나왔다. 그리고 뚫린 길을 따라 리셀의 몸을 순환하기 시작했다. 물론 그 속도는 평소보다 매우 느렸다. 그러나 마나의 흐름은 지나는 경로에 있는 리셀의 신체 장기 곳곳에 아낌없이 기운을 불어넣어 주었다.

과도한 근육의 혹사로 인해 부어오른 간이 탐욕스럽게 기운을 빨아들여 안정을 되찾았다. 헐떡이던 폐에도 기운이 충만해졌다. 마나홀로부터 흘러나온 마나가 순차적으로 신체 장기에 활력을 불어넣으며 리셀의 정수리, 한때 방벽으로 막혀 있던 그 부분을 통과했다.

순간 리셀은 마치 번개가 전신을 관통하는 듯한 충격에 휩싸였다. 활력이 뇌로 직접 공급되자 정신이 번쩍 든 것이다.

그와 동시에 전신의 감각이 극도로 활성화되었다. 지금껏 듣지 못했던 벌레 소리, 풀이 서로 부딪치는 소리가 여과 없이 귀를 파고들었다. 시력 또한 월등히 밝아졌기에 리셀이 입을 딱 벌렸다.

"마나에 이런 효능이 있었나?"

지금까지는 방벽에 막혀 이런 현상을 경험하지 못했다. 지금의 몸 상태라면 그 누구와 맞서 싸워도 지지 않을 것 같았다. 감각이 예민해졌으니 상대의 눈과 어깨를 보고 어디를 공격할지 예상하기가 훨씬 쉬울 터였다. 반응속도 또한 비약적으로 빨라질 것이 틀림없었다.

마나홀에서 흘러나온 마나는 리셀의 몸을 한 바퀴 순환한 뒤 더 이상 움직이지 않았다. 매우 게으른 성질의 마나였다. 그러나 리셀은 계속해서 몸을 혹사시켰다. 마나의 순환이 불러 일으키는 현상을 자세히 관찰하려는 것이다.

결국 마나는 울며 겨자 먹기로 일정 주기마다 마나홀에서 나와 리셀의 몸을 순환해야 했다. 그렇게 하지 않는다면 몸의 주인이 쓰러질 것이기 때문에 어쩔 수 없이 의도에 따르는 것이다. 리셀의 입가에 미소가 떠올랐다.

"되었어. 드디어 이 녀석을 움직일 방법을 알아냈어."

이대로 계속해서 자극한다면 언젠가는 자신의 의지로 마나를 움직일 경지에 들어설 수 있으리란 확신이 들었다.

꼬박 하루를 달린 끝에 리셀은 관도를 찾을 수 있었다. 마법사가 가지고 다니던 것이라 그런지 지도는 상당히 정확했다.

"이제 관도를 따라 두 달가량 여행하면 루카스 후작가로 갈 수 있겠군."

역시 아스트리아 제국은 넓었다. 리셀이 태어난 베텔 왕국은 나라의 끝에서 반대쪽 끝까지 가는 데 한 달도 걸리지 않는다. 하지만 아스트리아 제국은 국토의 대부분이 산으로 구성된 베텔 왕국과는 비교도 할 수 없는 광활한 영토를 지니고 있었다.

"루카스 후작가에서 기사 서임을 받는다면 나도 아스트리아인이 되는 것인가?"

고개를 갸웃거린 리셀이 이런저런 생각을 하며 관도를 따라 서쪽으로 이동했다. 그러나 얼마 가지 못해 리셀은 걸음을 멈쳐야 했다.

"거, 검문소잖아?"

리셀의 앞에 관도 앞에 위치한 검문소가 모습을 드러냈다. 번쩍번쩍 빛나는 갑옷을 입은 병사들이 관문을 철통같이 틀어막고 있었다. 리셀의 얼굴이 살며시 일그러졌다.

"곤란하군. 지명 수배되었을지 모르는데 말이야."

리셀은 아슈레인을 구하는 과정에서 들은 기사들의 고함소리를 떠올렸다.

—이것은 아스트리아 황실과 아그리아 공작가의 공동행사다. 평생 감옥에서 썩고 싶으냐?

사실 의도는 좋았지만 결과적으로는 드래곤 사냥에 나선 아스트리아 황실과 아그리아 공작가에 죄를 지은 것으로도 볼 수 있었다. 어쨌거나 해츨링을 빼돌린 것은 사실이기 때문이다.

게다가 리셀은 몸을 가볍게 하기 위해 그 자리에 배낭을 벗어두고 도망쳤다. 혹시라도 배낭 안에 신분을 짐작할 만한 것이 있었다면 그 즉시 정체가 드러났을 것이다. 거기에 생각이 미친 리셀이 곰곰이 배낭 안의 내용물을 떠올려 보았다.

"카르시안님으로부터 받은 청부금이 있었지만 금화이니 상관이 없을 테고……."

다행히 리셀이 국경수비대에서 발급받은 임시 신분증은 주머니에 들어 있었다. 또한 배낭 안의 내용물들은 대부분 용병들에게서 노획한 것이었다. 여러 번 생각해 보았지만 배낭 안에는 자신의 신분을 증명할 만한 물품이 전혀 들어 있지 않았다.

"그래도 모르지. 혹시라도 내 정체를 파악했을 수도 있으니 말이야."

고민 끝에 리셀은 우회로를 찾아보기로 결정했다. 길을 벗어나 검문소를 우회해서 지나치려고 마음먹은 것이다. 그러나 제국의 치안은 그리 만만하지 않았다. 지나갈 만한 곳에는 예외 없이 울타리와 경계병이 배치되어 있었다. 리셀의 얼굴이 살며시 일그러졌다.

"도무지 돌아갈 방법이 없군."

어쩔 수 없다는 듯 리셀이 혀를 찼다. 검문소를 통과하지 않고서는 도저히 넘을 수가 없었다. 단단히 마음을 먹은 리셀이 몸을 일으켰다.

'아직까지 수배되지 않았을 가능성도 있으니.'

리셀이 검문소를 향해 똑바로 걸어갔다.

검문소에는 제법 많은 병사들이 근무하고 있었다. 하나같이 잘 닦인 사슬갑옷과 금속제 투구를 쓰고 있었다. 그들은 리셀을 보고도 섣불리 창을 겨누거나 하지 않았다. 리셀이 가까이 접근하자 병사 한 명이 앞으로 나와 말을 걸었다.

"여행자이시오?"

"그렇습니다. 저는 견습기사로……."

그러나 병사는 손을 내저으며 리셸의 말을 끊었다.

"신분증을 제시하시오. 다른 사항은 구태여 밝힐 필요가 없소."

머쓱해진 표정의 리셸이 주머니에 손을 넣어 국경경비대에서 발급받은 임시 신분증을 꺼냈다.

"임시 신분증인데 괜찮겠습니까?"

"상관없소."

신분증을 받아든 병사가 유심히 살폈다. 그런데 그의 표정이 심각해지는 것은 순간이었다.

"음, 이름은 리셸, 나이가 17세에다 베텔 왕국 출신이라……."

느릿하게 읽어나가던 병사가 뒷짐 진 손으로 수신호를 했다. 그것을 본 병사들이 바짝 긴장하며 창을 꼬나 잡았다. 리셸의 눈치를 보며 슬금슬금 자리를 이동하던 병사들이 리셸의 전후좌우에 포진했다. 리셸을 완전히 포위하자 그들은 머뭇거림 없이 창을 들이댔다.

"꼼짝 마라!"

더 이상 살필 필요가 없다는 듯 신분패를 바닥에 던져버린 병사가 기세 좋게 고함을 질렀다.

"네놈을 체포한다!"

당황한 리셀이 지팡이를 움켜잡았다. 걱정했던 대로 수배가 되어 있는 모양이었다.

"무, 무슨 일입니까?"

"공식적으로 수배된 녀석이 제 발로 검문소를 기어들어오다니 멍청하기 그지없군. 반항하면 큰코다칠 줄 알아라."

리셀이 입술을 지그시 깨물었다. 아스트리아 당국이 이렇게 빨리 대응할 줄은 몰랐다. 순간적으로 검을 뽑아 병사들을 물리치고 도망칠까 하는 생각이 들었다. 그러나 리셀은 금세 그 생각을 머리에서 지워버렸다.

'나는 루카스 후작가로 가서 기사가 되어야 할 몸이야. 그런 내가 아스트리아 제국의 병사를 공격할 순 없어.'

만약 리셀이 사고를 치고 도망친다면 그 책임을 마스터의 가문인 루카스 후작가가 덮어써야 한다. 어쨌거나 아슈레인을 구하기로 한 결정은 리셀의 독단이었기 때문이다. 마스터의 가문에 누를 끼칠 수는 없었다.

'그래. 내가 저지른 일, 내가 모두 책임져야 해. 설마 죽이기야 하겠어.'

마음을 정한 리셀이 지팡이에 숨겨진 검을 뽑아들었다.

스르릉.

시퍼렇게 빛나는 레이피어가 모습을 드러내자 병사들이 흠칫 놀라 한 발 뒤로 물러섰다. 그러나 리셀은 검을 휘두르지 않았다. 뽑은 검을 바닥에 내려놓은 리셀이 두 손을 들어 올렸다.

"수배가 되었다면 체포에 응하겠소."

내려놓은 검을 걷어차 멀리 날려버리고 나서야 병사들은 마음 놓고 리셀을 포박했다. 그 과정에서 리셀은 일절 저항하지 않았다.

아스트리아 제국 남부 제227검문소의 책임자인 기사 트램프는 머리가 매우 복잡했다. 조금 전 현상수배가 내려온 애송이를 붙잡은 것까지는 좋았다. 하지만 그를 어떻게 처리해야 할지가 문제였다.

"도대체 어떻게 해야 하지?"

현재 그에게는 두 장의 협조 요청서가 와 있었다. 하나는 황제의 최측근인 브렌트 백작이 보낸 것이었고 나머지 하나는 아그리아 공작가에서 날아온 것이었다. 보낸 사람은 달랐지만 내용은 대동소이했다.

　―베텔 왕국 출신의 견습기사 리셀은 아스트리아 황실과
　아그리아 공작가의 공동행사를 훼방 놓은 중대한 범인이다.
　혹시라도 그의 신병을 손에 넣는다면 곧바로 연락을 취해주
　기 바란다.

　거의 비슷한 내용의 요청서가 마법 통신을 통해 각 도로의 검문소로 전달되었다. 한 번 행하는데 천문학적인 거금을 지불해야 하는 마법 통신이 행해진 것이다. 지금껏 현상범에 대한 정보를 마법 통신을 통해 전달받은 적은 한 번도 없었다.

　"도대체 그 애송이가 무슨 죄를 지었기에?"

　아무리 생각해 보아도 트램프가 알 도리가 없었다.

　제국의 도로를 경비하는 검문소를 운영하는 주체는 매우 다양하다. 우선 영지 내부의 도로는 전적으로 영지 소속의 병사들이 관리한다. 통행세 따위의 각종 세금 역시 영주의 호주머니로 모두 들어가는 것이다.

　그리고 국경과 연결된 도로는 국경 경비대 소속의 레인저들이 관리한다. 그 외, 영주가 없는 영지나 전략적으로 중요한 도로의 경우 중앙군에서 파견된 병사들이 관리하는 것이 일반적이다. 227검문소는 그중에서 세 번째 경우에 해당했다. 검문소 책임자 트램프와 휘하 병사들은 모두 중앙군 소속이었다. 때문에 고민은 오래가지 않았다.

　그는 아그리아 공작가에서 도착한 협조 요청서를 접어서 책상 서랍에 집어넣었다. 중앙군 소속인 그로서는 브렌트 백작의 협조 요청이 우선적일 수밖에 없었다.

　"마음 같아서는 두 군데 다 연락을 취하고 싶지만."

　아그리아 공작가에서는 현상수배범의 정보를 제공해 주는 대가로 상당한 보상금을 제시했다. 그러나 다른 기사들에게는 불운한 일이지만 기사 트램프는 돈에 그다지 연연하지 않는 성품이다. 그리고 브렌트 백작은 트램프가 한때 상관으로 모셨던 인물이기도 했다.

브렌트 백작의 협조 요청서를 든 트램프가 고개를 갸웃거렸다.

"급하다고 하셨는데 어떻게 해야 하나? 마법 통신을 하려면 마정석을 소모해야 하는데."

227검문 초소에는 마법 통신용 수정구가 설치되어 있다. 가격이 어마어마하게 비쌌지만 전략적으로 중요한 곳에는 통신용 수정구를 배치할 수밖에 없었다. 그러나 수정구가 배치되어 있다고 해서 바로 통신이 가능한 것은 아니다. 마력을 불어넣어 주는 마법사가 있어야만 수정구를 작동시킬 수 있다.

그러나 마법사가 어떤 존재인가? 한낱 경비초소에 붙박이로 배치할 만큼 만만한 인재가 아니었다. 그 때문에 수정구가 설치된 경비초소에는 마법사 대신 마정석이 지급되었다. 마법사가 마나를 농축해서 만든 마정석이라면 한 번 정도 통신을 할 수 있을 만큼의 마나를 공급할 수 있다.

그러나 마정석의 가격 역시 만만치 않게 비싸다. 227경비초소에도 모두 합쳐 두 개의 마정석밖에 없었다. 그런 귀한 마정석을 현상수배범을 붙잡았다고 통신을 하는 데 쓰는 것은 그야말로 말도 되지 않는 일이다.

마정석을 사용하는 경우는 적군의 침입이 감지되거나 아니면 중대한 천재지변이 일어났을 때에 한정된다. 그러나 트램 프로서는 브렌트 백작의 요청을 마냥 무시할 수 없었다.

"급하다고 하셨는데 도대체 어떻게 해야 하지? 그분이 있는 곳으로 전령을 보내면 족히 사나흘은 걸릴 텐데."

고민하던 트램프가 결국 마음을 굳혔다. 브렌트 백작은 더없이 훌륭한 상관이었고 휘하 기사였던 트램프에게 잘 대해 주었다.

"그분의 부탁이니 어쩔 수 없지."

고개를 돌린 트램프가 당번병에게 명령을 내렸다.

"마정석을 가지고 오너라!"

그 말에 당번병이 흠칫 놀랐다.

"마, 마법 통신을 하시려는 것입니까?"

"그렇다. 서둘러라."

"알겠습니다."

당번병이 부리나케 달려가 금고 속에 보관된 마정석을 꺼내어 왔다. 그것을 받아든 트램프가 방구석의 탁자에 놓인 수정구를 향해 다가갔다.

수정구를 이용해 마법 통신을 하는 요령은 이미 숙지해 놓은 상태였다. 수정구 아래의 좌표 다이얼을 돌려 브렌트 백작이 알려준 좌표를 설정한 다음 트램프는 수정구 아래의 소켓에 마정석을 집어넣었다. 순간 눈부신 빛이 수정구에서 뿜어졌다.

번쩍.

당번병이 놀랍다는 눈빛으로 그 광경을 쳐다보았다. 제법 오랫동안 검문소에서 근무했지만 마법 통신하는 걸 직접 본 경우는 이번이 처음이었다.

"마법 통신 요청이 들어왔습니다. 발신지가 남부 관도의 227검문초소입니다."

그 말을 들은 브렌트 백작의 얼굴에 놀라움이 스쳐 지나갔다.

"검문소에서 연락이 왔다면 해츨링을 낚아채 도주한 견습기사가 붙잡혔다는 것인가? 227검문초소의 책임자가 도대체 누구지?"

"기사 트램프라고 나와 있더군요."

그 말에 브렌트 백작의 입가에 미소가 떠올랐다. 한때 거느렸던 부하의 이름을 그가 왜 모르겠는가?

"트램프 녀석이 큰마음을 먹었군. 마정석을 써서 마법 통신을 할 마음을 먹다니 말이야."

그는 더 이상 생각할 것도 없다는 듯 몸을 일으켰다.

"직접 가보겠다. 안내하라."

통신실은 사령실 바로 옆에 있었다. 브렌트 백작이 도착하자 대기하고 있던 마법사가 즉시 수정구를 작동시켰다. 검문초소와는 달리 이곳은 마법사가 통신을 관할했다.

"연결되었습니다."

마법사의 말이 떨어지자 브렌트 백작이 입을 열었다.

"227검문초소인가? 나 브렌트 백작이다."

수정구를 통해 상기된 음성이 흘러나왔다.

"브, 브렌트 백작님이십니까? 저 트램프입니다. 기억하실지 모르겠지만……."

브렌트 백작의 입가에 미소가 떠올랐다.

"내가 왜 기억하지 못하겠는가? 아직도 술에 취하면 막사가 떠나갈 듯 코를 고는가? 주량 하나는 일품이었던 것으로 기억하는 데 말이야."

그 말에 침묵이 이어졌다. 잠시 후 떨리는 음성이 흘러나왔다.

"그것까지 기억하시다니?"

"술에 취해 나에게 술주정을 한 것까지 기억한다네."

"그것은 제발 잊어주십시오."

"허허허, 내가 어찌 잊을 수 있겠는가? 그래, 무슨 일로 마법 통신을 했지?"

브렌트 백작의 예측은 영락없이 맞아떨어졌다.

"현상수배된 베텔 왕국 출신의 견습기사 리셀을 붙잡았습니다. 그의 행방을 파악하면 곧바로 알려달라고 하신 백작님의 전언이 떠올라서 말입니다."

브렌트 백작의 입가에 미소가 떠올랐다.

"내 사적인 부탁으로 인해 마법 통신까지 하다니 큰마음을 먹었군."

"아무래도 급하신 것 같아서……."

혹시라도 오판을 했을지 모르기 때문에 트램프의 음성에는 걱정이 가득했다. 물론 브렌트 백작은 그런 트램프의 마음을 충분히 짐작했다.

"걱정하지 말게. 보급병 편으로 두 개의 마정석을 보내줄 테니 말이야. 마법 통신을 하기로 결정한 것은 정말로 잘한 일이야."

수정구 저편에서 들려오는 트램프의 목소리는 떨리고 있었다.

"가, 감사합니다."

"그래. 그 견습기사 리셀이란 자가 전투 끝에 붙잡힌 것인가? 혹시 휘하 병사들 중에서 사상자가 생겼나?"

"아닙니다. 현상수배되었다는 사실을 알자 무기를 버리고 순순히 체포되었습니다. 주군의 가문에 누를 끼칠 수 없다고 말입니다."

"괜찮은 녀석이로군."

"훌륭한 기사로부터 훈육을 잘 받은 것 같습니다. 포박된 상태에서도 흐트러지지 않고 당당하게 행동했습니다."

브렌트 백작의 목소리가 갑자기 낮아졌다.

"한 가지만 더 부탁하겠네."

"무엇이든 말씀하십시오."

"그를 호송할 병력을 보내겠네. 그러니 그동안 리셀을 잘 가두어두도록 하게. 남의 눈에 띄지 않도록 말이야. 특히 아그리아 공작가에서 알아서는 아니 되네."

"걱정 마십시오. 아그리아 공작가에서도 협조 요청서가 도착했는데 무시해버렸으니까요."

그 말에 브렌트 백작이 적이 놀랐다. 설마 아그리아 공작가에서 중앙군이 관리하는 검문초소에까지 협조 요청서를 보냈을 줄은 몰랐다. 만약 옛 부하인 트램프가 관리하는 검문초소가 아니었다면 리셀의 행방이 꼼짝없이 아그리아 공작가로 전해졌을 터였다.

"모쪼록 부탁하네."

"걱정 마십시오. 경비병 숙소에 잘 가둬두겠습니다."

그 말을 끝으로 마법 통신이 종료되었다. 트램프가 소켓에 끼워 넣은 마정석의 마나가 다 닳아버린 것이다. 브렌트 백작이 명령을 내렸다.

"기사 두 명, 기병 열로 구성된 호송조를 227경비초소로 파견하도록 해라. 리셀이라는 견습기사를 반드시 이리로 데리고 와야 한다."

"알겠습니다."

부관인 허드슨이 재빨리 복명하며 막사를 달려나갔다. 그 모습을 힐끔 쳐다본 브렌트 백작이 기지개를 켜며 목을 이리 저리 꺾었다.

"리셀이라는 녀석이 호송되면 진상을 알 수 있겠군."

브렌트 백작과 그가 진두지휘하던 수도경비 기사단은 드래곤의 레어에서 크릭스와 헤어졌다. 브렌트 백작에게는 드래곤의 레어에서 노획한 보물을 안전한 곳으로 옮겨야 할 의무가 있었다. 때문에 아그리아 공작가의 이후 행보에 대해 알 수 없었다.

아그리아 공작가가 해츨링을 붙잡아 드래곤 하트를 수중에 넣었는지 그러지 못했는지는 브렌트 백작에게 있어 상당히 중요한 문제였다.

"반드시 사실을 파악해야 해."

바로 그 때문에 그는 각지의 경비초소에 협조 요청서를 보냈다. 해츨링을 현상수배할 수 없으니 대신 그를 데리고 달아난 견습기사 리셀을 목표로 삼은 것이다.

사실 드래곤 사냥을 성공시켜 레어의 보물을 전리품으로 얻은 것만으로도 브렌트 백작은 엄청난 공을 세운 것이나 다름없었다. 실로 엄청난 가치의 보물이 황실로 귀속되었다.

그러나 그는 포상을 받을 틈도 없이 서둘러 길을 떠나야 했다. 그가 부임하기로 했던 남부 전선의 상황이 심상치 않게 돌아가고 있었기 때문이었다.

결국 브렌트 백작은 수도에 발을 들이지도 못하고 근교에 주둔 중인 병력과 합류하여 남부로 향하는 중이었다. 그러던 와중에 227경비초소로부터 연락을 받은 것이다.

팔천 명의 대부대였기 때문에 기사와 기병 몇을 빼내어 리셀을 호송해 오는 것은 그리 어려운 일이 아니다. 리셀이란 자가 호송되면 아그리아 공작가가 드래곤 하트를 손에 넣었는지, 아니면 실패했는지 확실히 알게 될 터였다.

기사 두 명과 기병 열로 구성된 호송조가 227경비초소로 가서 리셀을 호송해 오는 데에는 꼬박 일주일이 걸렸다. 227경비초소에 도착한 호송조가 마정석 두 개를 포함해 적지 않은 보급물자를 전해주었다. 산더미처럼 쌓인 보상을 본 기사 트램프는 매우 기뻐했다.

"역시 브렌트 백작님다우셔."

리셀은 반항하지 않고 순순히 호송에 응했다. 마스터의 가문에 누를 끼치지 않도록 혼자서 처벌을 받을 생각이었다.

그러나 그는 알지 못했다. 브렌트 백작의 의도는 그에게 죄를 묻는 것보다 드래곤 하트와 해츨링의 행방을 알아내려는 것이 우선이란 사실을 말이다.

호송조는 여분으로 끌고 온 말에 리셀을 태워 남부 지원군이 행군하는 방향으로 쏜살같이 달렸다. 그리하여 사흘하고 한나절 만에 브렌트 백작의 막사에 리셀을 대령할 수 있었다.

말 위에서 사흘 동안 흙먼지를 흠뻑 뒤집어쓴 리셀은 제대로 옷을 털지도 못하고 브렌트 백작의 막사로 압송되었다. 막사에 들어서자 호송해 온 기사가 리셀의 손과 발을 묶어놓은 포승을 풀어주었다. 말을 타고 오는 내내 호송조는 리셀의 도주를 우려하여 포박을 풀어주지 않았다.

"그대가 리셀인가?"

오랫동안 묶인 손발이 저려 와서 꼼지락거리던 리셀이 고개를 들었다. 머리와 수염에 드문드문 새치가 돋아난 초로의 군인이 그를 쳐다보고 있었다. 가슴에 주렁주렁 매달린 훈장이 위엄을 더해주고 있었다. 자세를 바로 한 리셀이 목례를 했다.

"그렇습니다."

"그때의 모습과 다르지 않군."

그 말에 리셀의 눈이 커졌다.

"절 아십니까?"

"알지는 못하지만 보기는 했지. 드래곤의 해츨링을 가슴에 안고 정신없이 달리는 모습을 말이야."

리셀의 얼굴이 벌겋게 상기되었다. 그렇다면 눈앞의 중년인이 당시 드래곤 사냥에 가담했었다는 말인가? 당황해 하는 리셀을 보며 브렌트 백작이 빙그레 미소를 지었다.

"이유를 알고 싶군. 드래곤 사냥은 황실과 아그리아 공작가가 힘을 합쳐 진행하던 일이었어. 그런 상황에서 제국의 기사가 되고자 입국한 자네가 도대체 무슨 이유로 그런 짓을 벌인 것인가? 해츨링을 빼돌린 의도가 도대체 뭐지?”

리셀이 당황해서 떠듬떠듬 대답했다.

“다, 당시 저는 몰랐습니다. 발가벗겨진 채 무참히 구타당하던 어린 소녀가 드래곤의 해츨링이었을 줄 전혀 짐작하지 못했습니다. 저는 그냥 울컥하는 마음에 앞뒤 가리지 않고 나선 것뿐입니다.”

예측이 여지없이 맞아떨어졌기에 브렌트 백작의 입가에 서린 미소가 짙어졌다.

“모르고 벌인 일이라 하더라도 처벌을 피할 순 없어. 단지 어느 정도 정상참작만 될 뿐이지. 어쨌거나 그대가 상상도 할 수 없는 가치를 지닌 드래곤의 해츨링을 빼돌린 것은 사실이니까……. 운이 나쁘면 자네 마스터의 가문인 루카스 후작가도 일말의 책임을 져야 할 수도 있어.”

물론 그것은 말도 안 되는 억지였다. 다시 말해 리셀의 반응을 떠보기 위한 유도 심문의 일종이었다. 아직까지 서임을 받지도 못한 어린 견습기사가 저지른 일을 그 마스터의 가문이 책임진다는 것은 제국에 유례가 없던 일이다.

그러나 그런 사정을 모르는 리셀로서는 꼼짝없이 속아 넘어갈 수밖에 없었다. 입술을 깨문 리셀이 브렌트 백작을 정면으로 노려보았다.

“제가 죄를 범했다면 달게 처벌을 받겠습니다. 그러나 마스터의 가문과는 연관 짓지 말아 주십시오. 루카스 후작가는 저에 대해 아무것도 알지 못합니다.”

“흠, 마스터에 대한 충성심이 대단하군.”

“한낱 화전민 출신 고아인 저를 여기까지 이끌어주신 분입니다. 그분이 거둬주시지 않았다면 저는 지금까지 살아 있지도 못했을 것입니다.”

“아무튼 좋아. 그 문제는 추후 생각해 보기로 하지. 어쨌거나 자네는 아스트리아 황실과 아그리아 공작가 양측의 처벌을 모두 받아야 하네. 난 아스트리아 황실의 입장에서 그대를 심문하고 처벌할 생각이네.”

브렌트 백작이 눈을 빛내며 가장 궁금해하던 사항을 물어보았다.

“드래곤 하트는 어떻게 되었나?”

“……”

“해츨링이 아공간 주머니에 넣고 달아난 드래곤의 심장 말이야. 그리고 해츨링의 행방도 역시 알고 싶어.”

리셀은 아무런 말도 하지 않았다. 이미 친구로 인정한 아슈레인의 일 아니던가? 이 자리에서 섣불리 그의 행방을 밝힐 수 없었다.

머뭇거리는 리셀을 쳐다본 브렌트 백작이 차갑게 웃었다. 애송이의 입을 여는 것은 전장에서 닳고 닳은 브렌트 백작에겐 식은 수프 마시는 것보다 쉬운 일이었다.

“아그리아 공작가는 드래곤 사냥을 위해 엄청난 자금을 쏟아 부었어. 드래곤의 행방을 조사하기 위해 든 정보료와 드래곤 사냥에서 희생된 기사들을 키워낸 비용을 감안하면 실로 상상도 하기 힘든 금액이지."

"……."

"아그리아 공작가가 무엇 때문에 그런 엄청난 출혈을 감수하고 드래곤 사냥을 계획했는지 이유를 알고 있나?"

물론 리셀이 그 이유를 알 리가 없었다.

"아그리아 공작가가 바라는 것은 단 하나, 드래곤 하트였어. 드래곤의 심장을 구하기 위해 그토록 엄청난 노력을 쏟아부은 것이지."

브렌트 백작이 착 가라앉은 눈빛으로 리셀을 쳐다보았다.

"하지만 자네가 그 모든 것을 한순간에 날려버렸어."

"……."

"자넨 실로 엄청난 짓을 저지른 거야. 본인은 그렇지 않다고 생각하겠지만 말이야."

리셀은 아무런 말도 없이 브렌트 백작의 말을 듣고 있었다.

"이번 드래곤 사냥을 위해 아그리아 공작가가 지출한 비용은 어림잡아 제국 1년 예산의 절반 정도는 될 거야. 그것을 자네가 모조리 날려버린 게지."

그 말을 들은 리셀의 안색이 약간 변했다. 자신이 행한 일에 그런 제반 사정이 있을 줄은 몰랐다. 그러나 리셀은 자신의 행동을 후회하지 않았다. 그 결정으로 인해 소중한 친구를 하나

얻지 않았던가? 귓전으로 브렌트 백작의 음성이 계속 파고들었다.

"따지고 보면 황실은 자네 때문에 그리 큰 피해를 입지 않았어. 우리가 갖기로 한 것은 고작해야 드래곤 레어의 보물이었으니 말이야. 그러나 아그리아 공작가의 피해는 실로 엄청나다고 할 수 있어. 그들의 유일한 전리품인 드래곤 하트를 잃어버렸으니까."

"그런 사정이 있을 줄은 몰랐습니다."

"자넨 사람을 죽여 놓고도 몰랐다고 발뺌할 인간이구먼. 어쨌거나 좋아. 아그리아 공작가는 자네 때문에 엄청난 손실을 봤어. 자칫 잘못하면 자네 마스터의 가문인 루카스 후작가에 책임을 물을 수도 있어."

그 말에 리셀이 화들짝 놀라 도리질을 쳤다.

"마, 말도 안 됩니다! 아직까지 서임되지도 않은 견습기사인 제 행동의 책임을 어찌 루카스 후작가에 물을 수 있단 말입니까?"

"아그리아 공작가와 루카스 후작가는 그리 사이가 좋지 않아. 언제 영지전이 터져도 이상하지 않을 상황이지. 어쩌면 아그리아 공작가는 이번 일을 루카스 후작가를 집어삼킬 좋은 기회로 여길 수도 있어."

리셀의 표정이 창백해졌다. 그게 사실이라면 이만저만 큰일이 아닐 수 없었다.

“아그리아 공작가는 이미 자네에게 수배령을 내려놓았네. 제국에서 둘째가라면 서러워할 가문인 만큼 영향력이 닿는 영지 모두에 자네의 인상착의를 배포했지. 참, 모르고 있을지도 모르지만 자네에 대한 정보는 국경 경비초소를 통해 모두 파악했어. 자네의 마스터가 루카스 후작가의 아너프리 경이란 사실까지 말이야.”

리셀은 말을 잃었다. 아슈레인을 구하고자 나선 일이 이토록 엄청난 반향을 불러일으킬 줄은 몰랐다.

“만약 자네가 227검문초소에서 붙잡히지 않았다면 더욱 불행한 운명이 기다리고 있었을 것이야. 227검문초소 이외의 검문소는 거의 대부분 아그리아 공작가의 입김이 닿아 있으니 말일세.”

리셀이 몸을 가늘게 떨었다. 만약 그가 아그리아 공작가와 연계된 검문소에서 붙잡혔다면 지금처럼 곱게 호송되는 일은 없었을 것이다. 보나 마나 갖은 고문을 당한 끝에 분풀이 삼아 끔찍하게 처형되었을지도 모르는 일이었다.

“어찌 보면 자네가 나에게 먼저 붙잡힌 것이 행운일 수도 있지. 자네의 태도 여하에 따라 이 사실을 아그리아 공작가에 알리지 않을 수도 있으니 말이야.”

그 말에 리셀이 일말의 희망을 품고 브렌트 백작을 쳐다보았다.

“제게 바라시는 것이 무엇입니까?”

"내가 바라는 것은 단 하나뿐이야. 드래곤 하트의 행방."

"……."

"모른다고 하지 말게. 자네 반응을 보니 드래곤 하트에 대해 어느 정도 알고 있음이 분명하니까."

리셀은 결심을 굳혔다. 더 이상 루카스 후작가에 폐를 끼칠 수는 없었다. 모든 것을 자신이 짊어지고 가야 한다. 해서 그는 아슈레인과 드래곤 하트에 대해 일정 부분만 알려주기로 했다.

"드래곤 하트는……."

브렌트 백작이 숨을 죽였다. 중요한 순간이었다.

"해츨링이 제 눈앞에서 깨뜨렸습니다. 엄청난 마나 폭풍을 일으킨 뒤 사라지더군요."

예상치 못한 대답이었는지 브렌트 백작이 눈을 껌뻑거렸다.

"그게 사실인가?"

"그렇습니다. 어머니의 심장을 대자연의 품으로 돌려보내기 위해 깨뜨린다고 하더군요."

"그걸 보고도 가만히 있었나?"

리셀이 어깨를 으쓱했다.

"그럼 어쩌겠습니까? 제 물건이 아닌데 말입니다."

브렌트 백작이 어처구니없다는 듯 한숨을 내쉬었다. 실로 엄청난 가치를 지닌 것이 드래곤 하트였다. 그런 귀물이 깨어지는 순간을 멍하니 지켜보았다는 것이 도저히 믿어지지 않았다.

'혹시 바보인가? 아니면 물욕에 초연한 것인가?'

후자의 경우라면 칭찬을 받을 법도 하지만 결코 정상적인 태도는 아니다. 흥분을 가라앉힌 브렌트 백작의 입가에 살며시 미소가 그려졌다. 엄청난 귀물이긴 하나 어차피 아그리아 공작가로 귀속될 물건이다. 깨어져서 대자연의 품으로 돌아갔다면 이보다 좋은 결과가 나올 수 없었다.

'이로써 아그리아 공작가의 바람이 완전히 물거품 되어버린 것인가?'

그는 아그리아 공작가의 노림수를 잘 알고 있었다. 안 그래도 제국 최고 명문가의 하나였던 아그리아 공작가는 블레이드 오너인 루드비히를 배출한 이후 최전성기를 누리고 있었다. 그런 아그리아 공작가에서 제2, 제3의 블레이드 오너가 배출된다면?

'아마 아그리아 공작가는 황권까지 넘볼 힘을 갖게 되겠지.'

아그리아 공작가가 그토록 드래곤 하트에 눈독을 들이는 이유는 바로 그 때문이었다. 드래곤 하트에 농축된, 지극히 순수하고 농밀한 마나를 이용해 루드비히의 뒤를 이을 차세대 블레이드 오너를 육성하려는 것이다.

그런 시도가 물거품이 되어버렸으니 브렌트 백작의 입가에 미소가 걸리지 않을 수 없었다. 그러나 알아낼 것은 그것뿐만이 아니었다.

"그렇다면 해츨링은 어떻게 되었지?"

리셀은 망설임 없이 대답했다. 물론 속사정은 빼고 눈으로 보이는 부분만 말해준 것이다.

"제가 보는 앞에서 와이번에게 물려갔습니다. 멋도 모르고 와이번 서식지로 들어갔다가 말입니다."

사실은 사실이었다. 물론 거기에는 숨겨진 속사정이 있다지만 말하지 않았을 뿐, 리셀이 거짓말을 한 것이 아니다.

"허!"

브렌트 백작이 가느다랗게 탄성을 토해냈다. 아그리아 공작가가 노리던 전리품들은 이로써 완전히 세상에서 사라져버렸다. 그러나 진술의 진위를 확인할 필요성은 있었다.

"지금 한 진술들이 모두 사실이겠지?"

"그렇습니다."

"마스터인 아너프리 경의 명예를 걸고 맹세할 수 있나?"

그 말에 리셀이 한 치의 망설임도 없이 맹세를 했다.

"저 리셀은 돌아가신 마스터의 명예를 걸고 어떠한 거짓도 말하지 않았음을 맹세합니다."

"좋아."

브렌트 백작이 흡족한 표정으로 고개를 끄덕였다. 그 반응에 도리어 얼떨떨해진 것은 리셀이었다.

"그것이 전부입니까?"

"뭘 더 바라겠나? 기사의 맹세는 견습기사에게도 적용되네. 아너프리 경의 견습기사라면 설사 목에 칼이 들어와도 마스터의 명예를 더럽히지 않을 테지."

"혹시 마스터를 아십니까?"

브렌트 백작이 침울한 표정으로 고개를 끄덕였다.

"그분이 붉은 사자 기사단의 단장으로 계실 때 한 6개월 정도 검술교습을 받은 적이 있었지. 물론 내가 어린 견습기사였을 때의 일이지만 말일세. 정말 호방하시며 기사도의 표본과도 같은 분으로 기억하고 있네."

리셀은 침묵을 지켰다. 여기 와서 마스터를 기억하고 있는 사람을 만날 줄은 몰랐다. 브렌트 백작이 짐짓 굳은 표정으로 말을 이어나갔다.

"그나저나 아그리아 공작가에서 이 사실을 알면 발칵 뒤집히겠군. 그토록 구하려 애쓰던 드래곤 하트가 세상에서 사라져버렸으니 말이야."

"……"

"실현 불가능한 일이지만 아마 내가 자네를 무죄 방면한다고 해도 루카스 후작가의 기사로 서임받는 것은 불가능할 거야."

그 말에 리셀의 눈이 커졌다.

"무, 무슨? 이해하기 힘든 말씀입니다만."

"현재 상태로 자넨 루카스 후작가의 영지까지 갈 수도 없어. 보나 마나 중간에 붙잡혀서 아그리아 공작가로 압송될 테니까 말이야."

"하, 하지만."

"물론 붙잡히지 않고 숨어가는 데 성공한다고 해도 마찬가지야. 내가 아그리아 공작가에 보고서를 제출한다면 그들은 틀림없이 루카스 후작가에 자넬 내놓으라고 요구할 걸세. 드래곤 하트와 해츨링의 행방에 대해 상세히 조사하거나, 아니면 일을 망친 데 대한 분풀이로 말일세."

리셀이 입술을 질끈 깨물었다.

"마스터의 가문이라면 절 순순히 내주지 않을 것으로 예상됩니다만."

"그건 자네의 염원일 뿐이지. 하지만 현실은 이상과는 많이 달라. 루카스 후작가의 세력은 아그리아 공작가에 감히 비할 수조차 없을 정도로 형편없이 쪼그라들었어. 오히려 아그리아 공작가가 무슨 꼬투리를 잡는 건 아닐까 전전긍긍하는 상황이지. 그런 상황에서 루카스 후작가의 가주가 무슨 결정을 내리겠나? 어린 기사 한 명을 건지자고 아그리아 공작가의 심기를 거스르는 결정을 내리겠나? 아니면 있으나 마나 한 기사 후보생 하나를 내어주고 위험요소를 없애는 길을 택하겠나?"

브렌트 백작의 냉정하기까지 한 말을 들은 리셀이 고개를 푹 수그렸다. 듣고 나니 루카스 후작가가 굳이 기사 한 명을 건지기 위해 위험을 무릅써야 할 이유는 없었다. 고개를 숙인 리셀을 쳐다보며 브렌트 백작은 슬며시 미소를 짓고 있었다.

'내 입장에서는 상을 주어도 모자랄 행동이었지만 말이야.'

불현듯 눈앞의 젊은 견습기사가 상당히 안쓰러워 보였다. 하지만 조금 전 리셀에게 인정사정없이 퍼부은 브렌트 백작의 말은 전적으로 사실이었다.

현재 루카스 후작가는 과거의 위세와는 전혀 어울리지 않게도, 조그마한 영지에 틀어박혀 아그리아 공작가의 눈치만 보고 있었다. 다시 말해 한없이 몰락해가는 가문인 것이다. 만약 아그리아 공작가가 요구한다면 루카스 후작가는 일말의 망설임도 없이 리셀을 내어줄 것이다.

'물론 그것은 아그리아 공작가가 드래곤 하트와 해츨링이 세상에서 영원히 사라졌다는 사실을 알아야만 가능한 이야기겠지만 말이야.'

브렌트 백작은 자신이 알아낸 사실을 아그리아 공작가에 알리지 않을 생각이었다. 많은 희생을 치르고도 제대로 전리품을 건지지 못한 아그리아 공작가를 거듭 자극하는 것은 그리 현명하지 못한 행동이다. 물론 그러려면 아그리아 공작가가 견습기사 리셀의 신병을 확보하지 못하게 해야 한다는 전제조건이 붙지만 말이다.

'이 녀석이 살아날 길은 한 가지뿐이다. 최소한 몇 년 동안 아그리아 공작가의 눈에 띄지 말아야 하지. 물론 루카스 후작가로 가서도 안 돼. 그러려면 반드시 이 녀석을 내가 붙잡아

놓아야만 해.'

마음을 정한 브렌트 백작이 입을 열었다.

"어차피 자네는 황실의 처벌을 먼저 받아야 해. 내 손에 붙들린 이상 말이지."

풀죽은 음성이 고개 숙인 리셀의 입술을 비집고 흘러나왔다.

"처벌은 이미 각오하고 있습니다."

"처벌에는 여러 방법이 있어. 몸에 직접적인 고통을 가하는 체벌형과 감옥에 가두어두는 금고형, 노동을 시키는 노역형과 몸으로 죗값을 치르는 노예형이 있지. 그래, 자넨 그중에서 어떤 처벌을 받고 싶나?"

"죄를 지은 몸으로 어찌 처벌을 선택할 수 있겠습니까."

"내가 한 가지 제안을 하지."

그 말에 리셀이 슬며시 고개를 들었다.

"아스트리아 제국에는 충군형이라는 게 있어. 큰 죄를 지은 자가 위험한 전장에서 병사로 복무하며 죗값을 치르는 제도이지. 원칙대로라면 평생 병사로 복무해야 하지만 자네의 경우에는 예외로 하도록 하지."

"지금 저더러 병사로 복무하란 말씀이십니까?"

"그렇다네. 아너프리 경에게서 배웠다면 검술 실력 하나는 확실할 터, 그런 인재에게 다른 처벌을 내리는 것은 우리 입장에서도 아까운 일이지."

브렌트 백작이 손가락 다섯 개를 쫙 벌려 보였다.

"5년, 5년만 남부 전선에서 복무하도록 하게. 그럼 지휘관인 나의 재량을 발휘해서 자네가 황실에 지은 죄를 없던 일로 해 주겠네."

리셀은 일순 말을 잇지 못했다. 클로버 영지에서 붙잡혀 강제로 전쟁을 치른 지가 얼마나 되었다고 또다시 같은 운명에 처해진단 말인가?

"물론 그것이 자네에겐 최선의 선택이야. 5년 동안 남부 전선에서 싸운다면 아그리아 공작가도 자네를 잊어버릴 수밖에 없을 테지. 일을 망친 데 대한 화도 풀릴 테고 말이야."

"그, 그러나."

"5년을 복무하고 나면 자넨 아무런 부담 없이 루카스 후작가를 찾아가 몸을 담을 수 있어. 전장에서 검술을 잘 단련한다면 기사가 되는 데 더 수월할지도 모를 일이고 말이야. 그때쯤 되면 아그리아 공작가도 더 이상 루카스 후작가를 핍박하지 못할 거야."

그러나 리셀은 쉽사리 결정을 내리지 못하고 머뭇거렸다. 브렌트 백작이 빙글빙글 웃으며 리셀의 반응을 살펴보았다.

사실 그는 어떻게든 리셀이 아그리아 공작가에 붙잡혀 가는 것을 막아야 하는 입장이다. 그렇게 하려면 그가 지휘하는 부대에 배속시켜두는 것이 가장 확실했다.

'운이 나쁘면 남부 전선에서 싸우다 전사할 수도 있겠지만

말이야.'

브렌트 백작이 리셀의 망설임에 결정타를 날렸다.

"만약 자네가 5년의 충군형을 선택한다면 나는 보고서를 아그리아 공작가로 보내지 않겠네. 아그리아 공작가가 루카스 후작가를 핍박할 명분을 미연에 없애버리는 거지. 그래, 어떻게 하겠나?"

그 한 마디가 결정적이었다. 고민하던 리셀이 마음을 정하고 눈빛을 빛냈다.

"하겠습니다. 5년 동안의 충군형을 받아들이지요."

"잘 결정해야 하네. 만약 자네가 사라지거나 탈영할 경우 난 머뭇거림 없이 보고서를 아그리아 공작가로 보낼 테니까."

"그럴 일은 결코 없을 것입니다. 기사로서 맹세를 하라고 하셔도 따르겠습니다."

"좋아. 그렇다면 보고서 송달을 보류하도록 하지."

목적했던 바를 이뤘기에 브렌트 백작의 입가에 미소가 피어났다. 눈앞의 젊은 견습기사를 남부의 레오폰 왕국 전선으로 데리고 가서 써먹을 수 있다면 그의 입장에서는 물론이고 견습기사에게도 좋은 일이었다. 고개를 끄덕인 그가 손뼉을 쳐서 당번병을 불렀다.

"데리고 가서 숙소를 정해주도록. 견습기사 신분인 만큼 장교 대우를 해 주어야 할 거야."

"알겠습니다."

리셀을 쳐다본 브렌트 백작이 한 마디를 날렸다.

"어디에 배치될지는 남부 전선에 도착하고 나서 결정해 주도록 하겠네."

리셀이 힘없이 일어나 당번병의 뒤를 따랐다. 또다시 타의에 의해 내키지 않는 전쟁에 끼어들게 되었으니 기운이 날 리가 없다.

브렌트 백작이 이끄는 지원부대는 하루 종일 행군한 뒤 숙영지를 차렸다. 이곳에서 레오폰 왕국과의 공방이 벌어지고 있는 남부 전선까지는 꼬박 한 달을 이동해야 하는 먼 거리였다.

취사병들이 부산하게 음식을 만들었고 병사들이 돌아다니며 막사를 치기 시작했다. 잠시 후 거대한 숙영지가 완성되었다. 하루 종일 행군하느라 피곤했기 때문에 병사들은 금세 곯아떨어져 버렸다.

리셀에게는 장교용 막사가 배정되었다. 천막 하나에 스무 명이 넘는 병사들이 포개서 자야 하는 병사용 막사와는 달리 장교용 막사는 한 천막을 네 명이서 사용했다. 리셀은 브렌트 백작의 가문 소속 기사 세 명과 함께 한 천막을 썼다.

'또다시 남의 전장에서 목숨을 걸고 싸워야 하는 건가?'

브렌트 백작의 밀명을 받았는지 기사들은 리셀의 일거수일투족을 면밀히 감시했다. 그러면서도 말 한마디 걸지 않았다.

　죄를 지어 충군형을 받은 소국 출신의 견습기사, 그것이 리셀의 신분이다. 드높은 기사들의 자존심을 생각해 보면 상대하려 하는 것이 오히려 이상했다.

　잠이 오지 않아 리셀은 천막의 지붕만 뚫어지게 쳐다보고 있었다. 숲의 거처를 떠나온 이후 리셀은 끊임없이 곤란한 일에 직면해야 했다.

　'악령의 숲을 떠나오지 말았어야 했나? 그곳에 남아 계속 수련을 했다면.'

　그러나 적막한 숲 속의 삶은 너무도 외로웠다. 마스터가 세상을 떠난 이후 하루를 버티기가 너무나도 힘들었다. 게다가 아무리 노력해도 수련은 전혀 진전을 보이지 않았다. 애당초 그것을 참지 못해 뛰쳐나온 것이 아니던가?

　'하지만 후회하지는 않아. 아슈레인 녀석을 만났으니 말이야.'

　돌연 리셀의 입가에 미소가 그려졌다. 아슈레인과 함께 지낸 것은 고작해야 5일 정도, 처음에는 매우 서먹서먹했다. 하지만 헤어질 즈음에는 서슴없이 장난을 칠 정도로 친숙해졌다. 지고의 종족이라는 드래곤, 그 해츨링과 그토록 격의 없이 지냈다는 것은 지금 생각해봐도 신기했다.

　'과연 녀석이 성룡이 될 수 있을까?'

　물론 그것은 알 수 없다. 운이 나빠서 와이번의 한 끼 식사거리가 되었을 가능성도 배제할 수 없었다. 리셀의 관심이 슬며시 자신이 직면한 현실로 돌아왔다.

'남부 전선의 상황은 어떨까? 레오폰 왕국의 사막 전사들은 무시무시한 검술 실력을 지니고 있다고 들었는데. 짤막하게 휘어진 칼을 매우 빠른 속도로 휘두른다고 마스터께서 말씀하셨지.'

마스터인 아너프리는 리셀에게 검술과 함께 많은 정보들을 전해주었다. 그중에는 남부에서 자유기사로 활약하며 사막의 전사들과 싸웠던 경험담도 있었다.

'그곳은 워낙 덥고 햇살이 뜨거워 기사들이 금속갑옷을 입지 못한다고 하셨지?'

마스터의 말을 되새겨 보던 리셀이 돌연 마음을 다잡았다.

'어쩔 수 없다. 이번에는 클로버 영지 때처럼 꾀를 부릴 수도 없을 거야. 어쨌거나 5년의 세월을 전장에서 싸워야 하니 말이야.'

마스터가 남긴 말이 주마등처럼 머릿속을 맴돌았다.

―검술 실력을 향상시키는 데에는 수련도 중요하지만 실전경험 역시 무시할 수 없다. 목숨이 오락가락하는 생사의 결전이 수년에 걸친 수련보다 더 도움이 될 수도 있어.

리셀은 이번 참전을 수련의 일환으로 삼기로 마음먹었다. 어차피 드래곤 하트의 마나로 인해 변화한 몸은 마음대로 통

제하기도 힘든 상황이 아니던가? 아무래도 한계 상황에 직면
하게 될 경우가 빈번할 수밖에 없는 전장은 어찌 보면 리셀에
게 훌륭한 수련장이 될 수도 있었다. 또한 사막 전사들과 싸우
다 보면 검술 실력도 비약적으로 진전될 수 있을지 모른다.

'반드시 살아남을 거야. 마스터의 당부를 이행하기 위해서
는 그래야만 해.'

나지막한 각오가 리셀이 들어 있는 막사 주변으로 모락모락
피어올랐다.

제5장
가주 쟁탈전

아그리아 공작가의 영지는 제국의 수도 파르티잔에서 북동쪽으로 광활하게 펼쳐져 있다. 어림잡아도 제국 전체 영토의 오분의 일에 해당하는 방대한 땅이 아그리아 공작가의 소유였다.

제국의 영토에 강과 사막, 험준한 산처럼 사람이 살기 힘든 곳이 포함되어 있다는 사실을 감안하면 실로 엄청나게 넓은 영토라고 볼 수 있었다.

그러나 그런 영토 한가운데 자리 잡은 아그리아 공작의 성은 그리 분위기가 좋지 못했다. 가문의 사활을 걸고 시도한 드래곤 사냥이 거의 실패나 다름없이 끝났기 때문이었다.

"네가 내 아들이란 사실이 부끄럽구나."

냉혹한 한 마디에 크릭스의 이마에서 식은땀이 흘러나왔다. 화려한 의자에 앉아 그를 쏘아보고 있는 노인은 현 아그리아 공작가의 가주 트랜든 아그리아 공작이었다. 그리고 바닥에 꿇어 엎드린 크릭스의 친아버지이기도 했다.

"애초에 능력을 보고 맡겼어야 하는 것을…… 내 핏줄이라고 무턱대고 믿은 것이 잘못이었어."

모멸감에 몸을 떨었지만 크릭스가 할 수 있는 것은 아무것도 없었다. 어쨌거나 드래곤 하트를 손에 넣지 못한 것이 사실이기 때문이었다.

브렌트 백작의 짐작과는 달리 아그리아 공작가는 드래곤 하트가 세상에서 사라졌다는 사실을 확실하게 파악한 상태였다. 크릭스가 증거품으로 드래곤 하트의 파편을 가지고 왔기 때문이었다. 더없이 냉정한 음성이 귓전을 파고들었다.

"물러가라. 그리고 지금 이시간부로 너에게 허락된 가문의 후계자로서의 권한을 모두 박탈한다. 너 때문에 괴멸 지경에 이른 코멧 기사단에 들어가서 평기사로 복무하도록 하라."

그 말에 크릭스의 얼굴이 사색이 되었다. 따지고 보면 코멧 기사단은 그의 독단으로 인해 궤멸된 것이나 다름없었다.

마지막 순간 내린 그의 지시로 인해 코멧 기사단은 와이번 서식지로 진입해 들어갔다. 그리고 엄청난 비용을 들여 키운 열세 명의 기사를 와이번의 먹잇감으로 던져주고 말았다.

아직도 그때의 일에 이를 갈고 있을 코멧 기사단의 기사들이 평기사로 들어온 크릭스를 곱게 볼 리가 없었다. 그러나 크릭스로서는 달리 방도가 없었다.

"아, 알겠습니다. 아버님."

비록 가주의 친아들이라고는 하나 크릭스의 가문 내 입지는 그리 높지 않았다.

트랜든 아그리아 공작은 휘하에 열여덟 명의 자식을 두었다. 정략결혼을 통해 얻은 네 명의 아내로부터 얻은 자식들이었다. 그중 아들이 열 명이었으니 크릭스는 흔하디흔한 아들들 중 한 명에 불과했다. 게다가 가문의 후계자 자격을 박탈당한 이상 그는 완전히 끝난 것이나 다름없었다.

가문의 방계라고 하더라도 능력이 출중한 자에게는 후계자 자격이 주어지는 것이 아그리아 공작가의 방침이다. 중요한 임무에 실패한 크릭스는 무능하다는 꼬리표를 단 채 이제 가문의 후계 구도에서 완전히 밀려나 버린 것이다.

"꼴도 보기 싫으니 썩 물러가라."

매정한 아버지의 말에 크릭스가 어깨를 축 늘어뜨리고는 홀에서 물러났다. 그 자리에 모인 사람들의 시선이 크릭스의 쓸쓸한 등으로 집중되었다.

그중 원로들이나 나이 지긋한 가신들은 안 되었다는 눈빛을 보내고 있었다. 그러나 같은 후계자 신분으로서 그와 경쟁 구도에 있었던 젊은이들의 눈빛에서는 꼴좋다는 듯한 조소가 감돌았다. 아그리아 공작가의 차기 가주를 노리는 그들의 입장에서는 후계자 중 한 명의 탈락이 참으로 기분 좋은 일일 수밖에 없었다.

"회의를 파하도록 하겠소. 이만 물러가시오."

축객령을 내리자 모인 사람들이 우루루 홀을 나섰다. 착잡한 눈빛으로 크릭스가 나간 문을 쳐다본 트랜든이 몸을 일으켰다. 많은 가문 사람들이 지켜보는 공개적인 자리였고 가문의 피해가 적지 않았기 때문에 냉정하게 대할 수밖에 없었지만 그래도 친아들이니만큼 걱정이 되지 않을 순 없었다. 혈연이란 것은 그리 쉽게 무시할 수 없는 법이다.

'내 잘못이다. 크릭스의 능력을 너무 과신했던 거야.'

고개를 절레절레 흔든 트랜든이 내실로 들어왔다. 놀랍게도 내실에는 의자에 앉아 눈을 감은 채 몸을 앞뒤로 흔들고 있는 사람이 있었다. 나이는 사십 중반 정도, 호리호리한 체형에 몸에는 가죽갑옷을 입고 있었다.

그는 허리춤에 검을 차고 있었다. 그 누가 아그리아 공작가의 가주 집무실에서 칼을 차고 있을 수 있단 말인가? 하지만 더욱 놀라운 일은 이후에 벌어졌다.

"오래 기다리셨습니까? 숙부님."

트랜든 아그리아 공작은 언뜻 보아도 쉰을 훌쩍 넘긴 고령이었다. 그런데 그보다 훨씬 어려 보이는 중년 사내에게 숙부라는 호칭을 붙인 것이다. 그 말을 듣자 중년 사내의 눈이 뜨였다. 순간 날카로운 기파가 실내를 가득 메웠다.

‘큭.’

아그리아 공작이 신음을 흘리며 뒤로 한발 물러섰다. 몇 번 대해 보았지만 숙부가 뿜어내는 눈빛은 도저히 사람의 것으로 생각하기 힘들었다. 귓전으로 착 가라앉은 음성이 파고들었다.

“그리 오래 기다리지 않았소이다. 가주.”

놀랍게도 중년 사내의 정체는 루드비히였다. 아그리아 공작가가 보유한 최고의 비밀 병기, 그리고 아그리아 공작가가 지금의 입지를 다지는 데 가장 혁혁한 역할을 했던 블레이드 오너 루드비히가 바로 중년인의 정체였다.

현재 추정되는 루드비히의 나이는 아흔에 가까웠다. 한창 아그리아 공작가를 위해 활약할 때가 오십대였고 그로부터 수십 년이 지났지만 그는 아직까지 정정했다. 어디 가서 나이를 밝히면 아무도 믿지 않을 외모였다.

같은 연배의 가문 사람들이 모두 노환으로 세상을 떠났지만 루드비히만큼은 아직까지 젊음을 잃지 않고 가문의 최고 원로 자리를 지키고 있었다.

“드래곤 하트는 어떻게 되었소?”

그 말에 아그리아 공작이 식은땀을 흘리며 대답했다.

“실패로 돌아갔습니다. 드래곤 하트를 가지고 달아난 해츨링이 깨뜨려버렸다고 하더군요. 크릭스 녀석이 증거품으로 드래곤 하트의 파편을 수거해 왔습니다.”

"쯔쯔."

루드비히가 어처구니없다는 듯 혀를 찼다.

"인선을 잘못하셨구려, 가주. 파비스에게 맡겼다면 아무런 무리 없이 드래곤 하트를 가지고 왔을 터인데."

파비스는 루드비히의 손자였다. 그리고 아그리아 공작가의 후계자들 중에서 가장 앞서 달리는 선두 그룹의 한 명이기도 했다.

처음 드래곤 사냥을 계획했을 당시, 가문의 여러 계파에서 나서서 자신들이 밀고 있는 후계자를 책임자로 내세우려 했다. 루드비히 역시 첫 손자인 파비스에게 드래곤 사냥을 맡기기 위해 연일 압력을 행사했다.

그러나 가주인 아그리아 공작은 그 모든 압력을 무릅쓰고 아들인 크릭스에게 그 일을 맡겼다. 팔은 안으로 굽는다고 친아들인 크릭스가 공을 세우기를 원했던 것이다.

하지만 일은 결국 실패로 돌아가고 말았다. 지금 아그리아 공작은 가문의 원로들에게 많은 비판을 받을 각오를 하고 있었다. 그 첫 번째 사례가 바로 루드비히였다.

"내 손자 파비스는 인덕이 높아 기사들이 잘 따르오. 검술 실력 역시 만만치 않게 강하지. 그 녀석이었다면 아무런 무리 없이 드래곤 하트를 획득해 왔을 것이오."

"예상하지 못한 변수가 생겼으니 어쩌겠습니까? 이만 노여움을 푸시지요."

　아그리아 공작이 씁쓸한 표정으로 루드비히를 달랬다. 사실 통솔 능력이나 검술 실력은 파비스가 크릭스보다 나았다. 블레이드 오너인 루드비히의 집중적인 조련을 받았으니 오죽하겠는가? 아그리아 공작도 그 사실을 잘 알고 있었다. 그럼에도 불구하고 핏줄에 끌려 크릭스를 밀었건만 좋지 않은 결과가 나온 것이다.

　아그리아 공작을 쳐다보는 루드비히의 눈동자에는 회심의 빛이 어려 있었다.

　'이젠 더 이상 가주의 권한으로 친혈육을 밀지 못할 것이다.'

　루드비히가 바라는 것은 오직 하나, 그의 피를 이어받은 혈육이 아그리아 공작가의 가주 자리를 계승하는 것이다. 이미 아들을 그 자리에서 앉히는 데에는 실패한 루드비히였다. 하지만 손자는 충분히 가능성이 있었다. 루드비히는 조용히 지난 일들을 떠올려 보았다.

　루드비히는 아그리아 가문의 둘째아들이다. 물론 둘째아들에게도 가문의 후계자에 도전할 기회가 주어진다.

　그러나 그의 형인 포보스 아그리아는 루드비히가 도저히 따라잡을 수 없을 정도로 능력이 출중했다. 사람을 다루는 용인술이나 포용력, 그리고 귀족사회의 모략에 대한 적응력 등 모든 면에서 루드비히를 압도했다.

　그 때문에 루드비히는 가문의 수장 자리에 대한 미련을 일찌감치 접어버리고 불철주야 검술수련에 몰두했다. 그러다가 우연히 렌테리아 마탑의 수련생으로 들어가고 우여곡절 끝에 블레이드 오너가 될 수 있었다.

그쯤 되자 루드비히의 가슴 속에 서서히 오랫동안 잊어버렸던 야망이 피어났다. 그것은 바로 강대한 힘을 가진 아그리아 공작가의 대소사를 좌지우지하는 가주의 권력에 대한 열망이었다.

그러나 그 자신은 꿈을 이룰 수 없었다. 꿈을 품었을 때에는 이미 형인 포보스 아그리아가 확고하게 가문의 수장자리에 올라 영지를 다스리고 있었다. 그러나 루드비히는 쉽사리 꿈을 접지 않았다.

'내가 안 되면 내 아들이라도 아그리아 공작가의 가주 자리에 올릴 것이다.'

그 꿈을 이루기 위해 불철주야 가문을 위해 헌신한 끝에 루드비히는 확고하게 가문의 신임을 얻을 수 있었다. 지금의 아그리아 공작가를 만든 일등 공신은 단연 루드비히라고 할 수 있었다. 이대로 간다면 아들인 데칸을 무리 없이 가문의 수장 자리에 올릴 수 있을 것 같았다.

그러나 역시 귀족사회의 생리는 냉혹했다. 검에 모든 것을 바친 기사 출신인 루드비히가 감히 넘볼 수 없을 정도로 모략과 술수가 판을 쳤다. 그 결과물이 바로 현 가주인 트랜든 아그리아 공작이었다.

루드비히가 날카로운 눈빛으로 아그리아 공작을 노려보았다. 온갖 모략과 술수를 바탕으로 아들인 데칸을 밀어내고 아그리아 공작가의 가주 자리에 오른 자가 바로 트랜든 아그리아 공작이었다.

트랜든은 전대 가주이자 루드비히의 형인 포보스 아그리아의 맏아들이었다. 검술 실력은 그저 그랬지만 대신 정세를 빠르게 읽어내는 데 뛰어났고 모략에 능했다.

루드비히가 가문의 대소사를 해결하며 원로들의 신임을 얻기 위해 활약할 때 트랜든은 금력과 음모, 그리고 정보를 십분 활용해 가문의 원로들을 구워삶았다. 그의 공작에 넘어가지 않는 원로들은 의문의 암살을 당했고 그 내막은 일절 밝혀지지 않았다.

심지어 그는 정보 길드를 통해 얻은 정보를 무기로 삼아 원로들에게 은밀한 협박까지 일삼았다. 우직하게 정도를 걸어온 루드비히의 아들 데칸이 그런 트랜든에게 당해내지 못하는 것은 필연이었다.

결국 트랜든은 루드비히의 아들 데칸을 밀어내고 근소한 차이로 아그리아 공작가의 가주 자리에 오를 수 있었다. 그리고 지금 또다시 모략을 이용해서 차기 가주의 자리에까지 자신의 핏줄을 올리려 하고 있었다.

그런 만큼 트랜든을 쳐다보는 루드비히의 눈빛이 곱지 않은 것은 당연했다. 한참 생각에 잠겨 있던 루드비히의 귓전으로 아그리아 공작의 음성이 파고들었다.

"그래. 무슨 일로 절 보자고 하셨습니까?"

루드비히가 침묵을 지키자 기다리다 못한 아그리아 공작이 입을 연 것이다.

"아, 깜빡했군. 용서하시오."

"가문의 최고 어른이신데 제가 어찌……."

루드비히가 정색을 하고 입을 열었다.

"바로 오늘 아침, 마탑의 지인으로부터 연락을 받았소."

"지인이시라면 마법사 말씀이십니까?"

루드비히는 렌테리아 마탑에서 수련을 통해 블레이드 오너가 되었다. 무릇 귀족이라면 그 어떤 장소에라도 인맥을 만들어 두는 것이 철칙이다. 그에 따라 루드비히는 마탑 내부에 많은 인맥을 만들어 놓았고 그 대부분이 마법사들이었다. 각종 마법실험으로 주머니가 쪼들리는 마법사들을 가문의 부를 활용해 지인으로 만든 것이다. 금전적으로 궁핍할 때 거금을 지원해 준 루드비히에게 마법사들의 마음이 쏠리지 않을 수가 없었다.

"그렇소. 친우 중 한 명이 연락을 해 왔소."

기사들은 수명이 그리 길지 못한 것이 정설이다. 한계까지 몸을 수련하기 때문에 일찍 늙고 일찍 죽는다. 그러나 마법사는 그렇지 않다. 마나와 함께 생활하고 호흡하기 때문에 대부분의 마법사들은 장수하는 편이다.

　때문에 렌테리아 마탑에는 루드비히와 같은 연배의 마법사들이 아직까지 현역에서 활동하고 있었다. 시간에 비례해 성장하는 것이 마법사의 능력인 만큼 루드비히의 친우들은 대부분 고위 마법사가 되어 있었다. 그것 역시 루드비히가 가진 무형적인 자산 중 하나였다.

　"이것은 렌테리아 마탑에서 최고의 기밀 사항에 속하는 것이오. 친우도 드러날 경우 처벌받는다는 사실을 무릅쓰고 나에게 연락을 해준 것이지. 그러니 이 일은 가주만 알고 계셔야 하오."

　그 말에 아그리아 공작이 굳은 표정으로 고개를 끄덕였다.

　"알겠습니다. 반드시 비밀을 지키겠습니다."

　루드비히의 음성이 더욱 낮아졌다.

　"렌테리아 마탑에서 조만간 블레이드 오너들이 출관한다고 하오."

　순간 아그리아 공작의 눈이 찢어질 듯 부릅떠졌다.

　블레이드 오너, 그 정도로 막강한 무력을 지닌 존재들이다. 당장 아그리아 공작가만 해도 루드비히 한 사람으로 인해 지금의 입지를 굳힌 것 아니던가? 그런데 그런 엄청난 초인들이 또다시 세상에 모습을 드러낸다는 것이다.

　아그리아 공작이 눈매를 가늘게 좁혔다. 루드비히는 분명히 블레이드 오너가 아니라 블레이드 오너들이라고 말했다.

　"블레이드 오너들이라면……."

“그렇소. 자세히는 모르지만 다섯 명에서 열 명 사이의 블레이드 오너들이 모든 과정을 끝마치고 출관할 것이라고 하오.”

아그리아 공작의 눈동자에 또다시 경악의 빛이 서렸다. 다섯 명에서 열 명 사이의 블레이드 오너가 세상으로 나온다는 것은 실로 엄청난 일이었다. 자칫 잘못하면 제국 권력의 판도가 송두리째 뒤바뀔지도 모르는 일이었다.

“호, 혹시 어느 가문의 수련생이 블레이드 오너가 되었는지 알 수 있습니까? 그들은 제국인입니까? 아니면 다른 왕국의 수련생들입니까?”

그 말에 루드비히가 고개를 절레절레 흔들었다.

“그것까지 알아내는 것은 불가능하오. 마탑의 친우조차 접근할 수 없는 높은 단계의 정보이기 때문이오. 그가 가르쳐 준 것은 오직 한 명의 정보뿐이라오. 그것도 위험을 무릅쓰고 알아냈다고 하더군.”

그 말을 들은 아그리아 공작이 루드비히가 원로라는 사실조차 잊은 듯 채근했다.

“그 한 명이 어느 가문 출신입니까? 아그리아 공작가의 가주 입장에서 반드시 알아야만 합니다. 그러니 말씀해 주십시오.”

이런 반응을 익히 짐작했다는 듯 루드비히가 웃으며 입을 열었다.

"놀라지 마시오. 렌테리아 마탑에서 곧 출관할 블레이드 오너 중 한 명의 이름은 알렉스요. 출신 가문은 바로 나와 가주가 몸담고 있는 아그리아 공작가이지."

그 말을 들은 순간 아그리아 공작은 묵직한 해머가 머리를 강타하는 듯한 충격에 휩싸였다.

알렉스라면 바로 루드비히의 막내아들이었다. 초인의 핏줄은 이어진다고 블레이드 오너의 아들이 또다시 차세대 블레이드 오너로 등극한 것이다. 아그리아 공작은 눈앞이 아찔해지는 것을 느꼈다.

'이럴 수가……'

루드비히는 모두 합쳐 열한 명의 자식을 두었다. 두 명의 아내와 다섯 명의 첩을 두고 최대한 많은 자식을 낳았다. 그중 아들이 모두 다섯 명이었다. 첫째인 데칸은 요직에 앉아 가문의 일을 맡아보고 있었다. 그리고 둘째는 어릴 때 승마 연습을 하다가 말에서 떨어져 죽었다.

이후 루드비히는 나머지 세 명의 아들을 모조리 렌테리아 마탑으로 보내버렸다. 자신의 뒤를 이어 블레이드 오너로 키우기 위해서였다.

그러나 그 길은 결코 순탄하지 않았다. 아들 셋을 보낸 지 얼마 되지 않아 잇달아 비보가 전해졌다. 셋째아들이 마나홀을 여는 과정에서 마나가 역류해 폐인이 되었다는 비보였다. 결국 셋째아들은 아그리아 공작가로 돌아와 평생을 침대에 누워 지내는 신세가 되고 말았다.

그다음 소식은 더욱 참담했다. 넷째아들이 마나 폭주로 인해 온몸이 산산조각 났다는 소식을 들은 루드비히는 넋을 잃어버렸다. 엄청난 수업료를 지불하고 렌테리아 마탑에 맡겼건만 실로 참담한 결과가 나온 것이다.

이후 그는 욕심을 버렸다. 그저 막내만큼은 몸 성히 돌아오기를 기원했다. 다행히 좋지 않은 소식은 오랫동안 전해지지 않았다. 그런 상황에서 뜻밖의 낭보가 전해진 것이다.

수련생 시절 실험비용을 보태준 걸 계기로 친하게 지내던 마탑의 고위급 마법사가 루드비히에게 급히 전갈을 전해왔다. 막내아들인 알렉스가 블레이드 오너의 경지에 올랐으며 곧 출관할 것이란 사실을 말이다. 그 소식을 들은 순간 루드비히는 무릎을 쳤다.

"됐어. 이로써 모든 것이 확실해졌어. 내 핏줄이 아그리아 공작가의 차기 가주가 되는 것은 따놓은 당상이야."

블레이드 오너 한 명의 가치는 상상을 초월한다. 블레이드 오너가 되어 돌아올 막내아들 알렉스가 조카를 지원해 줄 경우 손자인 파비스는 엄청난 원군을 얻게 되는 것이다. 두 명의 블레이드 오너를 잃지 않으려면 원로들은 싫더라도 파비스를 밀 수밖에 없을 것이다.

예상대로 아그리아 공작의 얼굴은 일그러져 있었다. 루드비히가 예상하고 있는 것을 그도 생각하고 있다는 뜻이다. 루드비히의 말이 사실이라면 아그리아 공작가의 후계 구도가 송두리째 뒤흔들리고 말 것이다.

블레이드 오너가 되어 돌아온 알렉스는 볼 것도 없이 조카인 파비스를 지지할 것이다. 그렇게 되면 방계 출신인 파비스가 아그리아 공작가의 가장 유력한 후계자로 떠오르게 되리라는 건 너무도 자명한 일이었다.

아그리아 공작의 입장에서는 여러모로 심기가 편치 않은 상황이었다. 그러나 가문의 최고 원로인 루드비히에게 불편한 심기를 내비칠 수는 없다. 때문에 그는 애꿎은 렌테리아 마탑을 물고 늘어졌다.

"참 별일이로군요. 최고의 기사가 마법사의 손에서 탄생하다니 말입니다. 도대체 렌테리아 마탑은 무슨 생각으로 블레이드 오너를 양산하는 것인지 모르겠습니다."

"그게 무슨 뜻이오? 가주?"

"마법사와 기사는 철저히 상극입니다. 만에 하나 자신들이 키워낸 블레이드 오너의 손에 렌테리아 마탑이 해를 입을 수도 있지 않습니까? 숙부님이 그동안 가문이 치른 영지전에서 수많은 마법사를 해치우셨듯이 말입니다."

아그리아 공작의 말은 사실이었다. 영지전 당시 헤아릴 수 없이 많은 마법사가 루드비히의 손에 삶을 마감했다. 블레이드 오너의 빛나는 검은 마법을 파훼하는 효과가 있다. 또한 몸속에 마나홀이 생성된 블레이드 오너에게 마법은 그다지 효과를 발휘하지 못한다. 한마디로 마법사의 천적이라 볼 수 있는 것이다.

루드비히가 싱긋 웃으며 고개를 흔들었다.

"그것은 억측이오, 가주. 영지전 당시 내가 죽인 마법사들 중에서 렌테리아 마탑 출신은 한 명도 없소. 이미 렌테리아 마탑은 휘하 마법사들에게 어떤 일이 있어도 블레이드 오너를 적대하지 말라는 명을 내렸소."

"하지만 가문의 일이 우선이지 않습니까? 렌테리아 마탑이 자신들이 탄생시킨 블레이드 오너들에게 공격을 받지 않는다고 보장할 순 없지 않습니까?"

"마법사들과는 달리 기사들은 의리를 중시하지. 아마 렌테리아 마탑에서 빛나는 검을 얻은 블레이드 오너들은 어지간한 경우가 아니면 렌테리아 마탑을 적대하지 않을 것이오. 나만 해도 그렇소. 가문이 절체절명의 위기에 빠진 상황이 아니라면 렌테리아 마탑을 적대할 생각이 일절 없으니 말이오."

아그리아 공작의 안색이 확 변했다. 그게 사실이라면 렌테리아 마탑은 강력한 우군들을 육성해 세상에 내보내는 것이나 다름없었다.

비싼 수업료를 받기는 하지만 렌테리아 마탑은 가슴에 마나 홀이 열린 수련생에게 비전을 전수해서 블레이드 오너로 재탄생시킨다. 그런 과정을 거쳐 초인이 된 블레이드 오너들이 렌테리아 마탑을 각별하게 생각할 것은 틀림없는 사실이다.

‘조만간 렌테리아 마탑이 전 대륙을 석권하는 날이 올지도 모르겠군.’

고개를 끄덕인 아그리아 공작이 몸을 일으켰다.

“좋은 소식, 감축드립니다. 그럼 저는 가주의 입장에서 성대한 환영식을 준비하도록 하겠습니다.”

“아마 그래야 할 거요. 아그리아 공작가에서 두 번째 블레이드 오너가 탄생한 순간이니 말이오. 크하하핫.”

유쾌한 듯한 루드비히의 웃음소리를 들으며 아그리아 공작이 입술을 질끈 깨물었다.

‘이럴 줄 알았다면 나도 자식들을 일찌감치 렌테리아 마탑에 들여보냈을 것을.’

그러나 이미 늦은 일이었다. 그의 자식들은 마나 수련을 통해 가슴에 마나홀을 열기에는 이미 늦은 나이였다.

과거 그는 렌테리아 마탑에 거액의 수업료를 지불하며 자식을 수련시키는 루드비히를 무척 못마땅하게 생각해 왔다. 루드비히가 블레이드 오너의 자리에 오른 것을 철저히 운이라 치부했던 것이다.

집무실을 나서는 아그리아 공작의 눈에는 결의의 빛이 번뜩였다.

‘어떤 방법을 쓰더라도 새로운 블레이드 오너를 우리 편으로 끌어들여야 해. 그래야만 루드비히 숙부를 견제할 수 있어.’

아그리아 공작가의 가주 자리를 피를 이어받은 아들에게 넘
겨주려면 어떻게든 파비스를 견제할 힘을 얻어야 한다. 그러
나 그 길은 멀고도 요원해 보였다.

제6장
808정찰조

　브렌트 백작의 지원 병력은 한 달 동안의 고된 행군을 끝마치고 마침내 남부 전선에 도착할 수 있었다. 제국의 남부 국경 지역인 라할리아 사막 전역에 걸쳐 제국군과 레오폰 왕국 공격대의 산발적인 전투가 벌어지고 있었다.

　사실 병사의 수는 제국 측이 월등히 많다. 그러나 레오폰 왕국은 사막이라는 지형과 각종 병과의 효율적인 구성을 장점으로 한 치도 밀리지 않고 맞서 싸우고 있었다.

　레오폰 왕국의 병력 조합은 그야말로 환상적이었다. 병력의 주축을 이루는 것은 사막을 터전으로 살아가는 각종 소수 부족의 전사들이었다. 사막에 익숙할뿐더러 사냥과 부족 간의 싸움을 통해 실력을 갈고닦은 탓에 사막 전사들은 제국군의 가장 큰 골칫거리였다.

물론 사막 전사들만으로는 우위를 지킬 수 없다. 제국의 쟁쟁한 기사들은 정면 대결에서 충분히 사막 전사들을 물리칠 수 있는 무력을 지녔다. 그러나 레오폰 왕국의 각종 소환술사들과 흑마법사들이 가세하면서 상황이 달라졌다.

흑마법이 거의 유명무실한 제국과는 달리 레오폰 왕국은 흑마법사들의 세력이 무척 강했다. 강한 햇살과 메마른 날씨 때문에 시체가 쉽게 부패하지 않기 때문이다. 게다가 레오폰 왕국의 풍습 자체가 흑마법을 멸시하지 않는다.

레오폰 왕국에서는 노예나 전쟁포로를 사람으로 보지 않는다. 때문에 각종 제사 때 사람을 제물로 바치는 일이 일상사로 벌어진다. 그러다 보니 흑마법사들이 노예를 사들여 잔혹한 인체 실험을 해도 아무런 제제도 받지 않는다.

그런 이유 때문에 대륙의 흑마법사들이 대거 레오폰 왕국으로 몰려들었다. 그곳은 마음 놓고 흑마법을 갈고 닦을 수 있는 흑마법사들의 천국이나 마찬가지였다.

그런 레오폰 왕국을 터전으로 삼고 살아가던 흑마법사들이 이번 전쟁에 대거 참여했다. 시체가 널려 있는 전장의 환경이야말로 흑마법을 연구하기에 최상의 장소였던 것이다. 그리고 그들은 레오폰 왕국이 멸망하는 것을 결코 원하지 않았다.

사실 레오폰 왕국이 아닌 다른 왕국에서는 흑마법을 극히 두려워했다. 흑마법 실험 자체가 살아 있는 사람의 목숨을 거두고 참혹한 고문을 가해 원념을 짜내는 과정으로 이루어졌기 때문이었다.

잘못을 저지른 노예를 죽이는 것은 허용해도 제물로 바치거나 원념을 짜내기 위해 고문을 가하는 것은 죄로 간주했다. 그런 생체 실험을 거리낌 없이 행할 수 있는 곳은 오직 레오폰 왕국밖에 없다.

그 때문에 흑마법사들은 사막 전사들과 조를 짜서 행동하며 끊임없이 제국군에게 타격을 입혔다. 구울과 스켈레톤을 무더기로 소환해서 몰고 다니는 흑마법사를 심심찮게 볼 수 있는 곳이 바로 라할리아 사막이 있는 남부 전장이었다.

제국군을 곤란하게 만드는 것은 그것뿐만이 아니었다. 라할리아 사막 자체가 극한의 환경을 가진 험지이다 보니 다른 곳에서는 쉽게 볼 수 없는 괴기한 몬스터들이 많았다. 레오폰 왕국의 소환술사들은 그런 몬스터들을 이용해서 제국군을 괴롭혔다.

소환술의 최고봉은 단연 앤트라이온(개미귀신) 소환이라고 할 수 있다. 모래밭에 깔때기 모양의 개미지옥을 만들어놓고 굴러떨어진 곤충들을 먹이로 삼는 것이 앤트라이온이다. 그러나 라할리아 사막에 서식하는 앤트라이온은 큼지막한 낙타조차도 잡아먹을 정도로 덩치가 크다.

소환술사들은 그런 앤트라이온을 길들여 제국군의 예상 진군 경로에 함정을 팠다. 일단 앤트라이온의 함정에 빠지면 빠져나올 도리가 없었다. 모래 함정에 빠져 들어가 산채로 묻혀버릴 수밖에 없는 것이다. 그렇게 먹잇감을 모래 속에다 묻어 숨통을 끊어놓은 뒤 나중에 꺼내어 차근차근 씹어 먹는 것이 앤트라이온의 사냥법이다.

각종 독사와 전갈을 조종해 수비병을 괴롭히는 경우도 있었고 맨티스라는 이름의 거대 사마귀 군단을 이끌고 정찰병을 기습하는 경우도 빈번했다. 전혀 판이한 전술을 쓰는 레오폰 왕국의 공격으로 인해 수비하는 제국군은 많은 애로를 겪어야 했다.

그런 상황에서 천고의 명장이라 불리는 브렌트 백작이 지원 병력을 이끌고 도착했다.

"수고 많았소. 이제 이곳은 내가 책임지겠소."

브렌트 백작의 믿음직스러운 얼굴을 보며 지금까지 남부 전선을 맡고 있던 라데린 후작이 고개를 절레절레 흔들었다. 이곳의 방어를 맡은 이후 올라온 보고라곤 어디 어디 부대가 적의 기습에 괴멸되었다든지 혹은 장교들이 어쌔신들에게 암살되었다는 비관적인 소식뿐이었으니 치를 떨 만도 했다.

실제로 최고 지휘관인 라데린 후작의 숙소에도 몇 번 어쌔신들이 잠입한 적이 있었다. 물론 직위가 직위인지라 철통같은 경계가 펼쳐져 있었기에 어쌔신들은 예외 없이 호위 기사들의 검에 싸늘한 시체가 되어야 했다. 그러나 그 침투방법의 기발함은 라데린 후작을 질리게 만들기에 모자람이 없었다.

어떤 어쌔신은 라데린 후작을 암습하기 위해 배설물로 가득
한 똥통에 사흘 동안 들어가 있었다. 가느다란 갈대 대롱으로
숨을 쉬면서 말이다.

여자 어쌔신이 전장을 떠도는 창녀로 분장해 들어오려 한
적도 있었고, 호위 기사를 죽여 그 얼굴 가죽을 벗겨 내 뒤집
어쓴 뒤 들어오려 한 어쌔신도 있었다. 물론 대부분의 시도가
충직한 호위 기사들에 의해 미연에 차단되었지만 말이다.

그 모든 암살시도를 직접 겪고 나니 브렌트 백작에게 자리
를 내주고 제국으로 돌아가는 것이 기꺼울 수밖에 없는 것이
다.

"부디 조심하셔야 하오. 레오폰 왕국 놈들은 상식이 통하지
않는 놈들이라오."

"걱정하지 마시오. 놈들의 수작은 본인도 익히 알고 있으니
말이오."

라데린 후작이 홀가분한 표정으로 지휘권을 넘겼다. 그 역
시 전장에서 잔뼈가 굵은 무장 출신이지만 레오폰 왕국만큼은
정말로 지긋지긋했다.

라데린 후작이 가신들을 이끌고 귀국길에 오르자 브렌트 백
작은 병력을 바로 재배치했다.

남부 전선에 배치된 방어 병력은 총 5만, 거기에다 브렌트

백작이 데리고 온 8천의 지원 병력이 더해졌다. 물론 지원 병력은 하나같이 사막을 경험해보지 못한 산악과 평야 지역 출신들이었다. 그들을 약간이나마 사막을 경험한 기존 병력에 나누어 배치해 효율성을 높이는 것이 브렌트 백작에게 내려진 가장 큰 숙제였다.

리셀이 배치된 곳은 장거리 정찰부대였다. 브렌트 백작은 이곳에 도착하자마자 리셀에게 배치 명령서를 하달했다.

"장거리 정찰부대?"

고개를 갸웃거린 리셀이 장교의 손에 이끌려 장거리 정찰대가 주둔한 장소로 걸음을 옮겼다.

"미치겠군."

터커가 얼굴을 와락 일그러트렸다. 나름대로 많은 공을 세운 808장거리 정찰조의 조장인 그는 지금 막 배치된 신입이 정말로 마음에 들지 않았다.

'아무리 상황이 어렵다고 해도 저런 애송이를 보내다니……'

그의 시선이 닿는 곳에는 아직까지 머리에 핏기도 마르지 않은 새파란 애송이가 어울리지 않는 플레이트 메일을 차려입고 그늘에 기대앉아 있었다.

'혹시 미친 거 아니야? 이런 더운 사막에서 플레이트 메일을 입을 생각을 하다니……'

고개를 돌려보자 다른 조원들도 같은 생각을 하고 있는지 연신 신입을 쳐다보며 혀를 끌끌 차고 있었다.

모르긴 몰라도 저런 쇳덩이를 입고 그늘 밖으로 나간다면 그대로 쪄 죽을 것이다. 라할리아 사막의 햇볕은 그 정도로 뜨거웠다.

햇빛에 드러난 돌에 계란을 깨뜨린다면 금세 프라이가 될 정도로 태양빛이 강했다. 그런 뙤약볕 아래에서 플레이트 메일을 입겠다는 생각을 한 자체가 정상이 아니었다.

'미치겠군. 그렇다고 뭐라고 할 수도 없고.'

명목상 신입이긴 하지만 새로 온 애송이는 기사 신분이었다. 때문에 조장인 터커로서도 마음대로 할 수가 없었다. 신분상으로는 오히려 터커보다 위인 것이다. 물론 조장이니만큼 지휘권은 그에게 있지만 말이다.

'골치 아프군. 차라리 지난 전투에서 죽은 녀석이 훨씬 나았는데 말이야.'

터커가 황당한 기색으로 고개를 절레절레 흔들었다.

장거리 정찰조는 전임 지휘관인 라데린 후작이 만든 병과였다. 십여 명 안팎의 인원으로 레오폰 왕국의 주요 보급로와 병참의 위치를 파악하는 것이 주된 임무였다.

인간이 살기 힘든 환경의 라할리아 사막에서는 먹을 것과 마실 것을 쉽게 구할 수 없다. 오아시스가 아니면 물을 구할 장소가 거의 없다고 해도 과언이 아니다. 때문에 레오폰 왕국과 아스트리아 제국 양측 모두 보급에 각별히 신경을 썼다. 자칫 잘못해서 보급이 이루어지지 않는다면 잘 훈련된 병사들을 어이없이 잃을 수 있기 때문이었다.

그나마 아스트리아 제국은 라할리아 사막의 초입에 군영을 차리고 있어서 보급을 하기가 비교적 용이했다. 그러나 레오폰 왕국의 사정은 조금 달랐다. 드넓은 라할리아 사막 곳곳에 병력이 배치되어 있기 때문에 보급선이 매우 길었다. 물과 식량, 그리고 무기를 보급하는 것이 매우 힘들다는 뜻이다.

그나마 병력의 주축이 사막 전사들이라서 나름대로 생존력은 강한 편이었다. 목이 마르면 선인장을 쥐어짜서 나온 물을 먹고, 모래를 파헤쳐 땅쥐나 사막여우를 잡아먹는 등, 사막 생활에 어느 정도 도가 터 있는 탓에 사막 전사들은 제국 병사들보다 월등히 오래 사막에서 버틸 수 있다. 하지만 거기에는 한계가 있을 수밖에 없다.

때문에 레오폰 왕국에서는 상당한 공을 들여 보급부대를 운용하고 병참을 설치했다. 바로 그 위치를 파악하는 것이 장거리 정찰대의 임무였다.

제국군과는 달리 레오폰 왕국은 보급부대나 병참이 하나라도 공격받는다면 상당히 곤란해진다. 자칫 잘못하면 제국군에게 공포의 대상인 사막 전사와 흑마법사들이 목말라 죽거나 굶어 죽을 수도 있는 문제였다. 그렇게 어이없이 죽을 경우 레오폰 왕국으로서는 엄청난 손실이 아닐 수 없었다.

때문에 레오폰 왕국으로서는 필사적으로 보급로를 지켜야 했고 반대로 아스트리아 제국은 수단 방법을 가리지 말고 보급로를 차단해야 하는 입장이었다.

그런 장거리 정찰대의 808정찰조는 벌써 적 병참 하나를 찾아내어 보고하는 공을 세웠다. 그 공으로 얼마 전에는 후방으로 호송되어 한 달 동안 휴가도 즐길 수 있었다. 물론 그것은 전적으로 조원들의 희생을 바탕으로 세운 공이었다.

장거리 정찰조의 구성은 한 명의 조장과 아홉 명의 조원, 그리고 한두 명의 기사로 이루어져 있다. 각 구성원들의 역할은 확실하게 정해져 있었다.

레오폰 왕국의 병참 주변에는 예외 없이 사막 전사들이 매복해 있다. 그들로서는 생명줄인 병참을 철통같이 지킬 수밖에 없다. 다행히 사막 전사들에게 걸리지 않고 병참을 정찰한다면 좋은 일이겠지만 그런 경우는 흔하지 않다. 사막에 대해 잘 아는 사막 전사들은 침입 예정경로를 귀신같이 골라 매복을 하곤 했다.

매복에 걸렸을 때를 대비해 조원들은 미리 역할을 분담해 놓았다. 적과 조우할 경우 가장 먼저 정찰조에 포함된 기사가 나서서 달려드는 사막 전사를 상대한다.

사막 전사는 정찰조를 발견하자마자 신호탄으로 신호를 한다. 그러면 그 신호탄을 본 병참의 병력들이 정찰조를 격멸시키기 위해 달려온다. 한 명이라도 살아 돌아간다면 병참의 위치가 드러나 버리기 때문에 그들로서도 필사적이었다.

그때 조원들이 나서서 몰려오는 병참 병력의 발목을 잡아야 한다. 조장이 병참의 규모와 상주 병력, 그리고 위치를 확실하게 조사하는 동안 말이다.

조사를 마치면 조장은 머뭇거림 없이 조원들을 버려둔 채로 끌고 간 데저트 렙터를 타고 본진으로 귀환한다. 사막에서 가장 빠른 탈것인 데저트 렙터라면 무난하게 사막 전사들을 뿌리치고 돌아와 보고를 할 수 있다.

거기에서 버려진 기사와 조원들은 자력으로 귀환해야 한다. 물론 돌아올 가능성은 그리 높지 않다. 일반적으로 레오폰 왕국의 각 병참에는 그들만으로는 감당하기 힘든 전력이 포진되어 있기 때문이다.

얼마 전, 808장거리 정찰조는 레오폰 왕국의 중급 병참 하나를 발견해내는 전과를 올렸다. 그러나 그 과정에서 태반의 조원들이 희생되었다. 매복한 사막 전사들을 상대한 기사 두 명은 나중에 처참하게 난자당한 시체로 발견되었다. 아홉 명의 조원들 중 일곱 명도 돌아오지 못했다. 겨우 두 명만이 겨우 목숨을 건져 귀환했던 것이다. 하나같이 사막의 사정에 밝은 자들이었다.

그들의 보고로 인해 적 병참의 위치가 상부에 전달됐다. 곧 제국군의 기습부대가 출동해 정찰대가 정찰해 온 병참을 확실하게 파괴해버렸다. 살아남은 세 명의 조원은 그 공을 인정받아 한 달 동안 후방에서 술과 여자를 만끽할 수 있었다.

장거리 정찰조는 그 정도로 위험한 병과였다. 터커가 조용히 저번 작전에서 죽은 기사들을 떠올려 보았다. 기사라는 자존심에서 비롯되는 특권의식을 끝내 버리지 못하는 자들이었지만 그래도 그들은 정찰조원들과 비교적 잘 지냈다.

군소 귀족 가문에서 서임받고 기사 생활을 하다가 가문의 명을 받고 파견된 기사들로서 그들은 자신들의 처지를 잘 알고 있었다. 사막에서 생존하기 위해서는 사막에 익숙한 기존 조원들과 잘 지내야 한다는 사실을 말이다.

때문에 그들은 기사 계급에게만 내려지는 음식과 술을 아낌없이 조원들에게 나누어주기도 했고 조장이긴 하지만 계급상 오히려 아래인 터커의 지시를 철저히 따랐다. 그래 봐야 결국 사막 전사들의 칼끝에 희생되는 운명을 벗어나지 못했지만 말이다.

휴가를 마치고 정찰대로 복귀하며 터커는 상당히 실력이 뛰어난 기사가 보충될 것을 기대했다. 그래야만 조장인 자신과 조원들의 생존율이 비약적으로 높아지는 것이다. 정찰조에 포함된 기사가 사막 전사들을 효과적으로 처리해 주어야만 정찰 성공률도 높아진다.

하지만 808정찰대에 새로 배속된 기사는 채 스물도 되지 않아 보이는 애송이였다. 그러니 터커로서는 기가 찰 수밖에 없는 것이다.

'공을 세운 우리더러 죽으라는 거야 뭐야? 기사도 아닌 애송이 견습기사를, 그것도 제정신이 똑바로 박히지 않은 놈 하나만 달랑 보내다니 말이야.'

그가 성난 눈빛으로 애송이 견습기사를 노려보았다. 이 더운 날씨에 금속제 플레이트 메일을 뒤집어쓴 모습만 봐도 울화통이 치밀어 올랐다.

터커의 성난 눈빛을 받고 있는 자는 다름 아닌 리셀이었다.

'예상했던 대로 텃세가 있군.'

조원들의 눈총을 전신으로 느끼며 리셀이 씁쓸히 웃었다. 하긴 생각해보면 그럴 법하기도 했다. 지금 차림새라면 저들이 자신을 제정신으로 볼 리가 만무했다.

리셀은 이곳으로 행군해 오는 내내 수련방법을 고민했다. 드래곤의 마나가 점령한 마나홀은 몸이 한계상황에 들어서야만 꼼지락거리며 움직인다. 리셀로서는 자신이 원할 때 몸을 한계상황으로 몰아넣을 방법을 떠올려야 했다.

그 대안으로 떠올린 것이 바로 항상 판금갑옷을 착용하는 것이다. 물론 뜨거운 태양빛이 늘 내리쬐는 남부 전선은 판금갑옷을 입고 활동하기 힘든 곳이다.

태양빛 아래 노출된 금속은 뜨겁게 달아오른다. 대비책으로 철판 안에 가죽과 솜을 덧대어놓았다고 하나 달구어진 금속의 열기가 그대로 안으로 전달될 것이다.

이곳에 도착한 후 리셀은 수많은 기사를 만났다. 그중에서 판금갑옷을 입은 기사는 하나도 없었다. 태반의 기사들이 구멍이 숭숭 뚫린 가죽갑옷을 입거나 아니면 얇은 사슬갑옷을 입고 있었다. 방어력이 약한 가죽갑옷조차 통풍을 위해 구멍을 뚫어 입는 것이다.

그러나 리셀에게는 항상 몸 상태를 한계로 몰아넣어야 할 필요가 있었다. 판금갑옷을 입고 움직인다면 사막의 막대한 열기에 몸이 비명을 지를 것이다. 달구어진 갑옷 표면에서 파고드는 열기가 몸에 엄청난 부담을 가할 것이며 또한 무거운 판금갑옷의 무게로 인해 몸의 기운이 더욱 빨리 소모될 것이다.

그 때문에 리셀은 이곳에 도착하자마자 병참장교를 찾아가 판금갑옷 한 벌을 지급해 달라고 요청했다. 물론 병참장교는 그런 리셀을 미치광이 취급했다.

"자네 미쳤나? 이런 태양빛 아래에서 판금갑옷을 어찌 입고 다닐 생각인가?"

"그래도 필요합니다. 명색이 기사가 갑옷을 벗고 있을 수야 없지 않습니까?"

속사정을 시원하게 밝힐 수 없었기 때문에 리셀의 변명은 꽤나 궁색했다.

"지급해 줄 수 없네. 보나 마나 30분도 버티지 못하고 쓰러져버릴 것이야."

"괜찮습니다. 죽어도 갑옷을 입고 죽는 것이 기사의 로망인 법이지요. 혹시 지급해 줄 만한 갑옷이 없는 것 아닙니까?"

병참장교가 어처구니없다는 듯한 표정으로 리셀을 쳐다보았다. 물론 남부 전선에는 갑옷이 남아돌았다. 라할리아 사막 전역에 걸쳐 치열한 접전을 벌이다 보니 하루에도 수십 명씩 기사들이 죽어나갔다. 그들이 가지고 와서 맡겨 놓은 갑옷이 창고에 그득했다. 그중에서 찾아보면 리셀의 체격에 맞는 것이 틀림없이 있을 터였다.

"허, 참 이해하지 못하겠군. 그토록 원하니 한 번 찾아보긴 하겠네."

"모쪼록 부탁드립니다."

돌연 고개를 돌린 병참장교가 으름장을 놓았다.

"혹시라도 팔아먹을 생각으로 하는 요청이면 생각을 돌리도록 하게. 엄연히 자네에게 대여해주는 거지 그냥 주는 것은 아니니까. 혹시 잃어버리기라도 하면 자네 사비로 갚아야 하네."

"알겠습니다."

결국 병참장교는 리셀에게 판금갑옷 한 벌을 내줄 수밖에 없었다. 리셀의 체형에 맞추기 위해 여기서 건틀릿을, 저기서 체스트 플레이트를, 하는 식으로 조합할 수밖에 없었지만 말이다. 어쨌거나 리셀은 묵직한 판금갑옷을 입고 병참본부를 나설 수 있었다. 물론 그런 리셀에게 일시에 시선이 집중되었다.

"미친놈이로군. 이 더위에 쇳덩이를 뒤집어쓰다니."

"돌아버린 것 아냐? 돌 위에다 계란을 깨뜨리면 금방 익어버릴 맹렬한 더위인데."

구멍을 숭숭 뚫어놓은 가죽갑옷만 착용한다고 해도 땀띠를 감수해야 할 더위였다. 이런 더위 속에서 판금갑옷을 입고 돌아다니는 리셀이 결코 정상으로 보일 리가 없었다.

예상대로 태양빛 아래 노출되자 갑옷의 표면이 뜨겁게 달구어졌다. 손을 대면 금방 화상을 입을 만큼 뜨거워진 것이다. 참기 힘든 열기가 갑옷 아래 덧대어놓은 가죽과 솜을 뚫고 리셀의 몸으로 파고들었다.

리셀의 몸은 순식간에 땀으로 범벅이 되어버렸다. 그런 상황에서도 리셀은 주문이라도 외듯 혼잣말을 되풀이했다.

"움직여라. 제발 움직여."

조금 시간이 지나자 걸음을 옮기는 것조차 힘겨워졌다. 갑옷에서는 엄청난 열기가 전해졌고 무게감으로 인해 다리의 힘이 턱턱 풀렸다. 힘겹게 걸음을 내딛는 리셀을 오가는 병사들이 미친놈을 보는 듯한 시선으로 쳐다보았다.

몸을 항상 한계상황으로 몰아넣으면 마나홀의 마나가 움직일 것이란 리셀의 예상은 적중했다. 버티기 힘들 정도가 되었을 때 아랫배에서 출렁하고 마나가 흘러나온 것이다.

순환을 시작한 마나는 리셀을 괴롭히던 열기를 흡수해서 배출해냈고 리셀의 각 장기에 활력을 불어넣었다. 몸속 구석구석에 청량감이 감도는 것을 느낀 리셀의 입가에 회심의 미소가 떠올랐다.

"예상이 적중했군."

리셀은 투구만큼은 쓰지 않았다. 금속제 투구를 쓸 경우 열기가 머리로 전달되어 뇌가 이상해질 우려가 있기 때문이었다. 마나가 정수리를 통과하는 순간 리셀은 또다시 감각이 확장되는 현상을 느꼈다. 언제 느껴 봐도 상쾌한 느낌이었다.

절그럭절그럭.

쇠 부딪치는 소리를 내며 걸어가는 리셀은 완전히 평온을 되찾은 상태였다. 한 번 몸을 순환한 마나는 마나홀에 들어가 쉬려고 했다. 그러나 달구어진 갑옷에서는 계속해서 열기가 파고들었다. 무게 역시 만만찮았기 때문에 마나는 제대로 쉬지도 못하고 또다시 마나홀에서 흘러나와 리셀의 몸을 순환해야 했다.

사실 리셀의 몸을 순환하는 마나는 마나홀에 담긴 총량의 극히 일부분일 뿐이었다. 지금껏 리셀이 쌓아온 마나를 흡수한 마나만이 그 형질에 동조하여 리셀의 몸을 순환했다. 그보다 훨씬 많은, 드래곤 하트로부터 유래된 마나는 마나홀에 틀어박혀 꼼짝달싹도 하지 않았다. 그 마나를 모조리 마나홀에서 끌어내어 통제하려는 것이 리셀의 의도였다.

‘아마 마나도 날 인정할 수밖에 없을 거야. 난 이 갑옷을 입고 장거리 정찰을 나갈뿐더러 적과 맞서 싸울 생각이니까.’

실로 위험천만한 계획이었지만 리셀의 입장에선 최선의 선택이기도 했다. 어쨌거나 리셀은 그 상태로 배속 명령이 떨어진 장거리 정찰대로 갔고 조원들에게 미친놈 취급을 받고 있는 것이다.

원래대로라면 계속 태양빛에 갑옷을 달구어 마나를 자극시키려 했다. 하지만 사람들의 시선이 워낙 따가워서 그늘에서 나갈 수가 없었다. 정찰조원들과 조금 떨어진 곳에 앉아 휴식을 취하고 있던 리셀이 돌연 피식 미소를 지었다.

‘그러고 보니.’

처음 이곳으로 와서 배속 명령서를 제출했을 때 조장의 표정이 참으로 가관이었다. 이마에 피도 마르지 않은 웬 애송이 하나가 두터운 판금갑옷을 입고 찾아와 배속 명령서를 제출했으니 기가 막힐 법도 했다.

‘어쨌거나 한 번 내려진 배속 명령을 거부할 수 없으니 한동안은 이들과 함께 활동해야겠군.’

리셀이 눈을 감은 채 몸을 순환하는 마나를 음미했다.

비록 그늘이기는 하지만 그가 앉아 있는 곳은 조금 전까지 태양빛이 내리쬐던 장소였다. 뜨겁게 달구어진 돌의 열기가 갑옷을 타고 그의 몸속으로 확실하게 전해지고 있었다. 그 때문에 마나는 쉬지도 못하고 계속해서 리셀의 몸속을 순환해야 했다.

"정찰 명령이 떨어졌다. 출동이다."

조장 터커의 말에 조원들이 오만상을 지었다. 그중 한 명이 손가락을 뻗어 새로 배속된 애송이 견습기사를 가리켰다. 그래도 온 첫날은 그늘에 앉아 있더니 지금은 아예 태양빛이 쩽쩽 내리쬐는 곳에 나가서 앉아 있었다. 도저히 제정신으로 보이지 않는 모습이다.

"저 미친놈을 데리고 가란 말입니까?"

"금속판을 주렁주렁 뒤집어쓴 놈을 데리고 어떻게 정찰을 갑니까? 보나 마나 얼마 가지도 못하고 퍼져버릴 텐데 말입니다."

조원들의 답답한 심정이 이해가 가는지 고개를 끄덕이면서도 터커는 어쩔 수 없다는 듯한 표정을 지었다.

"808장거리 정찰조로 배속된 기사는 저놈 혼자뿐이야. 그러니 어쩌겠어."

"차라리 다른 기사를 배속해 달라고 하시지요. 이런 더위에 저런 갑옷을 입고 있는 자체가 제정신이 아닌 녀석인데요."

"그럴 수 없다. 정상적인 명령서를 받아온 놈이니 우리가 왈가왈부할 처지가 아니다. 그리고 노파심에서 하는 말인데."

터커가 돌연 음성을 낮췄다.

"행여나 놈을 함부로 대할 생각은 버려라. 어려 보여도 명

색이 견습기사야. 기사의 자존심이 어떤지 너희들도 익히 알
지 않나?”

　모욕당했다고 생각할 경우 칼부림도 서슴지 않는 족속이 기
사다. 기사에게 함부로 하는 것은 삶을 마감하기 위한 가장 좋
은 방법이나 마찬가지였다. 물론 그런 사실은 조원들도 충분
히 인식하고 있었다.

　“물론 그렇기야 하지만…….”

　“저 꼴을 보니 도저히.”

　터커의 입가에 의미 모를 미소가 그려졌다.

　“그러고 보니 좋은 생각이 있어. 우리가 누구냐?”

　뜬금없는 질문에 조원들이 어리둥절한 표정으로 대답했다.

　“장거리 정찰대 아닙니까?”

　대부분 새로 배속된 조원들이긴 하지만 몇 차례의 술자리를
통해 많이 친해진 상태였다. 제일 마지막에 배속된 리셀을 제
외하면 말이다.

　“그래, 우린 장거리 정찰대잖아? 한 번 출동했다 하면 수십
킬로미터씩 행군하는 것이 기본이야. 그런데 저 녀석이 그런
강행군을 버틸 것 같아?”

　조원들의 표정도 훤히 밝아졌다.

　“저런 차림새를 하고서는 단 1킬로미터도 움직이지 못하지
요. 보나 마나 얼마 가지 못하고 퍼져버릴 것이 틀림없습니
다.”

"저러다 힘들면 갑옷을 벗어버리겠지. 하지만 지급받은 갑옷을 버리고 올 순 없는 노릇이지. 너희들 중에서 저 녀석의 갑옷을 들어줄 사람 있나?"

그 말에 조원들이 정신 나갔냐는 듯 고개를 흔들었다.

"그게 말이 되십니까? 우리도 힘들어 죽을 판국인데 어찌 무거운 판금갑옷을……."

"설사 목에 칼을 들이대고 협박해도 들어줄 수 없지요."

"우리가 데리고 가는 데저트 렙터에도 실어줄 수 없지. 군령으로 데저트 렙터에는 아무것도 싣지 못하게 규정되어 있으니까."

데저트 렙터. 라할리아 사막에 서식하는 파충류의 일종이다. 억센 두 다리로 사막을 질주하는 육식 몬스터로 달리는 속도가 사막에서 가장 빠르다.

원래 제국군 진영에서는 데저트 렙터를 찾아볼 수 없었다. 특유의 조련 방식을 모른다면 데저트 렙터를 길들일 수 없기 때문이다.

그러나 데저트 렙터를 타고 다니던 레오폰 왕국의 연락병이나 정찰병들이 하나둘 붙잡히면서 그 존재가 제국에까지 알려졌다. 그 과정에서 몇 마리의 데저트 렙터가 제국군의 수중에 포획되기도 했다.

레오폰 왕국의 데저트 렙터를 본 제국군 수뇌부들은 깜짝 놀랐다. 발이 푹푹 파지는 터라 말은 도저히 사막에서 제 속도를 낼 수 없다. 그러나 데저트 렙터는 오히려 말을 능가하는 속도로 사막을 질주할 수 있었다. 펑퍼짐한 발바닥과 유난히 긴 발가락 때문이었다.

"이런 몬스터를 사용했으니 레오폰 왕국의 연락체계가 그토록 빨랐지."

"우리도 서둘러 데저트 렙터의 육성법을 알아내야 하오. 그래야만 레오폰 왕국에 대처할 수 있소."

결국 제국군은 천신만고 끝에 데저트 렙터의 육성법을 알고 있는 포로를 붙잡을 수 있었다. 데저트 렙터는 알에서 갓 부화한 새끼 때부터 각별히 신경 써서 키워야 겨우 길들일 수 있는 몬스터이다.

심혈을 기울인 끝에 제국군 진영에서 길들인 데저트 렙터가 한 마리씩 배출되기 시작했다. 그러나 많은 수를 키워내는 것은 불가능했다. 데저트 렙터의 알을 구하기가 극도로 어려웠기 때문이었다.

때문에 제국군에서 키워낸 데저트 렙터는 주요 연락병이나 정찰병들에게만 한정적으로 지급되었다. 게다가 데저트 렙터를 타는 것도 그리 만만치 않았다. 상체를 세워서 두 발로 달리는 데저트 렙터의 특성상 흔들림이 매우 심했다. 좌우로만 흔들리는 것이 아니라 상하로도 움직이기 때문에 말을 타고 다니는 것보다 난이도가 월등히 높은 것이다. 승마에 능한 기사 출신들도 얼마 버티지 못하고 떨어지는 형국이었다.

　무엇보다도 기수를 괴롭히는 것은 멀미였다. 처음 배를 타 본 육지 사람이 뱃멀미로 고생하듯 데저트 렙터를 처음 타 본 기수들은 예외 없이 멀미로 고생해야 했다. 때문에 최소한 1년은 훈련을 받고 적응해야만 기수가 되어 데저트 렙터를 타고 사막을 내달릴 수 있다.

　808정찰조의 조장인 터커 역시 1년 동안 훈련을 받고 나서야 비로소 데저트 렙터의 등에 탈 자격을 얻게 되었다. 장거리 정찰대의 특성상 빠른 이동속도가 필수였기 때문에 터커는 데저트 렙터의 등에 타는 행운을 얻을 수 있었다.

　"그럼 나는 마구간으로 가서 데저트 렙터를 찾아오겠다. 그 동안 준비를 하도록."

　터커가 떠나가고 난 뒤 조원들이 부산하게 움직이며 정찰 나갈 준비를 하기 시작했다. 한 번 나가면 일주일에서 보름 동안 기지로 돌아오지 못하기 때문에 챙길 것이 많고도 많았다.

　정찰기간 동안 먹을 곡물가루와 육포 등 전투식량과 밤에 덮어쓰고 잘 모포, 그리고 모래가 들어가지 않도록 얼굴을 가릴 천 등을 챙기자 큼지막한 꾸러미가 생겨났다. 조원들 중 한 명이 곁눈질로 리셀을 쳐다보았다.

　"저 신입은 어떻게 하지?"

　"명색이 기사니까 우리가 챙겨줘야지. 성질 부려봐야 우리만 손해야."

　장거리 정찰조의 조원들은 각 영지에서 차출된 영지병 출신들이다. 그렇다고 해서 징집된 영민은 아니었다. 영지에서 직업군인으로 뽑혀 꾸준히 훈련을 받아온 병사들로서 이곳으로 차출된 이후 사막 전사들과 싸우며 단련된 정예 중 정예들이다.

그러나 그렇다고 해서 평민인 신분이 어디 가는 것은 아니다. 그런 만큼 기사 신분으로 파견된 리셀에게 함부로 할 수 없는 상황이다. 구레나룻이 덥수룩하게 난 털보 병사가 못마땅하다는 듯 바닥에 침을 뱉었다.

"퉤, 나 참 더러워서. 술도 제대로 마실 줄 모르는 애송이가 기사라니. 죄를 지어 복무하는 충군형을 받은 놈의 짐을 왜 우리가 챙겨줘야 해?"

짐을 싸는 내내 끊임없이 리셀에 대한 불평을 늘어놓는 808정찰조 조원들이었다. 그러나 그들은 알지 못했다. 조금 거리를 두고 떨어져 있는 리셀이 그들의 말을 낱낱이 듣고 있다는 사실을 말이다. 리셀의 입가에 쓸쓸한 미소가 떠올랐다.

"텃세가 상당히 심하긴 하군."

마나 수련을 위해 뙤약볕에 서서 갑옷에서 전해지는 열기를 받아들이느라 몸속에서 쉬지 않고 마나가 순환하고 있었다. 그 때문에 오감이 예민해져서 듣지 않아도 될 조원들의 불평을 여과 없이 듣고 있었다.

'과연 저들과 친해질 수 있을까?'

머리를 절레절레 흔든 리셀이 살포시 눈을 감았다. 잠시 후

털보 조원이 다가와서 큼지막한 배낭을 쿵 하고 내려놓았다.

"자, 받으슈. 정찰 나갈 때 쓸 물품들이오. 이것은 한 사람의 예외도 없이 각자가 짊어져야 하오."

말을 마친 조원의 눈빛이 묘하게 빛났다.

"엔간하면 그 갑옷 좀 벗으슈. 이 더위에 힘들지도 않소? 보는 내가 다 숨이 턱턱 막히네."

눈을 뜬 리셀이 말없이 배낭을 집어 들었다.

"저는 괜찮습니다."

배낭을 등에 둘러맨 리셀이 다시금 눈을 감았다. 그 모습을 보고 혀를 끌끌 찬 털보 조원이 자리로 돌아갔다. 잠시 후 터커가 데저트 렙터를 끌고 다가왔다.

"준비는 모두 끝났나?"

"그렇습니다."

"그럼 출발하자."

데저트 렙터의 생김새는 매우 기괴했다. 전형적인 도마뱀 형상의 몬스터인데 뒷다리 두 개로 보행하는 직립형 생명체였다. 우툴두툴한 피부가 매우 질겨 보였으며 전체적인 색깔은 옅은 모래색이었다. 점점이 그려진 반점이 확실하게 보호색 역할을 하고 있었다.

쉭, 쉬쉭.

끊임없이 혀를 날름거리는 모습이 마치 뱀과도 같았다.

리셀의 얼굴에 놀람이 스쳐 지나갔다. 산악 출신인 그가 어찌 데저트 렙터를 접해 보았겠는가? 그러나 그는 금세 평정을 되찾았다.

'드래곤의 해츨링과도 친구가 되었는데 뭐.'

그 반응에 정찰조원들은 약간 실망을 했다. 신입이 데저트 렙터를 보고 놀라는 것은 그들이 가진 가장 큰 즐거움 중 하나였기 때문이다. 터커 역시 못마땅하다는 듯 리셀의 아래위를 훑어보았다.

"짧으면 일주일, 길면 보름 동안 정찰을 나가야 하는데 어지간하면 그 갑옷은 벗어두고 가는 것이 어떻소?"

리셀이 살며시 고개를 흔들었다.

"전 괜찮습니다. 기사에게 갑옷은 필수품이지요."

"가다가 쓰러져도 책임 못 지니 알아서 하시오. 낙오병은 내버려두는 것이 정찰조의 전통이오."

"걱정하지 마십시오."

못 말리겠다는 듯 혀를 찬 터커가 냉랭하게 몸을 돌렸다. 따라오고 못 따라오고 하는 것은 모두가 팔자소관이다.

'저 차림으로 행군하다간 1킬로미터도 못 가서 쓰러지고 말 거야. 햇빛은 고사하고 무게 때문에라도 말이지.'

장거리 정찰대가 숙영지를 나와서 이동을 시작했다. 그런데 그런 모습을 조용히 지켜보는 눈동자 하나가 있었다. 약간 거무튀튀한 살결을 가진 검은 머리에 검은 눈을 한 젊은 여인이었다.

그러나 병사들은 아무도 여인에게 관심을 기울이지 않았다. 숙영지 주변을 배회하며 병사들에게 몸을 파는 사막 부족 여인이었기 때문이었다. 제국군의 숙영지에는 그런 여인들이 무척 많았다. 장거리 정찰대의 출행 모습을 유심히 쳐다보던 여인이 곧 종종걸음으로 그곳에서 사라졌다.

제7장
모래 폭풍
(上)

"장거리 정찰대 하나가 출행했다고?"

어둠 속에서 울려 퍼지는 음성은 제국어가 아니었다. 묘한 높낮이를 가진 그 언어는 다름 아닌 레오폰 왕국의 언어였다. 곧이어 톤이 가느다란 음성이 흘러나왔다.

"그렇습니다. 병력 구성을 보니 장거리 정찰대가 틀림없습니다. 무엇보다도 그들은 데저트 렙터를 끌고 가고 있었습니다."

그 말에 어둠 속의 음성이 살짝 떨렸다.

"잘 된 일이로군. 장거리 정찰대가 틀림없어. 즉시 모래새를 날리도록 하라. 하킴님이 부근에 있을 것이다."

"알겠습니다."

잠시 후 숙영지 부근에 즐비하게 늘어서 있는 천막 중 하나에서 작은 새가 날아올랐다. 깃털 색깔이 짙은 모래빛이라 여간해서는 눈에 띄지 않았다.

새는 일직선으로 사막을 향해 날아가고 있었다. 반 시간 정도 비행했을까, 새는 모래 언덕의 그늘진 곳에 살짝 내려앉았다. 보이는 것이라고는 오로지 모래밖에 없는 이곳에 대관절 왜 새가 내려앉았을까? 잠시 후 모래가 들썩였다.

푸시식.

모래 알갱이가 흘러내리며 누군가가 모습을 드러냈다. 자세히 보니 하얀색의 옷을 입은 사람이었다. 그가 손을 들어 올리자 모래새가 아무 거리낌도 없이 그의 손에 가서 앉았다.

"비선으로부터 정보가 전해졌다."

사내가 익숙한 손놀림으로 새의 다리에 묶인 천을 풀어냈다. 그의 뒤를 이어 서너 명이 모습을 드러냈다. 하나같이 천으로 머리를 친친 동여맨 차림새. 허리에는 둥글게 휘어진 짤막한 칼을 차고 있었고 피부는 거무스름했다.

그들이 바로 사막 전사들이었다. 제국군의 간담을 서늘하게 한 사막의 살육자들이 바로 그들인 것이다. 뒤이어 나온 사내들 중 콧수염을 멋들어지게 기른 전사 하나가 조심스럽게 고개를 조아렸다.

"하킴님. 무슨 소식이 전해졌습니까?"

하킴으로 불린 사내의 입가에 빙그레 미소가 걸렸다.

"장거리 정찰대 한 조가 숙영지를 출발했다고 하더구나. 조만간 먹잇감이 사막으로 들어올 것이다."

그 말에 콧수염 사내의 안색이 환해졌다.

"정말 잘 되었군요. 놈들을 잡아 산 채로 가죽을 벗겨 죽은 동생의 혼령을 위로해야겠습니다."

"아직은 이르다. 사미르."

하킴이라는 이름의 전사가 날카로운 눈빛으로 사미르를 쳐다보았다.

"놈들의 수는 열 명 남짓이다. 그중에 기사 하나가 껴 있다고 한다."

"하지만 일반 병사들입니다. 우리 사막 전사 네 명이라면 모조리 처치하고도 남습니다."

"물론 죽이는 건 가능하겠지. 하지만 도주하는 것까지는 막을 수 없다. 놈들에겐 데저트 렙터가 있어."

그 말에 사미르가 입을 닫았다. 만약 그들 중 한 명이 데저트 렙터를 타고 도주할 경우 잡는 것은 불가능했다. 어쨌거나 데저트 렙터는 사막에서 가장 빠른 탈것이었다.

"골치 아프군요. 어쩌다가 우리 레오폰 왕국의 보물인 데저트 렙터가 제국군에게 포획되었는지. 쯔쯔."

"어쨌거나 우리는 이곳에서 대기하며 출행하는 장거리 정찰대를 한 놈도 놓치지 말고 때려잡아야 한다. 며칠 전에도 놓쳐버린 놈들의 정찰병 때문에 병참 하나가 무너져버렸어."

　제국군 장거리 정찰대와 그 보고를 받은 기습대로 인해 레오폰 왕국군은 상당한 곤란을 겪고 있었다. 사막에서 가장 중요한 것이 먹을 것과 마실 것이다. 그런데 병참선이 계속해서 교란되는 탓에 사막 전사들의 활약에 그만 제동이 걸려버렸다.

　결국 레오폰 왕국은 장거리 정찰대의 움직임을 저지하기 위해 대대적으로 사막 전사를 파견하기에 이르렀다. 그중 일부는 병참의 접근로에 매복을 시켰고 나머지는 제국군의 숙영지 인근으로 접근시켰다. 미리 잠입시킨 첩자망을 통해 출행하는 장거리정찰대의 소재를 파악하여 숙영지에서 나오는 대로 때려잡는 것이 그들의 임무였다. 드넓은 사막에서 장거리 정찰대를 찾아내느니 그게 훨씬 편했다.

　"임무를 잊지 마라. 놈들 중 한 명이라도 놓쳐서는 안 된다. 그러면 제국군 놈들이 우리 수법을 알아차릴 수도 있어."

　"알겠습니다."

　말을 마친 하킴이 사미르라 불린 전사를 쳐다보았다.

　"너에게 맡길 것이 있다. 사미르."

　그 말에 사미르가 고개를 절도 있게 꺾었다.

　"명령만 내려주십시오."

　"놈들의 예상 경로로 가서 모래를 파고 숨어 있다가 튀어나와 기습을 가하라."

　하킴의 말에 사미르가 약간 당혹해했다.

　"여, 열 명을 모두 상대하란 말씀이십니까?"

"멍청하기는, 데저트 렙터를 끌고 가는 놈만 처리하란 말이다. 데저트 렙터는 오로지 각인된 주인의 말만 듣는다. 그놈만 기습해서 처치하고 난 뒤 다시 모래 속으로 숨으란 말이다."

사미르의 얼굴이 환해졌다. 하킴의 말대로 데저트 렙터는 주인을 매우 까다롭게 가리는 몬스터였다. 그 때문에 전장에서 주인을 잃을 경우 다른 기수를 쉽사리 등에 태우지 않는 경향이 있다.

오랫동안 먹이를 주고 보살펴서 각인시키지 않으면 데저트 렙터의 새로운 주인이 될 수 없다. 아마도 지금 출행한 장거리 정찰조 중에서 그런 각인 작업을 마친 새로운 기수가 있을 가능성은 희박했다. 사미르의 입가에 미소가 떠올랐다.

"알겠습니다. 확실하게 처리하고 오지요."

사미르는 이미 열 명에 가까운 제국 병사의 목숨을 끊은 역전의 용사였다. 게다가 은폐술도 대단해서 모래 속에 파묻혀 있다가 기습할 경우 확실하게 목표의 숨통을 끊어놓을 수 있다고 자부할 정도였다.

"그럼 우리는 더 깊숙한 곳에 매복지를 정하고 기다리겠다. 임무를 완수하면 제2집결지로 오도록."

"걱정하지 마십시오."

고개를 숙인 사미르가 낮은 걸음으로 이동하기 시작했다. 모래와 똑같은 색의 천으로 몸을 휘감은 사미르의 모습은 먼 곳에서는 결코 식별할 수 없을 터였다.

그가 떠나는 것을 본 하킴이 다른 전사들에게 손짓을 했다.

"우리도 이동한다. 놈들이 이동할 경로가 정해져 있으니 미리 가서 기다리는 것이다."

남은 두 명의 전사가 바로 복명했다. 그들이 허리에 차고 있는 시미터의 칼날처럼 날카롭게 벼려진 세 명의 전사라면 제국의 정찰대 열 명은 눈 깜짝할 사이에 도륙할 수 있을 것이라 하킴은 확신하고 있었다.

리셀은 땀을 줄줄 흘리며 조원들의 뒤를 따르고 있었다. 사막으로 들어오자 태양빛이 더욱 강렬해졌다. 그 열기가 금속 갑옷을 타고 속으로 고스란히 전해지고 있었다. 게다가 판금 갑옷의 무게가 더해져 리셀의 숨을 턱턱 막히게 하고 있었다. 가만히 서 있을 때도 힘들었지만 지금은 무거운 짐을 지고 걷고 있으니 더욱 힘들 수밖에 없었다.

정찰조원들은 꼴좋다는 듯 그런 리셀의 모습을 힐끔힐끔 쳐다보았다. 그러나 리셀은 아무런 말도 하지 않고 묵묵히 걷기만 했다. 한계라고 느낄 때쯤 되면 마나홀에서 더 많은 마나가 흘러나와 전신을 순환했기 때문이었다. 눈에 띄게 몸이 편해지는 것을 느낀 리셀이 빙그레 미소를 지었다.

'잘 되었어. 이대로 간다면 머지않아 마나홀의 마나 전체를 활용할 수 있을지도 몰라.'

그 기대감 때문에 리셀은 후들후들 떨리는 다리를 억지로

추스르며 행군에 열중했다. 그렇게 한 시간이 지나자 조원들
의 얼굴에 질린 듯한 빛이 떠올랐다.

'세, 세상에……'

'인간이 아니로군.'

통풍을 위해 구멍이 숭숭 뚫린 가죽갑옷을 입은 그들도 힘
들어서 헐떡이는 상황이었다. 그런데 무거운 금속갑옷을 입고
내리쬐는 태양빛을 고스란히 받으며 걷는 애송이가 좀처럼 쓰
러지지 않는 것이 아닌가? 물론 처음 출발했을 때에는 애송이
도 풀무처럼 거친 숨을 몰아쉬었다.

"헉, 허억."

그 숨소리를 들으며 조원들은 애송이가 채 오 분도 행군하
지 못하고 실신할 것이라 장담했다. 하지만 그들의 예상은 송
두리째 빗나가버렸다. 벌써 한 시간이 지났지만 애송이는 쓰
러지지 않고 묵묵히 그들의 뒤를 따라오고 있었다.

조원 한 명이 가장 선두에 서서 걸어가던 조장 터커에게 바
짝 따라붙었다.

"애송이 놈의 체력이 정말 대단한데요? 저라면 저런 갑옷을
입고 여기까지 오지도 못했을 텐데요."

"그러게 말이다. 나도 놀라워."

그럼에도 불구하고 그들의 선입견은 바뀌지 않았다. 체력
하나는 찬탄을 받을 자격이 있었지만 애당초 애송이는 충군형
을 받고 복무하는 죄수였다. 그러니 정상적인 과정을 통해 징

집된 그들과는 거리감이 있을 수밖에 없다.

　물론 뒤에서 걸어가는 리셀의 귀에는 그들의 대화가 고스란
히 들리고 있었다. 마나의 순환으로 인해 오감이 극도로 예민
해졌기에 생긴 일이었다. 쓴웃음을 지으려 하던 리셀의 안색
이 순간적으로 딱딱하게 굳어졌다.

　'이, 이것은 살기?'

　게다가 마나의 순환으로 인해 극도로 예민해진 청각에 이상
한 소리가 들렸다.

　쓰쓰쓰쓰.

　마치 모래가 부딪치는 듯한 음향이었다. 이어 비약적으로
밝아진 리셀의 시각에 뭔가가 잡혔다. 모래의 표면에서 물결
이 치듯 파문이 일어나며 선두에 선 터커를 향해 무언가가 조
심스럽게 접근하는 모습이 말이다. 거리가 가까워지자 모래
속에서 잘 절제된 숨소리가 들려왔다.

　'사람의 숨소리가 틀림없어. 모래 속에 숨어 접근하다니.'

　더 이상 지켜보고 있을 수만은 없다고 판단한 리셀이 고함
을 쳤다.

　"정지하시오!"

　느닷없이 튀어나온 말에 일행이 일시에 걸음을 멈췄다. 고
개를 돌리는 터커의 얼굴에는 노기가 짙게 서려 있었다. 비록
신분상으로는 자신이 낮지만 그래도 정찰조의 지휘권은 엄연
히 그에게 있다. 그런데 저 애송이가 무슨 자격으로 정찰대의

이동을 중지시킨단 말인가?

"무슨 일이오?"

그의 심기를 표현하듯 말투가 매우 퉁명스러웠다. 그러나 리셀은 그에 대꾸하지 않고 서둘러 터커의 옆으로 다가왔다.

"매복이 있습니다."

"매복? 어리석은 소리 하지 마시오."

터커가 벌컥 화를 내려던 순간 모래의 표면이 마치 폭죽처럼 터져나갔다.

파아아앗.

사방으로 흩뿌려지는 모래 사이에서 눈부신 빛이 번뜩였다.

"헉!"

기겁을 한 터커가 반사적으로 방패를 들어 올리려 했다. 나무 위에 가죽을 씌운 사막용 방패였다. 그러나 섬광은 어느새 터커의 목을 파고들어 가고 있었다. 실로 소름이 끼칠 정도로 정확한 솜씨였다. 그러나 그 섬광은 애석하게도 터커의 목에서 피를 빨아내지 못했다.

촤창.

날카로운 음향과 함께 섬광이 퉁겨져 날아갔다. 어느새 검을 뽑아든 리셀이 터커의 앞을 가로막고 있었다. 병참본부에서 갑옷과 함께 지급받은 기사용의 질 좋은 장검이 그의 손에 들려 있었다. 암습을 막아낸 것은 바로 리셀이었다.

"어, 어느새."

조원들은 반사적으로 검을 뽑아들고 있었다. 그들의 앞에 어느새 악명이 자자한 사막 전사 한 명이 모래를 딛고 서 있었기 때문이었다. 모래와 같은 색의 위장포를 걸치고 있었기 때문에 가까이 있어도 제대로 식별하기 힘들었다.

거무스름한 사막 전사의 얼굴은 참담하게 일그러져 있었다. 그는 바로 하킴의 밀명을 받고 온 사미르였다.

막 모래 속에서 튀어나와 터커를 공격해 들어갔을 때만 해도 사미르는 임무의 성공을 확신했다. 제법 경험이 많아 보이는 녀석이긴 했지만 일반 병사는 결코 자신의 칼을 피해낼 수 없다. 그런데 생각지도 않은 녀석이 나와서 그의 공격을 막아낸 것이다.

모래 속에 은신해서 처음 정찰대를 보았을 때 그는 깜짝 놀랐다.

"저런, 미친."

제국군 정찰대의 후미에는 금속제 갑옷을 입은 애송이 하나가 걸어가고 있었다. 당시 사미르는 상대를 미치광이로 간주했다. 정신이 나가지 않고서야 이런 뙤약볕에 금속갑옷을 입고 나올 리가 없다.

"전형적인 제국의 거북이 놈이로군."

레오폰 왕국의 사막 전사들은 금속갑옷으로 몸을 감싼 제국 병사들을 거북이로 불렀다. 물론 사막에 들어오고 나서도 금속갑옷을 계속 착용하는 기사는 없었지만 말이다.

그 모습으로 인해 사미르는 리셀에 대한 경계심을 완전히 풀어버렸다. 저런 둔한 갑옷을 입은 상태로 신출귀몰하는 사막 전사들의 몸놀림을 따라잡을 순 없는 노릇이다.

그렇게 마음 놓고 기습을 가했는데 어처구니없이 봉쇄된 것이다. 얼굴을 감싼 천 사이로 드러난 사미르의 눈빛이 사나워졌다.

"임무에 실패했으니 목숨으로 갚겠다."

그가 양손에 한 자루씩 쥐고 있던 시미터를 종횡무진 휘두르며 리셀을 향해 짓쳐 들어갔다. 이미 목표했던 데저트 렙터의 기수는 다른 제국 병사들이 겹겹이 에워싸고 있었다. 달려들어 봐야 벨 수 있는 확률은 희박했다. 그러니 일을 망친 원흉이라도 베어야 분이 풀릴 것 같았다.

암습이 감지되자 정찰조원들은 재빨리 조장인 터커의 주위를 감쌌다. 정찰조에게 조장의 보호는 가장 중요한 일이었다. 방어가 철두철미해 보였는지 사막 전사는 더 이상 터커를 노리지 않고 대신 기사 리셀을 향해 달려들었다.

챙 촤촤챙.

칼 부딪치는 소리가 요란하게 터져 나왔다.

사막 전사의 칼솜씨는 실로 현란했다. 두 자루의 시미터가 육안으로는 따라잡기 힘들 정도의 속도로 리셀의 몸을 쪼개어 왔다. 전혀 생소한 방식의 공격이라 리셀은 정신없이 방어에 몰두해야만 했다.

'욱, 뭐가 이리 빨라.'

검신이 직선 형태인 장검은 바람의 저항을 많이 받는다. 게다가 검술 자체가 베는 것보다는 때려 부순다는 경향이 짙다. 금속갑옷을 뚫고 상대의 몸에 타격을 입히려면 속도보다는 파괴력에 치중할 수밖에 없다.

그러나 사막 전사들의 검술은 그렇지 않았다. 우선 무기가 둥그렇게 휘어진 짤막한 시미터이기 때문에 공기 저항을 월등히 적게 받는다. 게다가 사막 전사들은 보편적으로 갑옷을 입지 않는다. 오직 고위 귀족이나 지휘관들만 얄팍하게 엮어 만든 사슬갑옷을 입는다. 그런 만큼 사막 전사들의 검술은 파괴력보다는 오로지 속도에 치중되어 있었다.

창 촤촤촤창.

허공에 잇달아 불꽃이 튀었다. 사막 전사 사미르는 무시무시한 기세로 리셀을 몰아붙였다. 그러나 리셀은 그 모든 공격을 거의 완벽하게 막아냈다. 마스터로부터 혹독하게 단련된 실력이 어디 가지는 않는 법이다.

사실 사막 전사를 처음 접하는 제국의 기사들은 상당한 곤란을 겪는 경우가 많다. 공격 속도가 워낙 빠르기도 했지만 평소 갑옷을 입고 싸우던 습관이 화를 불렀다. 어지간한 공격은 갑옷을 믿고 몸으로 때우는 것이다. 그 때문에 평소 습관대로 싸우다 사막 전사에게 치명적인 일격을 너무도 어이없이 허용하는 기사들이 많고도 많았다.

처음에는 당황했지만 리셀은 곧 안정을 되찾았다. 기본기가 워낙 충실한데다 마나의 순환으로 인해 감각 기관이 활성화되어 있어 상대의 공격 방식에 금세 익숙해진 것이다.

평소보다 높아진 시력은 상대의 눈과 어깨의 움직임을 어렵지 않게 간파해냈다. 접전을 벌인지 얼마 되지 않아 상대에게서 드러나는 허점이 명확하게 포착되었다. 허점을 발견하자 리셀이 머뭇거림 없이 반격을 가했다.

푸캉.

정확한 검격으로 시미터를 퉁겨낸 리셀이 재빠르게 상대의 품속으로 파고들었다.

"으헉, 이놈이?"

깜짝 놀란 사미르가 왼손의 시미터로 리셀의 배를 쑤시려 했다. 그러나 그 공격은 폼멜에 의해 중간에 차단당했다. 그 상태에서 리셀은 장검을 사선으로 쳐올렸다.

촤아아악.

끔찍한 소리와 함께 피가 낭자하게 쏟아졌다. 오른쪽 옆구리에서 왼쪽 어깨까지 처참하게 갈라진 사미르가 주춤주춤 뒤로 물러났다. 뿜어지는 피가 모래를 흠뻑 적셨다.

믿을 수 없다는 듯 눈을 끔뻑거리던 사미르의 안색이 하얗게 탈색되었다. 그의 몸이 비명도 지르지 못한 채 풀썩 쓰러졌고 그 위로 빛을 잃은 시미터가 떨어져 내렸다.

챙그렁.

리셀이 얼굴을 찡그린 채 그 모습을 쳐다보았다. 멀쩡히 살아 있는 사람의 목숨을 끊어버렸으니 기분이 좋을 리가 없다. 그러나 이것이 리셀에게 첫 살인은 아니었다. 무엇보다도 상대는 자신을 죽이려고 한 적이었다. 그 때문인지 리셀은 그다지 충격을 받지 않았다.

"상대가 갑옷을 입고 있었다면 이리 쉽게 당하지 않았을 텐데 말이야."

적을 베려는 의도라기보다는 밀쳐내려고 가한 공격이었다. 하지만 사막 전사는 몸에 얇은 천 한 장만 걸치고 있었다. 아무런 방어구가 없었기 때문에 허무하게 당해버린 것이다.

휘리릭.

검을 휘둘러 검신에 묻은 피를 털어낸 리셀이 몸을 돌렸다. 그 모습을 정찰조원들이 입을 딱 벌리고 쳐다보고 있었다. 가장 먼저 반응한 것은 터커였다.

"고, 고맙소이다. 덕분에 살았소."

리셀이 대수롭지 않은 듯 대꾸했다.

"고맙기는요. 이게 제 임무이지 않습니까? 소임을 다한 것뿐입니다."

"그, 그렇긴 하지만."

머쓱해진 터커가 죽어 나자빠진 사막 전사가 있는 곳으로 다가갔다.

“이놈이 도대체 어디서 나타난 거지?”

그제야 조원들도 한 마디씩 덧붙였다.

“놀랍군요. 숙영지에서 고작 두 시간 거리에 사막 전사가 출몰하다니 말입니다.”

사막 전사의 시체를 유심히 살펴본 터커가 나름대로 정보를 추론했다.

“두 자루의 시미터를 사용하는 것을 보니 악명이 자자한 호레이살 부족의 전사인 것 같군. 사막 전사들 중에서 오직 호레이살 부족의 전사들만이 두 자루의 시미터를 사용하지. 그나저나 이놈이 어떻게 알고 이곳에 매복을 했을까? 게다가 정확하게 나를 노렸어.”

“대열에서 낙오한 놈이 아닐까요? 그러다 우리를 보고 무작정 달려들었을 가능성이 높은 것 같은데요.”

설왕설래가 오갔지만 명쾌하게 결론이 나지 않았다. 그러나 여기서 시간을 더 이상 지체할 수 없었다. 한 곳에 지체하는 것은 장거리 정찰대에게 있어 최대의 금기사항이었다. 터커가 다가가서 죽은 사막 전사의 시미터를 챙긴 다음, 목에 감고 있던 바람막이 천을 풀어냈다. 그게 바로 자신들의 전과를 증명할 전리품이었다.

“자, 가자. 지체할 시간이 없다.”

그 모습을 본 리셀이 조심스럽게 입을 열었다.

“시체를 묻어주지 않는 겁니까?”

그 말에 터커가 빙그레 웃으며 이유를 알려주었다.

"가만히 내버려둬도 모래바람이 알아서 덮어줄 겁니다. 그러니 걱정하지 마십시오."

터커의 말투는 사뭇 공손해져 있었다. 그럴 것이 사막 전사들의 무위는 정식으로 서임을 받은 기사들조차 상대하기 힘들 정도로 뛰어났다. 특히 쌍검을 쓰는 호레이살 부족의 전사들은 상대하기가 까다롭기로 정평이 나 있다.

그런 사막 전사를 이 애송이 견습기사는 너무도 손쉽게 쓰러트렸다. 방어에 치중하다 틈을 발견하자마자 일격에 숨통을 끊어버린 그 실력은 오랜 수련을 거치지 않으면 나올 수 없다.

게다가 사람을 죽이고도 별달리 동요하는 기색을 보이지 않는다. 다시 말해 나이는 어리지만 전투와 살육에 익숙한 진짜 기사인 것이다.

그래도 명색이 정찰대 조장이라고 터커는 리셀에 대해 많은 것을 파악할 수 있었다. 그의 경험에 따르면 리셀은 조원들이 섣불리 무시할 만한 존재가 아니었다.

'조금 더 대해봐야겠군.'

느닷없는 암습을 받았지만 장거리 정찰조는 임무 수행을 위해 행군을 이어나갔다. 남겨진 사막 전사 사미르의 시체는 연신 밀려오는 모래바람에 서서히 묻혀가고 있었다.

행군 도중 조원들은 리셀을 힐끔힐끔 훔쳐보며 귀엣말을 나누고 있었다.

"저 애송이 견습기사의 실력이 범상치 않은데?"

"그러게 말이야. 보기와는 달라."

"겉보기에는 내 막냇동생보다도 어려 보이는데 어디서 저런 검술을 배웠을까?"

그들이 쳐다보는 것은 리셀의 갑옷이었다. 사막 전사와 한동안 접전을 벌였지만 갑옷 표면에는 긁힌 자국 하나 없었다. 저토록 무거운 판금갑옷을 입은 채 빠르기로 정평이 난 사막 전사와 싸웠는데도 갑옷에 흠집 하나도 허용하지 않았다면 보통 실력이 아닌 건 분명하다.

조원들은 들리지 않을 것이라 생각하고 나눈 귀엣말이다. 그들의 대화를 고스란히 들으며 리셀은 묵묵히 행군에 몰두했다. 드넓은 사막에서 보이는 것은 오로지 모래밖에 없었다. 심지어 바위나 나무 한 그루조차 찾아보기 힘든 불모의 땅이었다.

그래도 쉬어갈 만한 그늘은 있었다. 모래 언덕으로 생겨난 그늘을 발견하자 터커가 손을 들어 올렸다.

"정지. 여기서 쉬어가도록 한다."

그 말에 조원들의 얼굴에 생기가 감돌았다. 오랜 행군으로 그들 역시 상당히 지친 상태였기 때문이다. 조원들의 걷는 속도가 부쩍 빨라진 것은 두말할 나위가 없었다. 그래도 그늘로 들어서자 찌는 듯한 더위가 한풀 꺾여 들었다.

"서둘러 식사를 하고 이동한다."

　그 말에 조원들이 일제히 마른 식량을 꺼내 들었다. 육포와 곡물가루를 입에 털어놓고 수통의 물을 마시며 주린 배를 채우는 것이다. 리셀 역시 조원들이 꾸려준 배낭에서 건량을 꺼내 조금씩 뜯어먹었다. 물론 맛은 형편없었다. 땀을 많이 흘리는 사막의 특성을 고려해 소금을 많이 가미한 육포는 짜디짰고 오랫동안 저장해 뒀는지 곡물가루에서는 쉰내가 흘러나왔다. 그러나 리셀은 아무런 불평 없이 배를 채웠다.

　"쉬는 시간에 가죽끈이라도 감아야겠군."

　식사를 마친 리셀이 검집을 허리에서 풀어냈다. 병참본부에서 지급받은 검은 한 번도 사용하지 않은 신품이다. 때문에 손잡이에 감을 가죽끈이 따로 지급되었다. 그러나 애석하게도 리셀은 마스터로부터 검자루에 가죽끈을 감는 방법을 전수받지 못했다.

　사막 전사와 싸울 당시 리셀은 상당히 불편함을 느꼈다. 나무에 리벳을 박아 만든 손잡이가 손에 착 감기지 않았기 때문이었다. 그 위에 가죽끈을 친친 동여 감아야만 확실하게 검을 파지할 수 있다. 때문에 리셀은 기억을 더듬어 마스터가 해 준 방식대로 가죽끈을 휘감기 시작했다. 하지만 하도 어린 시절에 보았기 때문에 제대로 감기지 않았다.

　'그때 마스터께서 어떻게 하셨지?'

　고개를 갸웃거리며 난감해하던 리셀에게 누군가가 다가왔다. 얼굴에 묘한 미소를 띤 터커였다.

“검자루에 가죽끈을 감으시려는 것이오?”

“그렇습니다만.”

“원하신다면 대신 감아드릴까 하는데 어떠신지요?”

“가죽끈을 감으실 수 있습니까?”

터커가 히쭉 웃으며 고개를 끄덕였다.

“한때 기사님을 모신 적이 있지요. 그때 많이 감아보았습니다. 랜스에 소속된 궁병 출신이거든요.”

리셀의 안색이 환히 밝아졌다.

“아, 그러시다면 좀 부탁드리겠습니다. 마스터로부터 그것만은 배우지 못했거든요.”

말없이 검을 받아든 터커가 익숙한 손길로 손잡이에 가죽끈을 감기 시작했다. 리셀의 입가에 미소가 그려졌다. 터커는 정확히 마스터가 하던 방식대로 가죽끈을 감고 있었다.

리셀은 그 모습을 유심히 살폈다. 이번 기회에 배워둬야만 검을 바꿨을 때 혼자서 가죽끈을 감을 수 있지 않은가?

“다 되었습니다.”

터커가 건네준 검을 받아든 리셀의 얼굴에 만족스러운 미소가 피어났다. 손바닥에 착 감기는 느낌이 더할 나위 없이 편안했다. 이제 손잡이의 가죽끈은 적의 피와 리셀이 흘린 땀을 먹으며 점점 더 손과 일체화돼 갈 것이다.

“그런데 그 갑옷 불편하지 않으십니까? 무척 더울 것 같은데.”

리셀이 살며시 웃으며 대답해주었다.

"수련의 일환입니다. 항상 몸을 한계상황으로 몰아넣으려는 의도에서 입고 다니는 것이죠."

"아, 그렇군요."

건성으로 고개를 끄덕이긴 했지만 납득한 표정은 아니었다. 아무리 수련을 위한 것이라고 해도 저건 한마디로 미친 짓이었다. 아마 터커가 저런 판금갑옷을 입고 뙤약볕에 나간다면 단 오 분도 버티지 못하고 열사병으로 쓰러질 것이다.

'어쨌거나 저 상태에서도 낙오하지 않고 잘 따라올뿐더러 제 몫을 확실하게 해내니 상관할 것은 없겠지.'

리셀이 사막 전사를 쓰러뜨림으로써 제 몫을 해냈다는 사실을 떠올린 터커가 다른 조원들을 향해 버럭 고함을 질렀다.

"자, 휴식시간이 끝났다. 모두 출발한다!"

모랫바닥에 배를 깔고 졸고 있던 데저트 렙터의 고삐를 잡아챈 터커가 앞장서서 걸어갔다. 하나둘 몸을 일으킨 조원들이 그 뒤를 따랐다.

리셀도 말없이 일어나 터벅터벅 걸었다. 한 걸음을 뗄 때마다 갑옷 부딪치는 소리가 절그렁거리며 들려왔다.

리셀에게 관심을 보이는 조원은 오로지 터커뿐이었다. 리셀로 인해 사막 전사의 칼날에서 무사할 수 있었으니 그럴 수밖에 없었다.

그러나 다른 조원들은 섣불리 리셀에게 다가오려 하지 않았
다. 실력은 어느 정도 인정했지만 충군형을 받은 죄수라는 사
실 때문에 꺼려하는 것이다. 하지만 그 거리낌이 날아가는 것
은 금방이었다. 막 그늘을 벗어나려는 순간 리셀이 정찰조원
들을 제지했다.

"잠깐."

이번에는 조원들이 확실하게 리셀의 말을 듣고 행군을 멈췄
다. 이미 사막 전사의 매복을 한 번 간파한 리셀이 아니던가?
또다시 간파하지 못할 이유가 없었다.

"무슨 일입니까?"

리셀이 딱딱하게 굳은 표정으로 앞으로 나아갔다. 마나의
순환으로 예민해진 감각에 뭔가가 걸려들었기 때문이었다. 그
가 노려보는 곳은 정찰조가 행군하던 바로 앞부분이었다. 그
곳에서 미세한 숨소리가 들려오고 있었다.

"매복이 있는 것 같습니다. 모래 속에서 사람의 기척이 전
해집니다."

그 말을 들은 조원들이 머뭇거림 없이 대응태세를 갖추었
다. 조장인 터커를 겹겹이 둘러싼 조원들이 망설임 없이 무기
를 뽑아들었다.

촤촹.

리셀 역시 검을 뽑아들고 앞으로 걸어나갔다.

제8장
모래 폭풍
(下)

　사미르에게 암습을 지시한 뒤 하킴과 전사 두 명은 장거리 정찰대의 예상행로에 매복을 했다.

　"놈들은 분명 사구의 그늘에서 휴식을 취할 것이다. 우린 그 끝부분에서 놈들을 처단하도록 한다."

　사막에서 나고 자란 그들이기에 사막 길에 대해서는 훤했다. 그들의 예상은 적중했다. 모래 능선 위에서 검은 점이 모습을 드러낸 순간 그들은 속으로 쾌재를 불렀다. 숫자를 보니 노리고 있던 제국의 장거리 정찰대가 틀림없었다. 물론 저들은 그늘에 몸을 숨기고 있는 자신들을 알아차리지 못할 게 분명했다.

“모두 모래 속으로 숨는다. 단 한 명도 도망치지 못하도록 모조리 처치해야 한다.”

그들은 하킴의 말이 끝나기 무섭게 모래 속으로 파고들었다. 모래사장 아래로 숨어들어 가 은신용 천으로 호흡할 공간을 확보한 뒤 불시에 튀어나와 암습하는 것은 오직 사막의 전사들만이 가능한 기술이었다. 예상대로 장거리 정찰대는 그늘에 들어서자마자 휴식을 취했다.

하킴을 비롯한 전사들은 조바심을 억누르며 암습할 순간을 기다렸다. 모래에서 튀어나오자마자 암습으로 한 명씩 처치하고 나머지를 상대한다면 눈 깜짝할 사이에 장거리 정찰대를 전멸시킬 수 있을 터였다.

모래 속에서는 적을 눈으로 살필 수 없다. 때문에 그들은 오직 발자국 소리만으로 기습할 순간을 기다렸다. 장거리 정찰대가 휴식을 마치고 움직이기 시작하자 그들은 시미터 손잡이를 꽉 움켜잡았다. 그러나 적은 매복지를 지척에 두고 행군을 멈췄다. 하킴의 얼굴이 살짝 일그러졌다.

‘뭐지? 놈들은 결코 우리 매복을 간파하지 못할 텐데.’

이윽고 묵직한 발자국 소리가 접근해왔다. 그와 함께 금속 갑옷이 절그렁거리는 소리도 함께 들려왔다. 하킴의 눈에 놀람이 스쳐 지나갔다.

‘서, 설마 제국의 거북이들이 판금갑옷을 입고 온 것인가? 사막의 태양빛 아래에선 뜨거워서 버틸 수 없을 텐데.’

하지만 발자국 소리가 점점 가까워지고 있었기 때문에 하킴은 머릿속에서 잡념을 날려버렸다.

'지금이다.'

발자국 소리에 귀를 기울이던 하킴이 머뭇거림 없이 모래를 뚫고 몸을 솟구쳤다.

파아아앗.

모래 알갱이가 비산하며 숨어 있던 전사들이 튀어 올랐다. 그들은 빠른 손놀림으로 눈에 보이는 인영을 향해 마구 칼질을 했다.

"뭐, 뭐야?"

정작 그들이 목표했던 장거리 정찰대는 매복지에서 열 걸음 정도 떨어진 곳에다 두텁게 방어진을 펼쳐놓고 있었다. 그들에게 접근한 제국군은 놀랍게도 두터운 판금갑옷을 걸친 기사 한 명뿐이었다. 당연히 전사들의 암습은 기사에게로 집중되었다.

창 촤촤촤창.

불꽃을 피워 올리며 장검과 시미터가 무시무시한 기세로 격돌했다. 모두 합쳐 여섯 자루의 시미터가 사정없이 리셀의 몸을 휘감아왔다.

"웃, 장난이 아니로군."

리셀이 신음을 흘리며 정신없이 방어에 치중했다. 하지만

공격 속도 자체가 무지막지하게 빠른 사막 전사 세 명의 공격
이다. 그 모든 공격을 완벽히 막아낼 순 없었다.

가가가각.

서너 자루의 시미터가 리셀의 전신을 스치고 지나갔다. 특
히 전사 하나의 공격은 정말로 무시무시했다. 지금까지 싸워
본 자들 중에서 가장 강할 것으로 추정되는 실력자였다.

그러나 두터운 판금갑옷을 뒤집어쓰고 있던 것이 리셀에겐
행운이었다. 전사들의 시미터는 판금갑옷의 표면에 깊숙한 흠
집만을 남기고 튕겨 나갔다. 그 모습을 본 하킴의 얼굴이 살짝
일그러졌다.

“너희는 다른 제국 놈들을 공격해라. 이놈은 내가 상대하겠
다.”

그 말에 두 명의 전사가 뒤도 돌아보지 않고 정찰조원들을
향해 몸을 날렸다. 리셀을 향해 몸을 돌리던 하킴의 입가에는
조소가 맺혀 있었다.

“미친놈, 사막에서 그런 쇳덩이를 뒤집어쓰고 다니다니. 참
을성은 대단하지만 그 쇳덩이가 네놈의 관이 될 것이다.”

물론 레오폰 왕국의 언어라 리셀이 알아들을 리 만무했다.
접근하는 하킴을 보며 리셀이 검 손잡이를 꽉 움켜쥐었다. 가
죽끈을 감아놓은 탓인지 손바닥에 착 감기는 느낌이 더없이
좋았다.

　반신반의하던 조원들은 리셀의 경고대로 사막 전사들이 매복하고 있자 적이 놀았다.

　'놀랍군. 어떻게 매복을 미연에 간파할 수 있는 거지?'

　그러나 감탄만 하고 있을 상황이 아니었다. 한눈에 보기에도 칼날처럼 단련된 사막 전사 두 명이 그들을 향해 달려오고 있었다. 터커가 버럭 고함을 질렀다.

　"모두 막아! 네 명이 하나씩 둘러싸고 공격한다. 베릴은 내 앞을 틀어막아."

　일반 병사 신분이긴 하지만 장거리 정찰대에는 최고의 정예들만 배치된다. 검술과 방패술, 그리고 궁술이 일정 수준을 넘어야만 장거리 정찰대에 배속될 수 있었다. 방패와 검을 움켜쥔 조원들이 달려나가 사막 전사들을 맞이했다.

　그러나 그들은 사막 전사들의 실력을 과소평가했다. 리셀이 너무도 수월하게 한 명을 처치했기 때문이었다.

　"비교적 약한 놈들이 왔나 보군."

　"상위 서열의 사막 전사들은 정규 기사도 찜 쪄 먹는다고 들었는데 그나마 그런 놈들이 아니라서 다행이로군."

　그 선입견이 깨어지는 것은 순간이었다. 바람처럼 파고든 두 명의 사막 전사들이 매서운 공격을 날리기 시작하자 병사들은 쩔쩔매야 했다. 혼자서 네 명을 상대해야 하는 수적 불리함에도 불구하고 사막 전사들은 성난 맹수처럼 정찰조원들을 휘몰아쳤다.

푸캉.

가벼운 칼질에 방패가 그대로 쪼개어졌다. 검으로 틀어막아도 시미터에 밀려 주르르 밀려나는 형국이었다. 눈 깜짝할 사이에 부상자가 발생했다. 조원 한 명이 어깨와 옆구리에 잇달아 칼을 맞고 피를 흘리며 나가떨어졌다. 소름이 끼칠 정도로 빠른 칼질이었다.

"어서 막아."

터커가 앞을 지키고 있던 베릴을 투입해 포위망을 재구축했다. 혹시라도 틈이 생길 경우 사막 전사들은 우선적으로 자신에게 달려들 것이다. 사막 전사들에게 있어 제국군의 데저트 렙터 기수는 무슨 일이 있어도 없애야 하는 척살대상 1순위였다.

그로부터 열 발자국 떨어진 곳에서도 치열한 혈투가 전개되고 있었다.

쐐액 쐐애애액.

얼마나 검속이 빨랐는지 바람 갈라지는 소리가 연이어 터져 나왔다. 하킴은 양손에 든 시미터를 맹렬히 휘두르며 리셀에게 맹공을 퍼부었다. 호레이살 부족에서도 인정받는 전사인 하킴이었다. 끊임없이 가해지는 강렬한 충격에 리셀이 계속해서 죽죽 뒤로 밀려났다.

낯선 검술에다 실력 또한 부족함이 없는 사막 전사가 상대였기에 리셀이 고전할 수밖에 없는 것이다. 그나마 마나의 순환으로 인해 예민해진 오감을 모두 활용하지 않았다면 벌써 치명적인 일격을 허용하고 쓰러졌을 터였다.

시간이 지나 상대의 검로가 점점 눈에 익고 있음에도 불구하고 리셀은 비세를 극복하기 힘들었다. 상대는 그 정도로 뛰어난 실력을 지니고 있었다.

장검을 힘겹게 휘두르며 공격을 겨우겨우 막아내는 제국 기사를 보며 하킴이 눈매를 지그시 좁혔다.

'생각보다 오래 버티는군. 몇 합 나누지 않고 쓰러뜨릴 수 있을 것이라 생각했거늘.'

서둘러 기사를 처리하고 수하들을 지원해야 했기 때문에 하킴이 공세에 가일층 박차를 가했다. 리셀에게 가해지는 압력이 가중되었다.

'힘들군.'

리셀의 얼굴이 참담하게 일그러졌다. 지금 상대하고 있는 사막 전사는 조금 전 죽인 자와는 비교조차 하기 힘든 고수였다. 힘겹게 막아내는 것이 고작일 뿐 반격은 엄두도 내지 못하는 것이 현실이었다.

'이대로 가다간 힘들다.'

몸속을 순환하던 마나는 거의 고갈된 상태였다. 두터운 판금갑옷의 무게와 거기서 전해지는 열기를 버티는 것만 해도 힘겨운데 검을 휘둘러 전력으로 싸워야 하니 무리가 갈 수밖에 없다. 몸속을 순환시킬 수 있는 마나의 양에는 한계가 있었

다. 만약 마나의 흐름이 끊어진다면 그 순간이 리셀의 최후가
되리라는 건 자명한 일이었다.

　마나의 흐름이 가늘게 끊어졌다가 겨우 이어지는 것을 느낀
리셀은 눈앞이 깜깜해졌다. 상황을 보니 더 이상 버티기 힘들
어 보였다. 그것을 알았는지 사막 전사의 공세가 한층 더 격렬
해졌다.

　'큰일이로군.'

　그때 기적이 벌어졌다. 마나홀의 마나가 별안간 출렁이기
시작했다. 드래곤의 하트로부터 유래된 마나, 지금까지 리셀
의 의도에 일절 따르지 않던 마나가 마침내 움직이기 시작한
것이다. 그토록 게으르고 엉덩이가 무겁던 마나였다. 그런 마
나가 위기감을 느끼고 움직였을 정도로 리셀의 몸 상태는 엉
망이었다.

　쾨쾨쾨쾨.

　거센 마나의 흐름이 리셀의 몸을 관통했다. 지금껏 몸을 순환
하던 마나와는 비교조차 되지 않을 정도로 거센 격랑이었다. 그
방대한 마나의 파도는 격한 움직임으로 생겨난 근육 속의 젖산을
몸 밖으로 배출하는 수준이 아니라 아예 태워버렸다.

　"후우욱."

　호흡이 급속도로 정상을 되찾았다. 전신의 근육 역시 기운
을 보충해 활력을 되찾았다. 검 손잡이를 움켜쥔 손에 점차 힘
이 들어갔다. 암울하던 리셀의 눈동자는 어느새 희열에 젖어

있었다.

'드디어 드래곤의 마나가 움직였어.'

이제 지금껏 자신을 몰아붙이던 사막 전사를 처리하는 것은 일도 아니었다. 방대한 마나의 격랑이 불어넣어 준 활력으로 인해 오감은 몇 배 더 예민해졌고 전신에 힘이 넘쳐났다. 더 이상 사막 전사에게 밀려야 할 이유가 없는 것이다.

푸캉.

일직선으로 치고 들어오는 일격에 주르르 뒤로 밀려난 하킴이 놀란 표정을 지었다. 당장이라도 쓰러질 듯 힘겹게 방어에 열중하던 상대가 느닷없이 거센 반격을 가한 것이다.

'우연인가?'

하지만 그것은 하킴의 오산이었다. 지금껏 줄곧 몰리기만 하던 제국 기사가 돌연 무시무시한 공세를 퍼붓기 시작한 것이다. 공격 하나하나가 치명적이지 않은 것이 없었다.

하킴은 금방 수세에 몰려버렸다. 막강한 힘이 실린 상대의 검격을 겨우겨우 막거나 흘려내는 것이 고작이었다. 하킴의 눈은 경악으로 인해 부릅떠져 있었다.

"이, 이럴 수는 없다. 난 호레이살 부족의 전사 하킴이다."

버럭 고함을 질렀지만 그렇다고 해서 전세를 역전시킬 순 없었다.

서걱.

파육음과 함께 어깨가 시큰해졌다. 살점이 족히 한 근은 떨어져 나간 어깨에서 핏줄기가 솟구쳤다. 더 이상 버티기 힘들다고 생각한 하킴이 구원을 요청했다.

"도와다오. 혼자선 버틸 수 없다."

그 한 마디로 인해 전체적인 전세가 돌변했다. 8대 2의 상황임에도 불구하고 세차게 정찰조원들을 밀어붙이고 있던 두 사막 전사가 고개를 돌린 것이다. 그들의 입에서 경악성이 터져 나왔다.

"하, 하킴님!"

하킴이 눈 깜짝할 사이에 제국 기사를 베어버리고 합류할 것이라 믿어 의심치 않던 그들이었다. 초반에 제국 기사를 몰아붙이는 모습만 보더라도 그 믿음이 어긋날 리 없다고 생각했다. 그는 그 정도로 부하들의 인정을 받는 실력 있는 전사였다.

그런 하킴이 지금 제국 기사에게 정신없이 밀리고 있지 않은가? 그러나 지체할 여유가 없었다. 사막 전사 한 명이 병사들을 뿌리치고 몸을 날렸다.

"내가 지원하겠다. 타림, 자네가 나머지를 상대하라."

그로 인해 정신없이 밀리던 조원들은 한숨 돌릴 여유를 되찾을 수 있었다. 그들이 상대하던 사막 전사는 정말 몸에 소름이 돋을 정도로 강했다. 이미 많은 조원들이 시미터에 여기저기를 베여 상처를 입은 상황이었다.

전사들의 시미터는 조원들이 입은 가죽갑옷을 마치 종잇장처럼 베어버렸다. 그런 상황에서 한 명이 빠지자 막기가 비교적 수월해졌다. 상처를 입지 않은 조원을 주축으로 정찰조는 사막 전사에게 맹렬히 포위공격을 가했다. 그동안 부상자들은 뒤로 빠져 상처를 지혈했다.

사막 전사 한 명이 가세했음에도 불구하고 리셀 쪽의 전황은 변하지 않았다. 리셀은 마치 성난 사자처럼 미쳐 날뛰며 두 명의 사막 전사를 밀어붙였다. 감각이 예민해진 탓에 사각을 노리고 날아드는 칼도 일절 놓치지 않았다.

먼저 파탄을 드러낸 것은 뒤이어 가세한 사막 전사였다. 네 명의 병사와 싸우며 기력이 많이 소진되었던 터라 리셀의 일격을 받고 그만 자세가 무너져버렸다. 기본기가 충실한 리셀이 그 틈을 놓칠 리가 없었다.

서걱.

소름 끼치는 소리와 함께 사막 전사의 목이 허공에 둥실 떠올랐다. 강한 검격으로 상대의 자세를 무너뜨린 뒤 곧바로 치명타를 가하는 그 검술은 마스터의 가문인 루카스 후작가의 비기였다. 하킴의 입에서 비통한 음성이 흘러나왔다.

"안 돼, 라반!"

부하의 죽음을 목격한 하킴이 광분한 나머지 마구 공격해 들어왔다. 하지만 흥분하는 것은 지금 같은 상황에선 오히려 독이 될 뿐이었다.

콰직.

정면으로 맞부딪친 시미터가 순식간에 여러 토막으로 부서져 버렸다. 빙글 몸을 돌린 리셀이 그대로 하킴의 배에 검을 박아 넣었다. 내장에서 전해지는 끔찍한 통증에 하킴이 비명을 내질렀다.

"크아아악!"

손에서 힘이 빠지며 시미터가 맥없이 모래 위로 떨어졌다. 리셀이 검을 뽑아내자 하킴이 배에서 피를 분수처럼 내쏟으며 털썩 무릎을 꿇었다.

그러나 리셀에게 한숨 돌릴 여유는 없었다. 드래곤의 마나가 몸속을 순환하는 지금 이 순간을 최대한 활용해야 하는 것이 리셀의 입장이었다. 그는 서둘러 마지막 남은 전사에게로 몸을 날렸다.

마지막 전사가 쓰러지는 데는 오랜 시간이 걸리지 않았다. 이미 병사들과 차륜전을 치르며 힘이 빠질 대로 빠진 상황 아니던가? 리셀이 달려들자 타림이라는 이름을 가진 사막 전사가 몸을 돌리며 시미터를 휘둘렀다. 리셀이 피하지 않고 오히려 시미터의 중단을 후려갈겼다.

콰직.

시미터의 중단이 산산이 부서져 나갔다. 무기를 잃은 사막 전사의 몸이 균형을 잃고 휘청했다. 리셀이 여세를 몰아 사막 전사의 목을 향해 검을 휘둘렀다. 그때 다급한 한 마디가 귓전을 파고들었다.

"기, 기사님! 가능하시면 그놈을 사로잡아주십시오."

그 말을 들은 리셀이 급히 검을 틀었다. 넓적한 검면이 정통으로 사막 전사의 얼굴을 후려갈겼다.

퍼어억.

둔탁한 소리와 함께 사막 전사의 몸이 허공에 힘없이 떠올랐다. 저만큼 나가떨어진 전사는 충격으로 인해 그대로 기절해버렸다.

"후욱, 후욱."

리셀이 검을 양손으로 움켜쥔 채 심호흡을 했다. 몸을 순환하던 드래곤의 마나가 서서히 마나홀로 들어가 똬리를 트는 것이 느껴졌다. 더 이상은 리셀의 장단에 맞춰 춤추지 않겠다는 듯한 반응이었다. 허공에 휘둘러 검에 묻은 피를 털어낸 리셀이 고개를 돌렸다.

"적의 우두머리는 아직 죽이지 않았소. 그러니 포박하도록 하시오."

"아, 알겠습니다."

조원들이 경악 어린 눈빛으로 리셀을 보다 몸을 날렸다. 그들로서는 당연히 놀랄 수밖에 없는 상황이었다.

사막 전사들의 암습으로 인해 촉발된 긴장은 말끔히 해소되었다. 한 명은 목이 달아났고 사막 전사 두 명은 부상을 입고 붙잡혔다. 기습을 받은 정찰대의 피해는 경미했다. 다섯 명이 경상을 입은 것 말고는 사상자가 발생하지 않았다.

조원들은 충격을 받은 듯한 눈빛으로 리셀을 힐끔힐끔 쳐다보았다. 처음 사막 전사를 처리했을 때에는 조금 놀라긴 했어도 충격까지 받진 않았다. 제압된 사막 전사가 비교적 약한 놈이라고 간주한 것이다. 하지만 지금은 그렇지 않았다.

사막 전사들의 실력은 무시무시했다. 고작 두 명으로 아홉 명의 정찰조 조원을 거세게 밀어붙인 실력자들이었다. 그 정도 실력이라면 기사와도 막상막하로 싸울 수 있는 강자들이다. 특히 복부에 검상을 입고 붙잡힌 전사는 한눈에 보더라도 신분이 높은 명가의 전사임을 알 수 있었다.

그런 전사 두 명의 합격을 익히 감당하고도 모자라 하나를 죽이고 한 명을 사로잡았다는 것은 리셀의 실력이 정규 기사를 능가하지 않고서야 불가능한 일이다. 리셀을 몰래 훔쳐보던 조원들이 한 마디씩 내뱉었다.

"믿을 수가 없군. 저 외모에 그 정도 실력이라니."

"저 나이에 저런 실력이라면 도대체 몇 살부터 검을 수련했다는 거지?"

그러면서도 조원들은 전장을 정리하느라 여념이 없었다. 포로의 얼굴에서 벗겨 낸, 복잡한 레오폰 문자가 수놓아진 천을 들여다본 터커가 놀란 표정을 지었다.

"바람막이 천에 신분과 장도를 기원하는 축문을 수놓아 가지고 다니는 전사라면 상당히 지체 높은 신분인데."

비로소 정황이 납득되기 시작한 터커였다.

"아무래도 주둔지에 적의 밀정이 있는 것 같군. 그렇지 않고서야 장거리 정찰대가 출행하는 것을 귀신같이 알아차리고 기습할 수 없을 테니까."

그렇게 간주하니 첫 번째 암습 역시 이해가 되었다. 모래 속에 숨어 있던 전사는 정확히 데저트 렙터의 기수인 자신을 노렸다. 비록 리셀의 손에 가로막혔지만 그의 시미터는 집요하게 터커의 목을 노렸다. 뒤집어 생각해보면 본부에 보고가 전달되지 않도록 미연에 차단하려는 의도로 미루어 짐작할 수 있다.

고개를 끄덕인 터커가 조원들을 쳐다보았다.

"정찰을 중지하고 숙영지로 돌아간다. 아무래도 숙영지 근처에 적과 내통하는 밀정이 있는 것 같다."

어차피 그게 아니더라도 포로를 압송하려면 더 이상 정찰임무를 수행하지 못한다. 사로잡은 사막 전사는 레오폰 왕국의 사정을 알아낼 수 있는 중요한 정보 덩어리였다. 그의 지시에 따라 조원들이 부산하게 철수를 서둘렀다.

붙잡힌 전사 하킴이 피눈물을 흘리며 그 모습을 쳐다보고 있었다. 함께 붙잡힌 타림은 인사불성이 되어 늘어져 있었다. 제국군들은 하킴의 복부에 난 검상을 지혈한 뒤 붕대를 감아주었다. 물론 그러고 난 다음 꼼짝달싹도 하지 못하도록 포박했지만 말이다.

그가 공허한 눈빛으로 자신을 제압한 제국 기사를 쳐다보았다. 비록 금속제 갑주를 덕지덕지 몸에 두르고 있었지만 상대는 자신을 월등히 능가하는 실력자였다.

마지막 순간 라반의 목을 가볍게 날린 뒤 흥분해서 달려드는 그의 배에 검을 박은 솜씨는 하킴도 흉내 내지 못하는 고급 기술이다.

'그런데 처음에는 왜 그렇게 쩔쩔맨 거지?'

그러나 지금은 적 기사의 실력에 감탄을 하고 있을 때가 아니었다.

하킴의 눈빛이 차분해졌다. 긍지 높은 호레이살 부족의 전사로서 적에게 생포되어 모욕을 당할 수는 없었다. 게다가 이대로 제국군의 숙영지로 끌려가면 무슨 꼴을 당할지 모르는 상황이다.

레오폰의 전사들은 일반적으로 고문에 강한 편이다. 생으로 손톱 발톱을 뽑아내어도 웃으며 고문관을 조롱하는 성정을 지녔다. 고통에 굴복해서 입을 여는 것은 엄청난 치욕으로 간주한다. 때문에 레오폰 왕국에서는 부족 간의 전쟁이 벌어져도 사로잡은 적 전사를 심문하는 일이 없다. 고문을 가해봐야 입을 열지 않을 것이 빤하기 때문이다.

그러나 그런 레오폰 전사의 자부심은 제국군에게만은 통하지 않았다. 도대체 무슨 수를 쓰는지 모르지만 언제부턴가 붙잡혀간 전사로부터 정보가 술술 새나가는 게 아닐까 하는 의구심이 제기되기 시작했다. 분명 팔다리를 갈기갈기 찢어도 눈썹 하나 까딱하지 않을 전사들이건만 제국군 움직임을 보면 정보가 새어나갔음을 확실하게 알 수 있었다. 하킴이 입술을 질끈 깨물었다.

'나도 입이 무겁다고 자부한다. 그 어떤 고문을 받아도 전사로서의 긍지를 지키기 위해 입을 열지 않을 것이다. 하지만 제국군에게는 그런 전사들의 정신을 무너뜨리는 뭔가가 있다.'

물론 그 수단이 뭔지는 레오폰 왕국 측에서도 알지 못했다.

이후 가문에서는 신분이 높은 전사들에게 뭔가를 지급해 주었다. 그것은 바로 사막 방울뱀과 전갈에게서 추출해 낸 독약이었다. 물론 왕국의 사정을 많이 알고 있는 신분 높은 전사들에게만 국한되었다.

하킴 역시 그런 독약을 소지하고 있었다. 잘 말린 사막 딱정벌레의 속을 파내고 독액을 집어넣은 뒤 밀랍으로 봉인한 것으로, 깨물 경우 순식간에 독이 전신으로 퍼진다. 이미 하킴은 그 독약을 혀 밑에 감추고 있는 상태였다. 배에 검상을 입고 쓰러져 있을 때 하킴은 캡슐을 입속에 집어넣었다.

제국군들이 몸수색을 했지만 혀 밑까지는 살피지 못했다. 그러나 하킴은 독약 캡슐을 곧바로 깨물지 않았다. 죽을 때 죽더라도 어떻게든 제국군에 타격을 입히기 위해 기회를 엿보는 것이다.

'최소한 나를 붙잡은 제국 기사 하나 정도는 저승길에 동반해야 해. 저 정도 실력의 기사라면 분명 제국군의 요직에 있는 자가 분명하니 말이야.'

실력이 곧 신분인 사막 전사 세계에서 자라온 하킴은 리셀의 신분을 과대평가했다. 그가 죄를 지어 복무하는 죄수 신분이며 아직까지 기사로 서임받지도 못한 견습기사란 사실을 전혀 짐작하지 못했다.

마음을 정한 하킴이 입을 열었다. 입술을 비집고 흘러나온 것은 그들의 신, 라할에게 바치는 축문이었다.

"전지전능하신 라할이시여. 호레이살 부족의 자손인 호레이살 하킴이 곧 라할님의 곁으로 갈 것입니다. 부디 저의 영혼을 전사의 전당으로 인도해주옵시고 명예가 더럽혀지지 않도록 보살펴주시옵소서."

사뭇 경건한 말투였지만 레오폰어에 익숙하지 않은 조원들에게는 바로 옆에 있는 리셀에게 말을 거는 것처럼 들렸다.

"저 전사 녀석이 뭐라고 말을 하는데요?"

"그러게? 기사님을 향해 뭐라고 중얼거리잖아?"

그 소리는 리셀도 들었다. 마나가 순환하느라 청각이 예민해진 상태였기 때문이었다.

고개를 돌린 리셀의 눈에 자신을 뚫어지게 쳐다보며 뭔가 말을 거는 하킴이 보였다. 물론 레오폰 왕국의 말을 알아들을 수 없었기에 리셀이 고개를 갸웃거렸다.

"뭐라고 하는 거지? 혹시 레오폰 말 하실 줄 아는 분 있나요?"

그러나 조원들은 어두운 표정으로 고개를 흔들었다. 특별한 직책에 있는 자가 아니면 제국군 진중에 레오폰 말을 할 줄 아는 자는 드물었다.

분명 자신을 향해 뭐라고 말을 거는 것 같았기에 리셀이 자리에서 일어났다.

"무슨 뜻인가? 제국 공용어를 할 줄 모르나?"

그러나 하킴은 대꾸하지 않고 계속 뭐라고 중얼거렸다. 그것도 리셀의 얼굴을 뚫어지게 쳐다보며 말이다.

"뭔가를 말하려고 하는 것 같은데?"

궁금해진 리셀이 하킴을 향해 걸어갔다. 그것을 보고 터커가 화들짝 놀라 소리쳤다.

"조심하십시오. 저 레오폰 놈이 무슨 수작을 부릴지 모릅니다."

"손발이 묶여 있지 않소? 분명 나에게 뭔가를 말하려고 하는 것 같소."

느릿하게 걸어간 리셀이 하킴 앞에 서서 다시 한번 물었다.

"제국 공용어를 할 줄 아는가?"

하킴의 눈에 회심의 빛이 떠올랐다. 마음먹은 대로 제국 기사를 유인하는 데 성공한 것이다.

그는 주저하지 않고 혀 밑의 독약 캡슐을 깨물었다. 말린 사막 딱정벌레의 껍질이 터지며 비릿한 맛이 입속에 번져갔다. 하킴은 그중 절반을 꿀꺽 삼켜버렸다. 그 정도만 해도 충분히 치사량을 넘어서는 분량이다.

'이로써 나는 전사의 전당으로 가서 영원히 라할님을 보필할 것이다. 하지만 저승의 강에 혼자 배를 타고 가는 것은 무척이나 외롭지.'

빙그레 미소를 지은 라할이 또다시 리셀을 향해 뭐라고 중얼거렸다. 이번에는 음성이 매우 작았기 때문에 리셀이 허리를 굽혀 귀를 갖다 댔다. 그 순간 하킴의 입이 벌어지며 시커먼 액체가 뿜어져 나왔다.

"뭐, 뭐야?"

깜짝 놀란 리셀이 황급히 뒤로 물러서려 했다. 하지만 거리가 너무 가까웠기에 리셀은 꼼짝없이 액체를 얼굴에 흠뻑 덮어쓰고 말았다. 닿는 순간 피부에서 타들어가는 듯한 통증이 전해졌다.

작전이 성공하자 하킴이 너털웃음을 터트렸다. 이번에 그의 입에서 나온 말은 정찰조원들이 알아들을 수 있는 제국 공용어였다. 놀랍게도 하킴은 제국의 공용어를 익히고 있었다.

"으하하하! 결국 넘어갔구나. 나하고 함께 저승에 가자."

리셀이 급히 천을 풀어 얼굴에 묻은 액체를 닦아냈다. 그러나 그의 얼굴 피부는 보기 흉하게 부풀어 오르고 있었다.

“사막 방울뱀과 전갈의 독을 섞은 것이다. 식도의 점막뿐만 아니라 모공을 통해서도 침입하는 독이지. 이제 넌 죽은 목숨이나 다름없다.”

나지막이 중얼거리던 하킴의 얼굴이 시커멓게 변색되었다. 독이 제대로 발작하는 것이다.

“기, 기사님!”

조금 떨어져 있던 조원들이 급히 달려왔다. 그러나 리셀은 손을 들어 그들을 진정시켰다.

“난 괜찮소. 놀라지 마시오.”

놀랍게도 보기 흉하게 부어올랐던 리셀의 얼굴은 원래대로 돌아오고 있었다. 이미 한 번 독에 중독된 경험이 있던 리셀이다. 당시 리셀은 마나의 도움으로 중독 상태에서 벗어날 수 있었다. 독기가 리셀의 얼굴을 침습하자 마나가 또다시 도움을 주었다. 리셀의 몸속을 순환하던 마나가 전신으로 퍼져 나가려던 독을 강제로 빨아들여 식도로 끌어올렸다.

“퉤.”

리셀이 침을 뱉자 시커먼 핏덩이가 바닥으로 떨어졌다. 독에 잠식된 죽은피와 독 기운이 엉겨붙어 있는 액체였다. 리셀이 부츠로 모래를 밀어 바닥의 독액을 덮어버렸다. 푸르스름하게 변해가던 리셀의 얼굴은 언제 그랬냐는 듯 혈색을 되찾은 상태였다.

“뭐, 뭐야?”

그 모습을 본 하킴은 눈이 툭 튀어나올 정도로 놀랐다. 저 정도 분량의 독액을 덮어썼다면 그 어떤 해독약으로도 치료하지 못한다. 그런데 제국 기사는 중독된 기미를 전혀 보이지 않았다.

"미, 믿을 수 없다."

그 말에 리셀이 비릿한 미소를 지었다.

"미안하군. 난 독에 상당히 강한 체질이거든."

"마, 말도 안 돼. 끄으으."

그게 하킴이 세상에 마지막으로 남긴 말이었다. 완전히 골수까지 파고든 독 기운으로 인해 의식이 뚝 끊어져 버린 것이다.

털썩.

힘없는 소리와 함께 생명이 사라진 하킴의 시체가 바닥으로 널브러졌다.

"캬아악, 퉤."

리셀은 계속해서 침을 뱉고 있었다. 마나가 한 번 순환할 때마다 몸속에 남아 있는 독을 빨아들여 계속 식도로 올려주는 것이다.

"무서운 놈들이로군. 죽는 순간까지 적과 함께 저승으로 가려고 하다니."

살짝 진저리를 친 리셀이 몸을 돌렸다. 그때서야 조원들이 마지막으로 남은 포로의 입속을 조사한답시고 법석을 떨었다.

808장거리 정찰조의 정찰활동은 일단 중지되었다. 끌고 다니던 데저트 렙터의 등에는 꽁꽁 묶여 입까지 틀어 막힌 포로와 두 구의 시체가 실렸다. 규정상 정찰조원들을 태우진 못하지만 적의 포로나 전리품은 실을 수 있게 되어 있기 때문이었다.

그 상태로 정찰조는 귀환을 서둘렀다. 하루라도 빨리 포로를 숙영지로 끌고 가야 한다. 그래야만 사막 전사들이 장거리 정찰조를 중간에 기습한 배경을 알아낼 수 있다. 기습이 있었던 이후 리셀에 대한 조원들의 눈빛은 눈에 띄게 달라졌다.

사실 장거리 정찰대 자체가 위험도가 지극히 높은 병과이다. 소수의 인원으로 사막 전사들이 득시글거리는 라할리아 사막 깊숙한 곳을 돌아다니는데 위험하지 않을 도리가 없다. 그런 장거리 정찰대에 강한 실력을 가진 기사가 포함되어 있다면 정찰 성공률이 월등히 높아진다. 조원들의 생존율 역시 마찬가지였다.

따라서 조원들로서는 리셀에게 잘 보일 필요가 있었다. 자신들의 목숨을 위해서라도 말이다. 여전히 리셀은 갑옷을 절그렁거리며 대열의 중간에 서서 걷고 있었다.

"여기 물이 있습니다. 드시지요."

"고맙소."

목이 많이 마르던 참이라 리셀이 마다하지 않고 수통을 받아 들어 벌컥벌컥 들이켰다. 판금갑옷으로 인해 땀을 많이 흘리기 때문에 적절한 수분의 보충이 필수였다. 리셀이 가지고 온 수통은 벌써 바닥을 드러낸 상태였다. 조원 한 명이 감탄 어린 표정으로 리셀의 갑옷을 쳐다보았다.

"정말 대단하십니다. 기사님. 그런 갑옷을 입고도 우리와 보조를 맞출 수 있다니 말입니다."

그 말에 리셀이 쓴웃음을 지었다.

"난 아직까지 기사가 아니오. 서임받지 않았으니 견습기사의 신분이지."

"농담도 잘하십니다. 어떤 견습기사가 혼자서 사막 전사 세 명을 죽이고 한 명을 사로잡을 수 있단 말입니까? 정규 기사들도 사막 전사 하나를 감당하지 못해 쩔쩔매는 형국인데."

"하지만 사실이오."

조원들은 리셀에게 끊임없이 말을 걸어왔다.

"검술 실력이 정말 대단하시더군요. 도대체 몇 살 때부터 검을 수련하신 것입니까?"

"정식으로 검 수련을 시작한 것은 아홉 살 때부터이군요."

처음에는 눈총을 받았지만 일단 관계가 호전되자 조원들은 리셀에게 급속히 호감을 느끼기 시작했다. 일반 병사들인 자신들에게도 또박또박 존댓말을 써 주었고 항상 웃는 낯으로 질문에 대답해 주었기 때문이었다.

보통, 기사들은 병사들에게 결코 존대를 하지 않는다. 제아무리 나이가 어린 견습기사라도 마찬가지였다. 병사들보다 우월하다는 자긍심이 항상 내재되어 있는 것이다. 그런 콧대 높은 기사들을 보다 리셀을 대하자니 기분이 나쁠 리가 없다.

　게다가 실력은 어떠한가? 지금껏 장거리 정찰대에 배치된 그 어떤 기사보다도 강해 보이는 리셀이었다. 자연히 조원들의 호감을 살 수밖에 없었다. 그 때문에 돌아오는 길은 전혀 외롭지 않았던 리셀이었다.

제9장
검은 눈동자의 소녀

　장거리 정찰대가 포로를 데리고 돌아오자 숙영지는 발칵 뒤집혔다. 얼마나 사안이 심각한지 지휘관인 칼스 자작이 직접 나서서 조장인 터커에게 보고를 받았다.

　"중간에 기습을 당했습니다. 정황을 보니 저희 장거리 정찰조의 출행을 손바닥 보듯 꿰뚫고 있는 것 같더군요. 아무래도 정보가 숙영지로부터 샌 모양입니다."

　"본관의 생각도 그렇다. 그래, 포로를 붙잡아 왔다고?"

　"그렇습니다. 원래 두 명을 붙잡았는데 그중 신분이 높아 보이는 한 명은 독약으로 자결을 했고 나머지 한 명은 의식을 잃은 상태로 끌고 왔습니다."

"잘했다. 포상이 있을 것이다."

칼스 자작이 의기양양한 표정으로 공을 치하했다. 포로를 붙잡아왔으니 그를 취조하면 숙영지 주변의 적 끄나풀을 무난히 색출해낼 수 있을 것이다.

"이번에 배속된 기사 리셀님이 큰 공을 세우셨습니다. 기습을 가해온 사막 전사 네 명 중 두 명을 죽이고 두 명을 붙잡았으니까요."

그 말에 칼스 자작이 의아한 표정을 지었다.

"기사? 808정찰조에 배속한 것은 충군형으로 복무하던 견습기사 아니던가? 아무튼 중요한 것은 그게 아니지. 나가보라. 지금부터 포로에 대한 취조를 시작할 것이다."

"알겠습니다."

터커가 복명하고 나가자 지휘관은 급히 부관을 불러 취조 준비를 시켰다. 물론 취조 과정에 투입되는 것은 고문관이 아니라 마법사였다.

초창기에는 제국군에서도 사로잡은 포로의 취조를 고문관에게 맡겼다. 그러나 제아무리 실력이 뛰어난 고문관들도 포로들의 입을 열지 못했다. 사막 전사들의 의식 자체가 고통에 굴복해 입을 여는 것을 전사의 수치라고 생각했기 때문이다. 심한 고문을 가해도 전사들은 신음소리 한 번 내지 않고 도리어 고문관을 조롱했다.

이후 제국군은 고문 방식을 바꾸었다. 마법사로 하여금 전사들에게 마법을 걸어 환각을 보여줌으로써 쉽사리 입을 열게 하는 방법을 택한 것이다.

그 때문에 터커는 이곳에 오는 과정에서 포로인 타림을 계속해서 기절시켰다. 깨어나려는 기미가 보이면 끊임없이 둔기로 머리통을 후려갈겨 다시 혼절시켰다.

지휘관의 지시로 인해 금세 자리가 마련되었다. 취조를 담당하는 마법사가 들어와 의식을 잃고 늘어져 있는 포로에게 마법을 걸었다. 마나의 재배열이 끝나자 마법사가 고개를 끄덕였다.

"다 되었소. 포로를 깨우시오."

그 말에 기사들이 다가가서 포로를 뒤흔들었다.

"끄으으응."

묵직한 신음소리와 함께 타림이 눈을 떴다. 머리가 마치 자기 것이 아닌 것처럼 묵직했고 정신이 하나도 없었다. 그럴 것이 이곳으로 오는 과정에서 끊임없이 둔기에 머리통을 얻어맞았으니 두통에 시달릴 법도 했다.

정신을 차린 타림의 뇌리에 마지막으로 떠오른 기억은 제국군과 치열하게 싸우다 당한 부분이었다. 다가온 제국 기사에게 한 대 얻어맞고 의식을 잃은 사실을 떠올린 순간 타림의 얼굴에 비통함이 서렸다.

'수치스럽게 제국군의 포로가 된 것인가?'

긍지 높은 사막의 전사로서 죽는 것은 두렵지 않다. 용감하게 적과 싸우다 죽는 것은 전사에게 최고로 명예로운 일이다. 그러나 적에게 산채로 붙잡히는 것은 한마디로 치욕이었다. 물론 의식을 잃은 상태로 붙잡혔으니 타림으로서는 어쩔 수 없는 일이었다. 돌연 타림이 마음을 단단히 먹었다.

'분명 놈들은 정보를 알아내기 위해 나에게 고문을 가할 것이다.'

포로가 된 것만 해도 충분히 수치스러운 일이다. 그러나 고통을 이기지 못하고 입을 여는 것은 씻을 수 없는 치욕이었다.

타림은 어떤 고문을 받더라도 입을 열지 않을 것이라 단단히 마음먹었다. 전사의 자존심은 고통에 겨워 신음을 흘리는 것조차 용납하지 않을 정도로 고결하다. 그렇게 각오를 다지고 있는데 귓전으로 나지막한 음성이 파고들었다.

"정신이 드나?"

타림이 살짝 눈을 떴다. 예상과는 달리 유창한 레오폰어가 들려왔다. 눈을 뜬 타림이 의아한 표정을 지었다. 주변 상황이 예상과 판이하게 달랐기 때문이었다.

그가 누워있는 곳은 막사였다. 그리고 한눈에 보기에도 신분이 높아 보이는 전사가 차가운 눈빛으로 자신을 내려다보고 있었다. 그 옆에 시립한 네 명의 전사 역시 레오폰 복색이었다.

'어떻게 된 거야? 제국군의 포로가 된 것 아니었나?'

이해할 수 없다는 듯 눈을 굴리던 타림의 의혹을 해소해 주겠다는 듯 전사가 입을 열었다.

"그대는 제국군의 포로로 끌려가고 있었다. 다행히 우리 부족 전사들의 눈에 띄어 구출될 수 있었지. 명예롭게 죽지 못하고 포로가 된 것을 수치로 생각하라."

차가운 음성이었지만 타림은 오히려 안도했다. 저 말은 레오폰의 전사가 아니면 결코 입 밖으로 내지 않을 말이었다. 그가 부랴부랴 일어나 자세를 정돈했다.

"전사로서 더 이상의 수치를 쌓지 않도록 구해주신 점 감사드립니다."

"어차피 그대를 구하고자 한 것은 아니었어. 제국 놈들의 수급을 지고하신 라할께 바치는 것이야말로 우리 부족의 사명이니까. 그런데 무슨 부족인가? 제국 놈들이 싣고 가던 시미터를 보니 호레이살 부족 같은데?"

타림이 묵묵히 고개를 끄덕였다.

"그렇습니다. 혹시 전사님들은 어느 부족 소속인지 여쭤 봐도 되겠습니까?"

말을 건 전사가 대답했다.

"갈비라 부족의 파흐람이다. 부족 전사들과 함께 이곳에 왔다."

들어본 적이 있는 부족이라 타림이 고개를 끄덕였다. 갈비라 부족이라면 그 용맹함으로 널리 소문난 부족이었다.

"그런데 무슨 일로 수치스럽게 포로가 된 것인가? 제국 놈들이 싣고 가던 시체를 보니 꽤 지체 높은 전사가 껴 있던 것 같던데."

그 말에 타림은 정신이 번쩍 드는 것을 느꼈다. 지체 높은 전사라면…….

"하, 하킴님도 전사하신 것입니까?"

"맞아. 바람막이 천에 쓰인 이름이 하킴이었지. 얼굴이 검게 변색된 것을 보아 전사의 명예를 지키기 위해 독을 삼킨 것 같더군. 정말 명예로운 행동이었지."

그 말을 들은 타림이 침울해졌다. 정황을 보니 하킴 역시 자신과 마찬가지로 포로로 붙잡힌 것 같았다. 하지만 신분이 낮은 자신과는 달리 그에게는 자결용 독약이 있다. 만약 타림에게도 독약이 있었다면 머뭇거림 없이 삼켰을 터였다.

"그 정도 신분의 전사가 도대체 무슨 일로 이곳에 와 있었던 것이지?"

그러나 타림은 대답하지 않고 머뭇거렸다. 부족의 중대사를 타 부족에게 알려줄 순 없는 노릇이다. 비록 지금은 제국군에 대항하기 위해 공동전선을 펴고 있지만 얼마 전까지만 해도 서로 싸워 재물과 노예를 빼앗던 적대관계이다.

"그것은 밝힐 수 없습니다."

말을 마친 타림이 주변을 둘러보았다. 그러나 의심스러운 점은 아무것도 없었다. 벽에 기대 서 있는 전사들의 차림새도 나무랄 데 없었고 말투와 억양도 매우 유창했다. 그런데 이상한 기분이 들었기에 타림이 눈살을 찌푸렸다.

'이상하군. 분명 처음 보는 부족의 전사인데 왜 이리 친숙하지?'

갈비라 부족이라면 호레이살 부족과 거의 교류가 없는 부족이다. 부족 간의 거리가 워낙 멀기 때문이다. 그런데 눈앞의 전사가 마치 같은 피를 나눈 부족 전사처럼 친숙하게 느껴졌다. 타림이 이해하기 힘든 표정으로 파흐람을 쳐다보았다. 그때 밖에서 전사 한 명이 달려 들어왔다.

"전사들의 준비가 모두 끝났습니다. 명령을 내려주십시오."

보고를 받은 파흐람이 고개를 끄덕였다.

"좋다. 내가 나가는 즉시 제국의 숙영지를 기습하기로 한다. 눈에 띄는 놈들은 하나도 살려두지 마라. 특히 제국 놈들에게 빌붙어 먹고 사는 사막 부족들은 모조리 죽여라. 라할님의 뜻을 저버리고 제국 돼지들의 발바닥을 핥는 가증스러운 놈들이다."

그 말에 타림의 귀가 번쩍 뜨였다. 갈비라 부족의 전사들이 제국의 숙영지를 기습하러 간다면……. 타림이 다급한 어조로 외쳤다.

"혹시 제국의 숙영지를 기습하려는 것입니까?"

"그렇다. 무슨 일인가?"

"혹시 그 숙영지의 위치가 어딘지 알 수 있습니까?"

"그거야 어렵지 않지."

파흐람으로부터 숙영지의 위치를 들은 타림의 얼굴이 다급해졌다. 갈비라 부족이 공격하려는 곳은 호이레살 부족에서 부족민들을 밀정으로 대거 잠입시킨 바로 그 숙영지였다.

제국의 장거리 정찰대를 괴멸시키기 위해 호레이살 부족에서 큰마음을 먹고 시도한 작전이었고 많은 전사들의 여동생과 딸들이 그 임무를 위해 투입되었다. 만약 이대로 갈비라 부족의 기습이 실행된다면 그녀들은 허무하게 죽어갈 것이다.

마음이 급해진 타림은 결국 타림은 밝히지 말아야 할 부족의 비밀을 털어놓았다.

"사실은……."

부랴부랴 부족의 기밀을 털어놓는 타림을 파흐람이 흡족한 표정을 지으며 쳐다보고 있었다.

"정말 환상 마법은 효과적이로구려. 저 지독한 사막 전사의 자백을 이리 쉽게 받아 내다니 말이오."

유쾌한 듯한 칼스 자작의 음성이었다. 그는 막사 안쪽에서 팔짱을 끼고 포로인 타림을 느긋하게 쳐다보고 있었다. 그런데 타림을 에워싼 사람들은 모두가 제국의 기사들이었다.

얇은 사슬갑옷을 몸에 걸치고 장검을 허리에 차고 있음에도 불구하고 타림은 전혀 그들에게 적대감을 내비치지 않았다. 그리고 더할 나위 없이 따뜻한 눈빛으로 자신을 심문하는 로

브 차림의 마법사를 쳐다보고 있었다.

그는 지금 마법사의 환각 마법에 걸려 있었다. 그 수단이 너무도 교묘했기에 타림은 추호도 의심하지 않고 부족의 기밀사항을 술술 털어놓고 있었다.

옆에 놓인 탁자에서는 레오폰 말을 아는 통역병이 열심히 타림의 진술내용을 받아 적고 있었다. 잠시 후 장교 하나가 칼스 자작에게 다가왔다.

"호이레살 부족에서 잠입시킨 밀정의 숫자와 연락체계가 모두 조사되었습니다. 이대로라면 모조리 일망타진할 수 있을 것 같습니다."

"808장거리 정찰조가 정말 큰 공을 세웠군. 만약 이 사실을 몰랐다면 사막 전사들의 매복에 많은 장거리 정찰조를 잃었을 텐데 말이야. 놈들이 드디어 장거리 정찰대의 위협을 인지하기 시작했군."

"그렇습니다. 사실 정찰조 하나가 사막 전사 둘을 죽이고 나머지 두 명을 사로잡았다는 것은 실로 엄청난 전과입니다. 특히 독약을 마시고 자결했다는 하킴이라는 전사는 호레이살 부족에서도 상당히 비중이 높은 인물이라고 합니다. 포로의 증언에 따르면 검술 실력이 정규 기사급을 넘어선다고 조사되었습니다."

"정말 대단하군. 어쨌거나 지금 즉시 밀정 소탕 작업을 시작하도록 하게. 한 명도 놓쳐서는 안 돼. 그리고 808정찰조는 군령에 의거해 후하게 포상하도록 하게."

"알겠습니다."

결국 호레이살 부족이 야심차게 계획한 작전은 리셀의 활약으로 인해 분쇄되어 버렸다. 레오폰 왕국에서 들여보낸 밀정들은 모조리 정체가 드러나 일망타진되었다.

큰 전과를 거둔 808정찰조에는 성대한 포상이 내려졌다. 정찰조원 전체가 안전한 후방에서 또다시 한 달간의 휴가를 즐길 수 있게 된 것이다. 함께 내려진 포상금이라면 휴가 기간 내내 실컷 술과 여자를 즐길 수 있을 터였다.

하지만 단 한 명만은 그 휴가에서 제외되었다. 가장 큰 공을 세운 리셀에게는 휴가가 내려지지 않았다. 왜냐하면 리셀은 충군형으로 복무하는 죄수 신분이기 때문이었다.

때문에 리셀은 텅 빈 막사에서 한 달 동안 홀로 생활해야 했다. 그러나 리셀은 그 조처에 별반 불만을 갖지 않았다.

"잘 되었군. 그동안 마나 수련을 하고 사막 전사들과 싸웠던 내용을 복기해볼 수 있게 되었으니 말이야."

그리고 리셀에게는 한 가지 과제가 더 생겼다. 공을 세우고도 휴가를 가지 못하는 리셀이 안쓰러웠는지 지휘관인 칼스 자작이 따로 불러내어 바라는 것을 물었다.

"혹시 원하는 것이 있는가? 큰 공을 세웠지만 신분이 신분인지라 자넬 내보내지 못하네. 그러니 갖고 싶은 것이 있으면 말해보게."

리셀의 요구는 좀 엉뚱했다.

"레오폰 말을 할 줄 아는 사람을 하나 붙여주십시오. 아무래도 사막 전사들을 상대하려면 레오폰 말을 익혀둬야 할 것 같습니다."

그 말에 칼스 자작은 난감해했다. 레오폰 말을 할 줄 아는 사람이 진중에 그리 많지 않았기 때문이다. 그렇다고 해서 수가 모자라는 통역병을 붙여줄 수도 없는 노릇이다.

'곤란하군. 워낙 큰 공을 세운 녀석이라 부탁을 들어주지 않을 수도 없고.'

고민하던 칼스 자작의 얼굴이 별안간 환히 밝아졌다. 때마침 좋은 생각이 떠오른 것이다.

'그렇지. 이번에 붙잡힌 밀정들 중에서 아직 나이가 어린 소녀가 있었지. 밀정 교육을 받아 제국어가 제법 유창했었어. 그 계집이라면.'

전쟁터에서 포로가 된 여자들의 운명은 참으로 비참하다. 특히 이번 경우처럼 첩자로 파견되었다가 붙들린 경우라면 여자로서의 운명은 끝난 것이나 다름없었다.

이번에 붙들린 밀정의 수는 사십 명 정도였다. 그중 나이가 많은 여인들은 모조리 형장의 이슬로 사라졌다.

그리고 젊은 여인은 갖은 고문을 통해 아는 것을 모두 실토한 뒤 참전한 귀족이나 기사들의 노리개로 전락해버렸다. 막

사 한편에 쇠사슬로 묶인 채 오가는 귀족이나 기사들의 욕정
을 풀어주는 도구가 되어버린 것이다.

칼스 자작이 떠올린 소녀 역시 그중 하나였다. 밀정으로 파
견된 호레이샬 부족의 여자들은 대부분 대가 세고 겁이 없었
다. 몸을 범하려는 기사들에게 침을 뱉고 마구 반항하는 경우
가 흔했다. 그래 봐야 실컷 두들겨 맞을 뿐이라는 걸 다 알면
서도 말이다. 적진에 잠입할 정도의 여자들이니 오직 담이 크
겠는가?

하지만 그 소녀는 유난히 겁이 많았다. 기사들이 손찌검을
하려고 손을 들어 올리면 부들부들 떨며 몸을 내어주었다. 그
소녀라면 약간의 협박을 곁들일 경우 순순히 말을 들을 것이
라는 데 생각이 미쳤다.

'어차피 너무 어려서 품는 맛도 나지 않는다고 하니.'

고개를 끄덕인 칼스 자작이 묘한 미소를 지었다.

"좋아. 자네 말대로 레오폰 말을 할 줄 아는 사람을 하나 붙
여주지. 밤에 다른 용도로 유용하게 쓸 수 있기도 하고 말이
야."

"네? 그게 무슨 말씀이십니까?"

"받아보면 알걸세. 내 확실하게 교육시켜서 보내주지."

리셀은 의아한 표정으로 지휘관 실을 물러날 수밖에 없었
다.

그날 밤, 리셀은 비로소 칼스 자작의 말을 확실하게 이해할 수 있었다. 그가 혼자 사용하는 막사로 당번병과 함께 온 것은 겨우 열다섯 정도 되어 보이는 어린 소녀였다. 레오폰 왕국인 특유의 검은 눈과 검은 머리를 가지고 있었고 피부가 까무잡잡했다.

발에는 철구가 달린 쇠사슬이 매달려 있었는데 온몸이 상처투성이였다. 얼굴, 몸 가릴 것 없이 시퍼런 멍이 군데군데 들어 있는 어린 소녀가 바로 리셀에게 레오폰 말을 가르칠 선생이었다.

"이 여자는?"

당번병이 웃으며 리셀을 쳐다보았다.

"칼스 자작님께서 내리는 선물입니다. 아직 여자라고 하기엔 미흡하지만 시커먼 사내 녀석들보단 나을 것이라는 자작님의 전언입니다. 어눌하지만 제국 말을 할 줄 아니 레오폰어를 배우기에는 부족함이 없을 것입니다."

"하지만."

"그럼 좋은 시간 보내십시오."

당번병은 난감해하는 리셀을 남겨두고 느물느물한 웃음을 지으며 막사를 나섰다.

"난감하군."

리셀이 곤혹스러운 표정으로 주먹을 쥐었다 폈다. 그의 손에는 조그마한 열쇠 하나가 쥐어져 있었다. 소녀의 가느다란 발목을 속박하고 있는 족쇄의 열쇠였다.

"혹시라도 달아날 수 있으니 임무 중이거나 외출하실 때에는 반드시 족쇄를 채워두십시오. 물론 밤에 즐기실 때에만 잠깐잠깐 풀어주시면 됩니다."

열쇠를 건네줄 때 당번병이 한 귀엣말이었다.

소녀는 잔뜩 겁에 질린 표정으로 리셀을 힐끔힐끔 쳐다보고 있었다. 펑퍼짐한 포대 같은 옷 한 벌만 걸치고 있었고 드러난 피부에는 온통 멍 자국이 아로새겨져 있었다. 리셀은 별안간 측은함을 느꼈다.

'쯔쯔. 이 어린 소녀가 때릴 곳이 어디 있다고 이리 혹독하게 매질을 했단 말인가?'

안 된 마음에 리셀이 멍자국을 향해 손을 뻗었다. 그 모습을 보고 화들짝 놀란 소녀가 다급히 바닥에 무릎을 꿇고 머리를 조아렸다. 뭐라고 중얼거렸지만 레오폰 말이라 알아들을 수 없었다. 그런 소녀의 모습에 리셀은 한 가지 사실을 알아챌 수 있었다.

'아무래도 이 소녀는 시녀나 노예 신분이었던 것 같군. 이렇게 민감하게 반응하는 것을 보니 말이야.'

손만 들어 올려도 겁에 질려 바닥에 넙죽 엎드린다. 매질 당하는데 익숙한 시녀나 노예가 아니면 보이기 힘든 반응이다. 손을 거둔 리셀이 부드러운 눈빛으로 소녀를 쳐다보았다.

"이름이 뭐지?"

　겁먹은 눈빛으로 조심스럽게 고개를 든 소녀가 입을 열었
다. 약간 어색하긴 했지만 확실하게 알아들을 수 있는 제국 공
용어가 입술을 비집고 흘러나왔다.

“파, 파디아입니다. 나리.”

“좋아, 파디아. 네가 할 일이 뭔지 알고 있겠지?”

“그렇습니다요. 나리께 레, 레오폰 말을 가르치라고 하셨습
니다. 그리고 나리가 시키는 일은 뭐든지 하라고 하셨습니
다.”

　부들부들 떨며 대답하는 소녀의 말에 리셀이 난감해했다.
마음을 굳힌 리셀이 열쇠를 주머니에 넣고 몸을 일으켰다.

　‘우선 병참에 좀 갔다 와야겠군.’

　보급품을 받으려면 해가 떨어지기 전에 가야 한다. 때문에
리셀이 서둘러 막사를 나섰다.

“약간 짧은 검을 한 자루 더 받아와야겠어.”

　리셀은 왼손을 펴 손바닥을 들여다보았다. 그는 쌍수도를
사용하는 사막 전사들을 상대하며 뭔가 허전함을 느낀 상태였
다. 한 명이면 상관없었겠지만 두 명 이상의 사막 전사들이 공
격할 경우 한 자루의 장검으로는 방어하기가 벅찬 감이 없지
않아 있었다. 사막 전사들의 공격 속도가 워낙 빨랐기 때문이
었다. 그래서 리셀은 사막 전사들처럼 두 자루의 검을 사용하
면 어떨까 생각을 하고 있었다.

　사실 제국에는 쌍검술을 사용하는 기사가 드물었다. 손에

두 자루의 검을 나눠 들면 공속은 빨라지겠지만 파괴력이 떨어질 수밖에 없다. 기사들끼리의 싸움에서 중요한 것은 속도가 아니라 파괴력이다. 때문에 두 손으로 검을 쓰는 양손검을 사용하는 기사는 많았지만 쌍검을 쓰는 경우는 거의 없었다. 그러나 사막 전사들을 상대하려면 검 두 자루를 사용하는 것이 편할 것이라 생각하는 리셀이었다.

그를 가르친 마스터 아너프리는 리셀에게 왼손으로 검 쓰는 법도 가르쳤다. 오른팔이 잘린 터라 오랫동안 왼손으로 검을 써왔던 아너프리였다.

"기사는 많은 변수를 고려해 어떤 경우에도 대처할 수 있는 싸움법을 터득해야 한다. 혹시라도 오른손에 상처를 입을 경우 왼손으로 싸울 수밖에 없지 않겠느냐? 그러므로 너 역시 왼손으로 검술을 펼치는 법을 터득해야 한다."

그 가르침으로 인해 리셀은 왼손으로도 어느 정도 검술을 펼칠 수 있었다. 오른손만큼은 못했지만 말이다. 그렇다고 해서 사막 전사들처럼 두 자루의 검을 자유자재로 다룰 정도는 아니었다. 쌍검술 자체가 혹독한 수련을 겪어야만 터득할 수 있기 때문이다. 그러나 리셀에게는 생각이 있었다.

'왼손의 검은 주로 방어 용도로 사용하면 된다. 검 한 자루만으로는 모든 공격을 막기가 벅차니까 말이야. 그렇게 싸우다 보면 쌍검에 익숙해질지도 모르지.'

병참본부에 도착한 리셀은 더 생각할 것도 없다는 듯 검 한 자루를 부탁했다. 물론 병참장교가 의아한 표정을 지었다.

"저번에 새 검을 받아갔지 않나? 새로 받아가려면 부러진 검을 가져오거나 잃어버렸다는 증거를 제시해야 하네."

"그게 아니라 쌍검을 한 번 사용해 보려고 합니다. 사막 전사들을 상대하자니 검 한 자루로는 벅차서 말입니다."

"쌍검? 검 두 자루를 사용하기는 어려울 텐데?"

고개를 갸웃거리면서도 병참장교는 리셀의 요청을 받아들였다. 리셀이 거둔 전과는 병참장교도 익히 들어 알고 있었기 때문이었다.

"그래. 다른 사람도 아니고 자네의 부탁이니 들어주지 못할 이유가 없지. 새로 받은 검으로 또다시 공을 세우길 바라네. 저번에 지급한 롱소드 정도면 되겠나?"

"아닙니다. 그보다 길이가 짧은 쇼트소드로 부탁합니다."

"알겠네."

창고 속으로 들어간 병참장교가 천으로 둘둘 말린 검 한 자루를 가져와 내밀었다. 기사전용의 잘 제련된 고급품이었다. 리셀에게서 서명을 받은 병참장교가 빙그레 웃었다.

"그것 말고는 필요한 것이 없나?"

"괜찮다면 옷도 한 벌 주십시오. 가능하다면 여자 옷으로 말입니다."

하지만 병참본부에 여자 옷이 있을 리가 없다. 전통적으로 군대는 금녀의 구역이기 때문이다. 결국 리셀은 여자 옷을 구하지 못하고 대신 가장 치수가 작은 병사용 군복 한 벌을 대신 받아올 수밖에 없었다.

"신경 써주셔서 감사합니다."

"무슨 소리. 자네 활약은 항상 멀리서 지켜보고 있네. 그럼 힘내도록 하게."

푸근한 미소를 짓는 병참장교에게 목례를 한 뒤 리셀이 병참본부를 나섰다.

막사에 들어서자 소녀는 아까와 똑같은 자세로 쪼그리고 앉아 있었다. 리셀을 보자 그녀가 화들짝 놀라 고개를 조아렸다. 오는 길에 식당에 들러 먹을 것을 타온 리셀이 식판을 탁자 위에 올려놓았다. 그리고는 가지고 온 물수건을 손에 쥔 채 소녀에게로 다가갔다.

"고개를 들어라."

그 말에 소녀가 고개를 들었다. 멍자국과 상처로 인해 엉망이긴 했지만 이목구비가 비교적 뚜렷했다. 검은 머리에 검은 눈 등, 생소한 생김새였지만 자세히 살펴보니 나름대로 귀여운 면이 없잖아 있었다. 물론 얼굴이 온통 때로 얼룩지고 먼지투성이였지만 말이다. 리셀이 소녀에게 물수건을 내밀었다.

"이것으로 대충 얼굴을 닦도록 해라."

잠자코 물수건을 받아든 파디아가 얼굴을 문질렀다. 흙먼지가 닦여나가자 그럭저럭 볼만한 얼굴이 되었다. 이리저리 멍든 자국이 아직까지 흉물스러웠지만 말이다.

그 모습을 보던 리셀이 열쇠를 꺼내 소녀의 발을 속박하는 쇠사슬을 풀어주었다. 족쇄가 떨어져 나가자 금속에 쓸려 피멍울이 맺힌 피부가 드러났다. 리셀이 얼굴을 찡그리며 철구가 달린 족쇄를 막사 구석에 던져버렸다.

그때 고개를 돌린 리셀의 입에서 헛바람소리가 터져 나왔다.

"헉."

족쇄를 풀어주자 소녀가 야전침상으로 기어 올라가 치마를 걷어 올리는 것이 아닌가? 소녀는 치마 아래에 아무것도 입고 있지 않았다. 순간적으로 혈기가 치밀어 오른 리셀이 급히 눈을 감았다.

"치, 치마를 내려라."

그 말에 소녀가 의아한 표정으로 고개를 갸웃거렸다. 어쨌거나 지시를 받았으니 이행해야 한다는 사실을 떠올린 소녀가 치마로 다리를 덮었다.

"쯔쯔."

짐짓 혀를 찬 리셀이 탁자 위에 올려놓은 식판을 들고와 소녀의 앞에 내려놓았다. 김을 모락모락 피워 올리는 음식을 보자 소녀의 눈이 커졌다.

지금껏 그녀의 몸을 범하고 난 기사들이 조롱하듯 던져준 음식찌꺼기 말고는 거의 먹지 못했던 그녀였다. 고기가 듬뿍

들어간 스튜와 소시지를 보자 자신도 모르게 입가에 침이 흘렀다.

"먹어라. 보니 배가 많이 고픈 것 같은데 말이야."

말이 떨어지기가 무섭게 소녀는 대답조차 하지 않고 식판에 고개를 파묻었다. 게걸스럽게 음식을 집어삼키는 모습에 리셀의 눈빛이 아련해졌다. 돌연 아슈레인의 모습이 소녀의 영상에 겹쳐진 것이다.

'그 녀석도 내가 사냥해 온 고기를 게걸스럽게 집어삼켰지. 잘 지내고 있을까?

소녀는 식판 위에 그득한 음식을 게눈 감추듯 먹어치웠다. 리셀은 자신이 먹기 위해 가져온 식판까지 소녀에게 내밀었다. 그다지 배가 고프지 않았기 때문이었다. 소녀는 그것까지 받아 깔끔하게 뱃속으로 밀어 넣었다.

"가, 감사합니다."

배가 그득하게 밥을 먹은 소녀의 눈이 스르르 감겼다. 리셀이 그런 소녀에게 가지고 온 군복을 건네주었다.

"이것으로 갈아입어라. 그 옷은 그다지 보기 좋지 않으니까."

소녀는 리셀의 말에 따라 입고 있던 옷을 벗어던졌다. 희끄무레한 나신이 드러났기에 리셀이 급히 고개를 돌렸다.

'쯔쯔. 그동안 얼마나 두들겨 맞았으면 남자 앞에서 부끄러움도 타지 않을까?'

군복이 대부분 그러하듯 매우 실용적으로 만들어졌기에 소녀는 금세 갈아입을 수 있었다. 야전침대 위에 쪼그리고 앉은 소녀가 꾸벅꾸벅 졸기 시작했다. 배불리 먹고 나자 졸음이 밀려온 모양이었다.

결국 끄덕이던 고개가 툭 하고 침대 위로 떨어졌다. 새근거리며 잠들어버린 소녀의 모습에 리셀이 실소를 지었다.

"어지간히 피곤했나 보군."

다가간 리셀이 쪼그린 소녀의 몸을 바르게 펴 주었다. 베개를 머릿밑에 밀어 넣어주고 모포로 덮어주었다. 몸을 편 리셀이 판금갑옷을 주섬주섬 벗기 시작했다.

"그나저나 난감하군. 하나밖에 없는 침상을 빼앗겨버렸으니 말이야. 부득이 조원들의 것을 하나 빌려 와야겠어."

머리를 흔들던 리셀이 옆 막사로 가서 휴가 간 조원들의 야전침상을 가지고 와 바닥에 놓았다. 함께 가지고 온 모포를 덮자 졸음이 밀려왔다.

하루 종일 마나 수련을 하느라 매우 피곤했기 때문이었다. 그가 조심스러운 눈빛으로 소녀를 쳐다보았다.

"혹시 밤에 일어나 내 목을 잘라가는 것은 아니겠지?"

당번병은 쇠사슬로 소녀를 막사 구석에 묶어두라고 당부했다. 그러나 리셀은 도저히 그럴 마음이 들지 않았다. 만약 양아버지와 어머니가 일찍 죽지 않았다면 저만한 또래의 여동생이 생겼을지도 모르는 일 아닌가? 세상에 혈족이라곤 단 한 명도 없었기 때문에 리셀은 항상 외로움에 시달리고 있었다.

"뭐, 내 심장에 칼을 박는다고 해도 어쩔 수 없지. 그렇다고 쇠사슬로 묶어둘 수는 없는 노릇 아니겠어?"

리셀은 곧 수마 속에 빠져 들어갔다. 고른 숨소리가 막사 밖으로 울려 퍼졌다.

눈을 뜬 리셀은 우선 목이 멀쩡한지를 먼저 살펴보았다.

'다행히 목을 잘라가지는 않았군.'

몸을 일으키자 뭔가가 화들짝 놀라 움직이는 소리가 들려왔다. 고개를 돌리자 사색이 된 소녀가 흙바닥에 머리를 박고 있었다.

"죄, 죄송합니다. 미천한 것이 감히 나리의 침대를 차지해서……."

연신 안절부절 못해하는 소녀를 보며 리셀이 빙그레 미소를 지었다.

"괜찮다. 어차피 동료들이 모두 휴가 가서 남아돌던 침상이었다. 하나 더 가져다 놓을 생각이니 앞으로는 쭉 침상에서 잠을 자도록 해라."

리셀을 올려다보는 까만 눈동자가 파르르 떨렸다.

"그, 그래도."

파디아를 쳐다보던 리셀이 정색을 했다.

"여기 있으면 아무도 널 괴롭히지 않을 것이다. 그러니 마음 편히 있도록 해라. 내가 너에게 바라는 것은 하나, 레오폰어를 가르쳐달라는 것뿐이다. 그것 외에는 너에게 아무것도 요구하지 않겠다.”

리셀의 진심이 전해졌는지 파디아의 입가에 미미하게 미소가 맺혔다.

“아, 알겠습니다. 나리.”

“아침을 먹어야지?”

몸을 일으킨 리셀이 취사반으로 음식을 타러 갔다.

제국군의 아침 식단은 소박했다. 버터 바른 빵과 우유를 넣어 끓인 수프가 전부였다. 식판 두 개에 음식을 나눠 든 리셀이 막사로 돌아왔다. 그동안 파디아는 다소곳하게 흙바닥에 꿇어앉은 채 리셀을 기다리고 있었다.

“자, 따뜻할 때 먹자.”

파디아는 어제와는 달리 조심스럽게 음식을 먹었다. 식사를 하며 힐끔힐끔 리셀의 눈치를 살피는 모습을 보니 지금까지 눈칫밥을 꽤나 먹고 산 것 같았다. 식사를 마친 리셀이 어제 벗어두었던 갑옷을 차려입었다.

판금갑옷을 입는 것은 상당히 번거롭다. 부위별로 일일이 몸에 붙인 다음 가죽끈으로 꽉 조여야 하는 것이다. 정강이 보호대를 걸치고 스커트를 착용한 다음 흉갑을 몸에 대고 꽉 조였다. 마스터인 아너프리로부터 판금갑옷 입는 법을 전수받았기에 곤란한 점은 없었다.

"그럼 밖으로 나가서 레오폰어를 전수받도록 할까?"

"예, 나리."

당연한 말이겠지만 파디아로부터 레오폰 말을 배우는 것은 그리 만만하지 않았다. 일단 레오폰 말이 상당히 어려운 편이었고 파디아에겐 누군가에게 언어를 가르친 경험이 없었기 때문이었다. 그러나 리셀에게는 달리 생각해 둔 바가 있었다.

레오폰어를 배우기 위해 리셀이 자리 잡은 곳은 막사 바깥쪽, 태양빛이 강하게 내리쬐는 양지이다. 밤새 식었던 갑옷이 태양빛을 받자 금세 달아오르며 속으로 열기를 확확 내뿜었다. 그 압력으로 인해 마나홀의 마나가 자극받아 순환하기 시작했다. 물론 게으르기 짝이 없는 드래곤의 마나는 꿈쩍도 하지 않았다.

마나가 순환하자 감각이 예민해지는 동시에 머리가 맑아졌다. 마나가 정수리의 통로를 지나면서 뇌에 활력을 불어넣어 주는 것이다.

"레오폰 말로 인사를 어떻게 하지?"

"아침, 점심, 저녁의 인사가 다 다릅니다. 아침에는……."

레오폰어 교습은 주로 리셀이 물어보면 파디아가 답하는 형식으로 이루어졌다. 때로는 파디아가 레오폰 말로 뭐라고 하고 나서 의미를 설명해 주는 경우도 있었다. 그동안 리셀은 내리쬐는 뙤약볕을 고스란히 받으며 배운 것을 머릿속에 새겨 넣었다.

808정찰조 전체가 휴가를 떠난 상황이었기 때문에 리셀이 할 일은 아무것도 없었다. 조원들이 돌아올 때까지 막사에서 푹 쉬라는 명령을 받았기 때문에 리셀은 마음 놓고 파디아에게서 레오폰 말을 배웠다.

어느 정도 말을 배우고 나면 쌍검 수련을 했다. 그러나 오른손이든 왼손이든 지금껏 검 한 자루만 들고 검술을 전개해 왔던 리셀에게 쌍검 수련은 그리 쉽지 않았다. 두 자루의 검이 서로 부딪치기 일쑤였고 자세가 꼬여 보기 흉하게 바닥에 나뒹구는 경우도 있었다. 흙투성이가 된 갑옷을 털어내며 리셀이 투덜거렸다.

"역시 만만치가 않군."

그러나 쌍검 사용법을 반드시 손에 익혀야만 사막 전사들을 상대하기가 용이했기 때문에 리셀은 끊임없이 수련에 박차를 가했다.

그렇게 일주일 정도를 지내자 파디아는 마침내 리셀에게서 경계심을 풀고 마음을 열었다. 처음에는 도대체 무슨 이유로 자신에게 이리 잘해주나 의심을 품었지만 리셀의 태도는 한결같았다. 손찌검은커녕 몸을 탐하려 하지도 않았다. 그로 인해 상처 입었던 파디아의 심신은 서서히 회복되어갔다.

리셀의 레오폰어 실력은 하루가 다르게 늘어갔다. 마나의 순환으로 인해 기억력과 응용력이 비약적으로 향상되었기에 생겨난 결과였다. 한 번 들은 단어는 결코 잊어버리지 않았고 문장의 조합에도 꽤 능숙해졌다.

때문에, 단 일주일 만에 리셀은 서툴기는 하나 레오폰어로 기본적인 대화를 나눌 수 있었다. 다만 어려운 문장은 제국 공용어로 바뀌었지만 말이다.

파디아는 그런 리셀에게 자신의 신세내력을 털어놓았다. 이미 제국 정보부로부터 고문을 받으며 모조리 자백한 사실이었기 때문에 알려주지 못할 이유가 없었다.

"소녀는 호레이살 부족의 노예였습니다. 어린 시절 가난에 허덕이던 부모가 호레이살 부족에 저를 노예로 팔았지요."

파디아는 밀정으로 제국 숙영지에 파견된 것이 아니었다. 밀정으로 파견된 여인의 수발을 들기 위해 차출된 것이었다. 이곳에 와서 한 것이라고는 밀정 여인들의 자질구레한 심부름과 뒷수발이 전부였다.

"이해가 되지 않는군. 밀정으로 오면서 몸종을 데리고 오다니 말이야."

"레오폰의 귀족들은 노예가 없으면 아무것도 하지 못합니다. 옷 입는 것에서부터 신발을 신는 것까지 모두 노예의 손을 통해 하니까요."

"허허. 노예가 없으면 밥도 먹지 못하겠군."

파디아가 이곳으로 차출된 이유는 간단했다. 제국 공용어를 할 줄 안다는 이유 때문이었다.

"그런데 제국 공용어는 어떻게 배웠지?"

이유를 들은 리셀은 깜짝 놀랐다. 놀랍게도 파디아는 하렘으로 납치되어 온 아스트리아의 여인에게서 제국 공용어를 배웠다고 했다.

"레오폰 왕국에 아스트리아의 여인들이 있다는 말인가?"

"아스트리아뿐만이 아닙니다. 제국 북부의 시르아닌 공국과 사시사철 얼음이 녹지 않는다는 얼음왕국 레틴의 여인들도 하렘에서 흔히 찾아볼 수 있습니다. 레오폰 왕국의 귀족들은 보편적으로 이국의 여인들을 선호하는 경향이 있습니다. 색다르다고 말입니다."

어처구니없다는 듯 리셀이 머리를 흔들었다.

"참 별일이로군. 혹시 베텔 왕국의 여인들은 없나?"

"왜 없겠습니까? 다른 곳에서 보기 힘든 은발이 매력적이라 귀족들이 상당히 선호하는 편입니다."

"도대체 그 여인들을 어떻게 조달하는 거지?"

"조달하는 경로는 많습니다. 노예 상인들로부터 사들이는 경우도 있고 은밀히 납치해 오는 경우도 있습니다. 어쨌거나 레오폰 왕국 귀족들의 하렘에는 이국의 여인들이 한두 명씩은 꼭 있지요."

리셀과 파디아 간의 대화는 쉬운 단어는 레오폰어로, 어려운 문장은 제국 공용어로 하면서 이루어지고 있었다. 이런 방식은 리셀이 레오폰어를 배우는 데 생각보다 큰 도움이 되었다.

"그래, 넌 그곳에서 주로 무슨 일을 했었지?"

그 말에 파디아의 얼굴빛이 어두워졌다.

"제가 호레이살 부족에 팔려간 것은 열 살 때입니다. 처음에 한 일은 부족 원로들의 침상을 데우는 역할이었습니다."

아직까지 순결을 잃지 않은 어린 소녀의 몸을 끌어안고 잠을 청하는 것은 늙은 귀족들만이 누릴 수 있는 호사였다. 어린 소녀의 기운을 받아들여 회춘을 꿈꾸는 것이다. 그 말을 들은 리셀이 황당한 표정을 지었다.

"고작 그런 이유로 열 살짜리 여자애를 범한단 말인가? 대관절 그게 가능하긴 한 건가?"

"범하는 것이 아닙니다. 끌어안고 자면서 기를 받아들이는 것이지요. 체온으로 침대와 귀족 나리의 몸을 데우는 것이 제 역할이었습니다."

"도무지 이해가 안 되는군."

그러나 그런 파디아의 역할은 채 2년도 가지 않아 바뀌었다. 열 살 안팎의 어린 소녀에게만 국한된 역할이었기 때문이었다. 열두 살 이후 파디아는 호레이살 부족의 온갖 잡일을 해야 했다. 음식을 하고 물을 길어 나르고 청소를 하는 등 파디아는 하루하루를 힘든 노동에 시달려야 했다.

그리고 그녀는 열네 살이 되던 해에 순결을 잃었다. 호레이살 부족의 전사 중 하나가 예쁘장한 파디아에 눈독을 들이고 침노로 삼은 것이다. 노예는 사람으로 취급하지 않는 것이 레오폰 왕국의 풍습이다. 노예 여인의 정조는 한마디로 정조가 아니었다.

"저는 1년 동안 침노 생활을 하다 이곳으로 차출되었습니다. 제국 공용어를 안다는 이유로 말입니다."

"그럼 지금 나이가 열다섯이겠군."

"그렇습니다. 나리."

리셀이 씁쓸한 표정으로 고개를 흔들었다. 파디아의 입을 통해 들은 레오폰 왕국의 실정은 그야말로 요지경이었다.

"열네 살이라면 성징조차 제대로 나타나지 않았을 시기인데 과연 품을 마음이 날까?"

"전사들 중에서는 유독 어린 소녀를 좋아하는 분들이 많습니다. 동녀의 기가 수련에 도움이 된다고 생각하는 것 같더군요."

"미, 미친."

머리를 절레절레 흔든 리셀이 몸을 일으켰다. 파디아의 비참한 삶을 들으니 화가 치밀어 올라 더 이상 이야기를 듣고 싶은 마음이 생기지 않았다.

"교습은 여기까지 하자. 지금은 쌍검을 수련할 시간이다."

"예, 나리."

뙤약볕 아래에서 리셀이 묵묵히 검을 휘둘렀다. 처음과는 달리 두 자루의 검은 서로 부딪치지 않고 맹렬히 허공을 갈랐다. 그동안의 수련으로 어느 정도 쌍검술이 손에 익은 것이다.
그러나 리셀은 부족함을 느꼈다.

'사막 전사들은 정말 교묘하게 쌍칼을 휘두르던데 말이야.
그들의 요령을 배울 수 있었으면 좋겠건만.'

그러나 그것은 말 그대로 불가능한 일이다. 제국군에게 극
도의 적대감을 표출하는 사막 전사들로부터 어찌 부족의 비전
을 배울 수 있단 말인가? 때문에 리셀로서는 왼손의 검을 오
로지 보조적인 방어수단으로만 이용할 수밖에 없었다.

한 달이라는 시간이 훌쩍 지나갔다. 휴가 나갔던 조원들이
선물을 풍성하게 사 들고 숙영지로 귀환했다. 그러나 막사로
온 조원들은 하나같이 눈이 휘둥그레져야 했다. 웬 여인이, 그
것도 전형적인 레오폰 왕국인의 생김새를 한 여인이 리셀의
막사에 떡 하니 자리를 잡고 있는 것 아닌가? 터커가 의아한
표정으로 리셀에게 물었다.

"기사님. 누구입니까?"

리셀이 대수롭지 않다는 듯 대답했다.

"저에게 레오폰 왕국의 말을 가르쳐 주는 선생입니다. 칼스
자작님이 보내 주셨지요."

"노, 놀랍군요."

대표적인 금녀의 지역인 군대, 그 막사에 여자를 두는 것은
일반병인 그들로서는 상상조차 하기 힘든 일이었다.

그러나 그들은 금세 부러움을 지워버렸다. 리셀이 아니었다면 그들은 한 달 동안의 풍족한 휴가를 즐기지 못했을 것이다.

"어쨌거나 리셀 기사님 덕분에 푹 쉬고 왔습니다. 저희만 갔다 와서 죄송합니다."

"아닙니다. 저도 나름대로 마음 편히 푹 쉬었습니다. 신경 쓰지 마십시오."

일반병 신분인 조원들에게 리셀은 항상 웃는 낯으로 존댓말을 써 주었다. 그러니 조원들이 리셀에게 어찌 반감을 가질 수 있겠는가?

"어쨌거나 여자가 있으니 막사를 혼자 쓰실 수 있도록 조처해 드리겠습니다. 이것은 저희들의 조그마한 성의입니다."

원래 리셀은 조장인 터커와 함께 막사를 쓰게 되어 있다. 나머지 막사에서는 아홉 명의 조원들이 생활했다. 하지만 터커는 리셀을 배려해 짐을 싸서 조원들의 막사로 옮겼다. 리셀을 편하게 해주려고 조원들이 사용하는 좁디좁은 막사로 옮겨간 것이다. 리셀로서는 난감할 수밖에 없는 상황이었다.

"굳이 그러지 않으셔도."

"저는 괜찮습니다. 여자가 지켜보는 곳에서 옷을 갈아입고 잠을 자는 것은 제 입장에서도 고역이니까요."

터커가 묘한 표정을 지으며 파디아를 쳐다보았다. 지휘관인 칼스 자작이 여자를 내려주었다면 용도는 빤하다. 밤일을 하는데 다른 사람이 있으면 흥이 날 리가 없다. 때문에 막사를 혼자 쓰게 해 주는 것이 현명한 행동이었다.

"그럼 좋은 시간 보내십시오."

터커가 조원들의 막사로 옮겨가고 나자 기존의 막사는 리셀과 파디아가 차지할 수 있게 되었다.

"흠, 그런 일은 일어나지 않을 텐데."

난감해진 리셀이 고개를 흔들었지만 터커가 사실을 알 턱이 없었다.

808정찰조에 출동 명령이 떨어지는 것은 금방이었다. 조원들은 복귀하자마자 장거리 정찰임무를 수행해야 했다. 명령서를 받아온 터커가 굳은 표정으로 여정을 설명했다.

"이번 정찰임무는 보름 정도 걸릴 것이다. 라할리아 사막 남동쪽을 가로질러서 우나페 지방 초입까지 정찰하고 와야 한다. 그러니 마음 단단히 먹도록."

"알겠습니다."

한 달 동안의 휴가를 즐기고 와서인지 조원들의 사기는 하늘을 찌를 듯 높았다. 저번과는 달리 조원을 하나도 잃지 않고 얻어낸 휴가 아니던가? 그 사이에는 리셀도 껴 있었다.

'과연 이번에는 사막 전사와 조우할 수 있을까?'

한 달이라는 기간 동안 어느 정도 쌍검을 사용하는 요령을 터득했다. 그러나 과연 실전에서도 통할지는 미지수였다. 베릴이라는 이름의 털보 병사가 다가와서 목례를 했다.

"기사님의 물품은 제가 챙겨드리겠습니다. 그러니 푹 쉬고
계십쇼."
　첫 임무에서도 베릴이 배낭을 꾸려준 것을 떠올린 리셀이
빙그레 미소를 지었다.
"저번에도 해 주시더니…… 번번이 고맙습니다."
"별말씀을…… 의당 해 드려야 하는 일입죠."
　걱정하지 말라는 듯 어깨를 으쓱이는 베릴을 두고 리셀이
몸을 돌렸다. 정찰을 나가려면 따로 챙길 것이 많았다.

　막사에 들어서자 파디아가 반갑게 맞아주었다.
"임무가 떨어졌어. 보름 정도 들어오지 못할 것 같군."
　그 말을 듣자 파디아의 안색이 살짝 굳어 들었다. 리셀이 있
을 때에는 섣불리 그녀를 건드리는 사람이 없었다. 아직 서임
받지는 못했지만 그래도 명색이 기사 신분이기 때문이다. 그
러나 리셀이 임무를 떠나고 나면 그녀는 남자들이 득시글거리
는 병영에 혼자 남겨진다. 보름 동안 무슨 꼴을 겪을지는 아무
도 몰랐다.
　그러나 어쩔 수 없는 일이었다. 그녀가 리셀의 여자도 아니
었고 지금까지 몸을 섞은 적도 없다.
"……부디 조심하세요."
"별일이 없으면 보름 후에 돌아올 것이다."
　불현듯 파디아에 대한 걱정이 치밀어 올랐다.

‘과연 괜찮을까?’

그러나 리셀은 별일이 없을 것이라 치부해버렸다. 구석에 가서 갑옷을 들어 올리자 파디아가 재빨리 달라붙었다.

“제가 도와드리겠어요.”

“판금갑옷을 입히는 건 꽤 힘든 일인데?”

“그동안 계속 봐왔잖아요. 저도 눈썰미가 있다고요.”

살포시 눈웃음을 친 파디아가 리셀이 갑옷을 입는 것을 거들었다. 호레이살 전사의 침노 시절, 몇 번 거들어 보기는 했지만 제국 기사의 갑옷은 레오폰의 전사와는 비교조차 할 수 없을 정도로 거창했다.

당시에는 천으로 된 고급스러운 옷 위에 얇은 메쉬갑옷을 입히는 것이 전부였지만 지금은 몸뚱이 전체를 두툼한 쇳덩어리로 감싸야 한다. 그러나 그녀가 도와주자 리셀은 한결 편안하게 갑옷을 입을 수 있었다. 편히 가죽끈을 맬 수 있게 붙들어주니 갑옷 입는 시간이 월등히 빨라진 것이다. 빙그레 미소를 지은 리셀이 손가락을 뻗어 막사 구석의 장검을 가리켰다.

“고맙군. 내 검을 주겠나?”

그러나 파디아는 그 말에 깜짝 놀라 고개를 절레절레 흔들었다.

“소, 소녀는 할 수 없어요.”

“무슨 소리지? 그리 무겁진 않을 텐데.”

“전사의 무기에 노예의 손이 닿는 것은 철저한 금기사항이에요. 실수로라도 몸이 닿으면 전사의 무기를 더럽힌 죄를 목숨으로 씻어야 해요.”

“레오폰 왕국의 관습은 이해 못할 일투성이로군.”

리셀이 당혹한 표정으로 걸어가 검을 집어 들었다. 두 자루의 길고 짧은 검을 허리에 매달자 풍모가 제법 그럴듯했다.

“무겁지 않으세요?”

“뭐, 조금 힘들긴 하지만 버틸 만하다. 기사에겐 갑옷이 평상복이나 마찬가지니까. 그럼 갔다 오마. 막사에서 나가지만 않으면 안전할 것이다.”

“조, 조심해서 다녀오세요.”

파디아가 어두운 표정을 지었다. 그러나 리셀은 막사 밖으로 나가느라 그 표정을 보지 못했다. 갑옷을 입고 나가자 조원들이 채비를 모두 끝마친 채 리셀을 기다리고 있었다. 멀리서 터커가 데저트 랩터를 끌고 걸어오고 있었다.

“다 모였나? 그럼 출발.”

쿠르르릉.

숙영지의 문이 열리고 808장거리 정찰조가 출행을 했다. 저번 작전으로 인해 밀정들이 일망타진되었기에 더 이상 그들을 쳐다보는 눈동자는 없었다.

제10장
어리석음의 대가

　사막의 날씨는 실로 변화무쌍했다. 조금 전까지만 해도 태양빛만 쨍쨍 내리쬐는 화창한 날씨였다가도 금세 모래 폭풍이 불어오곤 했다. 모래 폭풍이 몰아칠 때에는 누구도 예외 없이 모래에 몸을 묻고 납작하게 엎드려 폭풍이 지나가기를 기다려야 한다. 운이 나쁘면 폭풍에 휘말려 흔적도 없이 날아가 버릴 수도 있었다.

　모래 폭풍이 지나가자 터커가 머뭇거림 없이 몸을 일으켜 인원점검을 했다. 다행히 실종자는 아무도 발생하지 않았다.

　"이상 없군. 이동한다."

　사실 장거리 정찰임무는 매우 무료한 편이었다. 보이는 것이라곤 오로지 모래밖에 없다. 그리고 사막 전사와 마주칠 가능성도 매우 희박했다. 이 드넓은 라할리아 사막에 만 명의 전사를 풀어놓는다고 한들 고작해야 수십 킬로미터에 한 명 정도 배치하는 것이 전부일 터였다.

그러니 극도로 운이 좋거나 나빠야 사막 전사나 적 병참을 발견할 수 있는 것이다. 때문에 조원들은 하루 종일 사막을 터덜터덜 걷기만 했다.

사막의 밤은 매우 추웠다. 낮의 찌는 듯한 더위는 흔적도 없이 사라지고 한기가 매섭게 몸속으로 파고들었다. 조원들은 가지고 간 모포로 몸을 둘둘 말고 나서야 겨우 잠을 청할 수 있었다.

리셀은 정찰 과정도 수련의 일환으로 간주했다. 모래밭을 걷는 와중에도 사막 전사들과의 대결을 끊임없이 머릿속으로 복기했다. 그러다 지겨우면 파디아로부터 배운 레오폰 말을 학습했다. 사구에 가려진 그늘을 발견하자 터커가 휴식을 지시했다.

"정지. 여기서 쉬어가기로 한다."

벌써 숙영지를 떠나온 지 열흘 가까이 되었다. 그동안 정찰조는 동그랗게 원을 그리며 이동했다. 사흘 전에는 목적지였던 우나페 지방 접경지까지 접근했다가 발길을 되돌렸다. 더 이상 들어간다면 레오폰 왕국의 영역이 나오기 때문이다.

사막을 행군하는 내내 사막 전사는커녕 사람 그림자도 보지 못했다. 그늘에서 휴식을 취하며 터커가 나지막이 투덜거렸다.

"아무래도 이번 정찰은 허탕칠 것 같군."

"그동안은 운이 좋았던 거죠. 매번 적 병참을 발견하라는 법 있습니까? 어떤 정찰조는 열다섯 번의 출행에서 단 한 번도 성과를 거두지 못했다고 하더군요."

"하긴 우리의 정찰로 인해 몇 번 털렸으니 레오폰 왕국 놈들도 기를 쓰고 병참을 숨기려 할 거야."

그때 육포를 질겅질겅 씹고 있던 베릴이 투정을 했다.

"대장, 열흘 동안 육포와 곡물가루만 먹었더니 입속에서 곰팡내가 납니다. 그러니 수프라도 좀 끓여 먹도록 하지요. 그동안 모은 나무뿌리가 좀 있는데 말입니다."

원칙대로라면 사막에서 불을 피우는 것은 금기사항이다. 연기가 생각보다 멀리까지 퍼지기 때문이다. 그러나 터커 역시 건량에 질렸던 터라 마음이 동했다. 사막을 정찰하며 하나 둘 주워 모은 나무뿌리라면 충분히 모닥불을 피울 수 있을 것이었다.

"그렇게 할까?"

이미 우나페 지방에서는 충분히 멀어진 상황이었다. 아마도 근처에는 매복한 사막 전사가 없을 가능성이 컸다. 잠시 고민하던 터커가 흔쾌히 고개를 끄덕였다.

"좋다. 여기서 닷새면 귀환할 수 있을 테니까 남는 식수를 이용해 수프를 끓여 먹도록 하자. 물론 말을 꺼낸 베릴 네 녀석이 수프를 끓여야 한다. 불만 없겠지?”

그 말에 베릴이 울상을 지었다. 괜히 말을 꺼냈다가 본전도 못 찾은 것이다. 안 그래도 더운데 모닥불 앞에서 요리를 하려면 숨이 턱턱 막힐 것이다. 그러나 자기가 먼저 제안한 일이니 발뺌을 할 수 없는 처지였다.

“맛이 없어도 뭐라고 하지 마십시오.”

“뭐, 기대는 하지 않는다. 네 녀석 요리 실력이야 빤하니 말이다.”

그때, 조용히 앉아 있던 리셀이 앞으로 나섰다.

“괜찮으시다면 제가 요리를 해도 되겠습니까?”

깜짝 놀란 터커가 눈을 크게 떴다.

“기, 기사님이 말입니까?”

“이래 봬도 요리에는 능한 편입니다. 저 역시 건량에 질린 터라 끓인 수프가 먹고 싶군요.”

“그, 그래도.”

“저는 괜찮습니다. 육포와 곡물가루면 수프의 재료로는 훌륭한 편이지요.”

“그럼 부탁드리겠습니다.”

쩔쩔매던 터커가 배낭 속에서 둥그런 솥을 꺼내어 내밀었다. 그동안 베릴은 조원들로부터 육포를 주섬주섬 수거하고 있었다. 잠시 후 모포 위에 육포와 곡물가루가 수북하게 쌓였다. 그것을 보고 리셀이 싱긋 미소를 지었다.

‘정말 오랜만에 요리를 하는군.’

마스터조차도 감탄을 금치 못한 리셀의 요리 실력이다. 오랜만에 직접 끓인 수프를 먹을 생각을 하자 절로 입안에 침이 고였다.

모닥불 위에 솥을 올려놓고 수통의 물을 붓자 금세 부글거리며 끓기 시작했다. 리셀이 육포를 가늘게 찢어서 솥에 집어넣고 곡물가루를 풀었다. 그 과정에서 육포에 말라붙은 소금 덩어리를 말끔히 제거했기에 간이 어느 정도 맞을 것이다.

“혹시 술 있습니까?”

리셀의 말에 터커가 재빨리 배낭에서 조그마한 병을 꺼내어 내밀었다. 상처 소독용이나 큰 상처를 입은 조원들의 진통제로 쓰기 위해 항상 독한 술을 가지고 다니는 터커였다. 술을 조금 붓고 계속 끓이자 잠시 후 고소한 냄새가 진동을 했다. 냄새가 워낙 좋았기에 베릴이 연신 코를 벌름거렸다.

“햐, 냄새가 기가 막히는군.”

“다 되었습니다. 떠서 드셔도 됩니다.”

조장인 터커가 조원들에게 수프를 한 그릇씩 떠 주었다. 맛을 본 조원들이 눈이 휘둥그레졌다.

“와! 정말 맛있습니다. 육포와 곡물가루로만 끓인 수프가 이렇게 맛있다니.”

“간이 딱 맞는데다 육포 비린내도 나지 않는군요. 도대체 어떻게 요리를 하셨기에."

터커조차도 찬사를 아끼지 않았다.

"기가 막힌 솜씨로군요. 이거 입에서 살살 녹는걸요?"

"입맛에 맞으시다니 다행입니다."

리셀이 빙긋이 웃으며 자기 몫의 수프를 깨끗이 비웠다. 만족스러운 식사였는지 조원들의 얼굴에는 포만감이 가득했다. 모래로 설거지를 하던 베릴이 너털웃음을 지었다.

"이거 종종 부탁드려야겠습니다. 아마 이 수프 맛을 제대하고 나서도 잊어버리지 못할 것 같습니다."

"이렇게 맛있는 수프는 처음 먹어 봐요."

찬사가 이어졌지만 리셀의 표정은 차분히 가라앉아 있었다. 그가 끓인 수프를 매우 좋아했던 마스터 아너프리의 얼굴이 떠올랐기 때문이었다.

돌아오는 길은 순탄했다. 물론 레오폰의 병참은 발견되지 않았고 매복한 사막 전사와 마주치는 일도 없었다. 숙영지로 돌아온 정찰조는 임무보고를 한 뒤 데저트 렙터를 반납하고 막사로 돌아왔다.

"그동안 밤이 적적하셨겠습니다. 그럼 좋은 시간 되십시오."

의미 모를 미소를 던지며 조원들의 막사로 사라지는 터커를 곤혹스러운 표정으로 쳐다본 리셀이 막사 속으로 들어갔다.

"다녀왔다. 그동안 잘 있었겠지?"

그런데 활짝 웃으며 달려나올 것으로 예상했던 파디아의 모습이 보이지 않았다. 깜짝 놀란 리셀이 막사 안을 둘러보았다. 막사 가장 안쪽에 놓은 야전침상 위에 누군가가 누워 있었다. 다급히 다가가서 모포를 들춘 리셀의 얼굴에 경악의 빛이 번져갔다.

"뭐, 뭐야?"

야전침대 위에는 파디아가 의식을 잃고 누워 있었다. 이마가 펄펄 끓었고 얼굴에는 새로 생긴 듯한 멍자국이 아로새겨져 있었다.

"무슨 일이야?"

깜짝 놀라 모포를 걷던 리셀이 흠칫했다. 파디아는 지금 제국군의 군복을 입고 있다. 그런데 그런 파디아의 군복 바지 사타구니 부근이 피로 얼룩져 있는 것이 아닌가? 틀림없이 하혈을 한 흔적이었다. 그것도 심각한 수준으로 말이다.

리셀의 얼굴이 분노로 인해 일그러졌다. 분명 누군가가 자신의 막사를 침입해서 파디아를 범한 것이 틀림없었다.

"감히 어느 놈이?"

화가 머리끝까지 치밀어 오른 리셀이 다짜고짜 막사 밖으로 달려나가려고 하다가 멈칫했다. 지금 상태로는 누가 범인인지 알 수 없었다. 그렇다고 해서 인사불성 상태인 파디아를 깨워서 물어볼 순 없는 노릇이다. 그리고 지금 이 순간 가장 시급한 것은 파디아의 상태였다.

“우선 치료부터 해야 해.”

리셀의 머리가 명철하게 돌아갔다. 물론 제국군 진영에는 종군 신관들이 있다. 그러나 그들의 신성력 치료는 고급 귀족이나 기사에 한정된다. 리셀이 부른다고 해서 신관들이 파디아에게 신성력 치료를 해 줄 가능성은 희박했다. 현재 리셀의 입장에서는 주로 병사들의 상처를 돌보는 치료사를 불러야 한다.

“우선 조장과 상의해봐야겠군.”

게다가 자신보다는 장거리 정찰대에서 잔뼈가 굵은 터커가 알아본다면 파디아를 범한 범인들을 훨씬 수월하게 잡아낼 수 있을 거라 생각됐다.

리셀의 판단은 정확했다. 리셀로부터 자초지종을 듣자 터커는 곧 안면이 있는 늙수그레한 치료사를 막사로 데리고 왔다. 칼에 베인 창상보다는 풍토병이나 질병치료에 일가견이 있는 치료사였다. 파디아의 상태를 살펴본 치료사가 얼굴을 찡그렸다.

“꽤나 심하게 당했군. 어림잡아도 열 명 가까운 놈들에게 짓밟혔어. 그런 상태에서 열병까지 걸렸군. 그래도 죽을 정도는 아니야. 고약을 지어줄 테니 환부에 바르고 이 약초의 즙을 짜서 먹이게. 그러면 며칠 내로 괜찮아질 거야.”

리셀이 말없이 치료사가 건네주는 약초를 받아들었다. 잠시 후 터커가 들어왔다. 리셀의 부탁을 받고 파디아를 겁간한 범인을 알아보기 위해 나간 참이었다.

“알아냈습니다. 보초병들과 순찰병들을 족치니 금세 드러났습니다.”

리셀의 음성은 착 가라앉아 있었다.

“도대체 어떤 놈들입니다.”

“806장거리 정찰대 놈들입니다. 우리와는 달리 전원 용병으로 구성된 놈들이지요. 장거리 정찰대 중에서도 거칠기로 소문이 난 놈들입니다. 대장은 할벤, 얼굴에 칼자국이 아로새겨진 험상궂은 녀석이지요.”

그 말을 들은 리셀이 머뭇거림 없이 몸을 일으켰다. 막사를 박차고 나가려는 리셀을 터커가 황급히 붙잡았다.

“그대로 가시면 안 됩니다. 리셀 기사님의 실력은 저도 잘 알고 있습니다만 애석하게도 진중에서 진검으로 싸우는 행위는 군령으로 엄격히 금지되어 있습니다. 큰 처벌을 받을 수도 있습니다.”

“그래도 이런 짓을 저지른 놈들입니다. 어찌 감히 내버려둘 수 있습니까?”

“그래도 참으셔야 합니다. 놈들은 거칠게 굴러먹던 용병들입니다. 어지간한 일에는 눈썹 하나 까딱하지 않지요.”

터커가 상기된 표정으로 리셀을 말리고자 애썼다.

“진영 내에서 허용되는 것은 오로지 맨손 결투뿐입니다. 그것도 중한 처벌을 각오해야 하지요. 하지만 806정찰대 놈들은 하나같이 덩치가 좋고 건장합니다. 맨손으로 싸운다면 리셀 기사님이 아무리 강해도 당해낼 수 없습니다. 수틀리면 떼로 달려들어 짓밟는 놈들이니까요."

리셀이 입술을 질끈 깨물었다. 파디아가 어떤 아이인가? 한 번도 가져보지 못한 여동생처럼 생각되어 소록소록 정을 쌓아가던 아이가 아니던가? 그런 어린 소녀를 열 명 가까운 놈들이 무참히 짓밟아 놓았으니 피가 거꾸로 솟구칠 법했다. 차분히 마음을 가라앉힌 리셀이 터커를 쳐다보았다.

"그렇다면 놈들에게 결투 신청을 하는 것은 어떻습니까? 기사의 명예는 군령에 우선하는 법이지요."

그 말에 터커가 난감한 표정을 지었다.

"만약 놈들이 기사 신분이라면 가능합니다만 놈들은 용병입니다. 결투 신청은 오로지 자격이 되는 자에게만 가능한 것으로 알고 있습니다만."

그 사실은 리셀도 알고 있었다. 기사가 결투를 신청할 수 있는 대상은 오로지 같은 기사나 귀족에 한정되어 있었다. 다시 말해 무지렁이 평민에게는 결투 신청 자체가 성립되지 않는 것이다.

"놈들도 아마 모든 것을 알아보고 일을 저질렀을 것입니다. 그러니 마음을 가라앉히시지요. 분하시겠지만 현재로서는 놈들에게 책임을 물을 방법이 없습니다."

"방법은 있습니다."

리셀이 굳은 표정으로 입술을 깨물었다. 그는 이번 기회에 확실하게 본보기를 보일 작정이었다. 그래야만 그 누구도 두

번 다시 파디아를 건드릴 생각조차 못할 것 아닌가? 핏기 하
나 없는 파디아의 머리를 쓸어내리는 리셀의 눈빛은 차분히
가라앉아 있었다.

  다음날 리셀은 터커를 대동하고 806정찰조의 막사로 찾아
갔다. 물론 터커는 걱정을 태산같이 했다.
  "괘, 괜찮으시겠습니까?"
  "걱정하지 마십시오. 군령에 어긋날 만한 짓은 일절 하지
않겠습니다."
  806정찰조의 막사는 조원들의 막사와 조금 떨어져 있었다.
어느새 소식이 들어갔는지 막사 앞에는 십여 명의 덩치들이
모여 리셀을 기다리고 있었다.
  806정찰조의 조장은 마흔 살 정도 되어 보이는 덩치 좋은
용병이었다. 칼자국이 이리저리 아로새겨진 얼굴은 험상궂기
그지없었고 터질 듯한 근육이 가죽갑옷 사이로 이리저리 비어
져 나와 있었다. 그 옆에 서 있는 조원들도 대부분 거구였다.
하나같이 키 190센티미터가 넘어 보이는 거인들이었다.
  멀리서 접근하는 금속갑옷의 기사를 보자 할벤이 비릿한 미
소를 지었다.
  "찾아오지 않을 것이라 생각했거늘 애송이라서 혈기를 주체
하지 못했나 보군."
  옆에 서 있던 조원들의 얼굴에는 약간의 불안감이 떠올라

있었다.

"대장. 이거 괜히 건드린 것 아닐까요?"

그들은 할벤이 소규모 용병단을 이끌 당시부터 데리고 다니던 부하들이었다. 용병대 전체가 통째로 고용되어 장거리 정찰대에 배속된 것이다.

이는 할벤의 용병대가 주로 사막을 오가는 상인들의 호위 역할을 맡아왔기에 가능한 것이었다. 사막의 사정에 훤했기 때문에 장거리 정찰대 임무를 맡기에는 더할 나위 없는 자격 조건을 갖추고 있었다.

"걱정하지 마라. 놈은 결코 검을 뽑아들지 못할 것이다. 군령에 의해 처벌받고 싶지 않다면 말이지."

말을 이어나가는 할벤의 입가에는 음흉한 미소가 감돌고 있었다.

"만약 놈이 맨손으로 달려든다면 모조리 달려들어 짓밟으면 된다. 제아무리 기사라도 우리 모두가 달려들면 어쩌겠는가? 기사라는 자부심 때문에 놈은 이 사실을 입 밖으로 내뱉지도 못할 것이다."

할벤이 회심의 미소를 지으며 부하들의 얼굴을 둘러보았다.

"그렇게 해버리고 나면 마음이 동할 때마다 놈의 막사로 가서 계집을 품을 수 있다. 정말 좋은 생각 아닌가?"

"흐흐흐, 그렇지요. 조금 어리기는 했지만 닳고 닳은 창녀들보다는 나았습니다."

"레오폰 계집도 나름대로 품는 맛이 나더군요."

그렇게 음담패설을 늘어놓고 있는데 리셀이 막사 앞에 와서 섰다.

먼저 말을 건 쪽은 할벤이었다. 그가 얼굴에 느물느물한 미소를 지으며 리셀에게 말을 걸었다.

"어이쿠. 이거 소문이 자자하신 808정찰대의 기사님 아니시오? 전과는 익히 들었소이다. 그래, 무슨 일로 우리 막사를 찾으셨소?"

착 가라앉은 시선이 할벤의 얼굴에 가서 꽂혔다.

"내가 온 이유를 누구보다도 잘 알지 않는가?"

리셀의 입술을 비집고 차가운 음성이 흘러나왔다. 평소와는 달리 리셀은 용병들에게 거침없이 하대를 했다.

"잘 모르겠는데요? 명성 높으신 기사님이 어찌 우리 같은 용병 나부랭이를 찾으셨소이까? 도무지 알지 못하겠습니다."

고개를 갸웃거리는 할벤의 태도에 리셀의 눈동자에 서릿발 같은 빛이 서렸다.

"발뺌을 할 생각인가?"

"아니 그게 무슨 말씀이시랍니까? 발뺌이라니요? 혹시 막사의 계집 때문에 그러신 것입니까? 안 계시는 동안에 외로워 보여서 저희들이 조금 위로를 해주긴 했지요. 평소 기사님께 만족을 못했었던지 교성이 이만저만이 아니더군요. 뭐 그런 사소한 일로 전우에게 해를 끼치실 기사님은 아닌 것 같고.

아, 그렇군.”

　할벤이 짐짓 뭔가를 깨달았다는 듯 부하들을 쳐다보았다.

　“아무래도 화대 때문에 그러시는가 보군요. 계집을 품었으면 의당 화대를 지불해야 하지요. 자, 모두들 1쿠퍼씩 거둬. 기사님 주머니 사정이 달랑달랑하신 모양인데 조금이나마 보태드려야지.”

　느물느물한 할벤의 대응에 리셀의 눈빛이 착 가라앉았다. 그 기미를 눈치챈 할벤이 재빨리 말을 붙였다.

　“어이쿠. 용병들의 천박한 입담에 기사님이 화가 나셨나 보군. 하지만 어쩌지? 우리는 무기가 하나도 없는데 말이야.”

　그의 말대로 용병들은 무기를 하나도 가지고 나오지 않았다. 가죽갑옷만 걸친 맨손이었다.

　“기사님이 설마 무기도 들지 않은 용병들에게 검을 뽑으실 리는 없을 테지. 안 그러냐 애들아?”

　할벤이 계속해서 리셀을 자극하는 이유는 간단했다. 리셀이 화를 주체하지 못하고 맨손으로 달려들기를 기다리는 것이다. 그럴 경우 열 명이 한꺼번에 달려들어 짓밟으면 된다.

　물론 그도 리셀의 활약을 익히 들어 알고 있었다. 사막 전사 네 명을 혼자서 처리해낸 전과에 그도 적지 않게 놀랐다.

　하지만 맨손 결투는 사정이 달랐다. 맨손으로 싸우는 데에는 체격 조건이 가장 중요한 법이었고 자신들은 하나같이 근육질의 거구였다. 반면 기사는 평균보다 호리호리한 체형이었

으며 거기에다 무거운 판금갑옷까지 뒤집어썼다. 절대적으로
승리를 장담할 수밖에 없는 상황이었다.

'흐흐흐. 달려들기만 하면 확실하게 밟아주마.'

떡이 되도록 두들겨 패더라도 기사라는 자존심 때문에 어디
다 하소연도 할 수 없을 것이라 확신하는 할벤이었다. 그러나
예상과는 달리 기사는 이성을 잃지 않았다.

"일전에 듣기로 용병들로 구성된 806정찰조는 최고의 정예
들이란 말을 들었는데 말짱 헛소리였군."

뜻밖의 말에 할벤을 비롯한 용병들의 눈이 휘둥그레졌다.

"경험이 많아 잘 싸운다더니 이거 영 안 되겠어. 하나같이
살만 뒤룩뒤룩 쪄서 갑옷 사이로 비계가 삐져나온 모습을 보
니 한심하기 그지없군."

기사들 못지않게 용병들도 자존심이 강한 편이다. 목숨을
내놓고 돈을 벌다 보니 그럴 수밖에 없다. 그런 그들 앞에서
대놓고 이죽거리는 말을 듣자 용병들의 얼굴이 서서히 붉어지
기 시작했다.

"무, 무슨 소리요?"

"역시 소문은 소문일 뿐이었어. 한낱 쓰레기들에게 대련을
신청하기 위해 여기까지 온 내가 멍청했지."

할벤의 얼굴에서 웃음기가 싹 사라졌다.

"대련이라고 말했소?"

"그렇다. 806경비조가 제법 잘 싸운다는 말을 듣고 목검 대

련이라도 한 번 해볼까 하고 찾아온 참이었다. 그런데 직접 와서 보니 실망이 이만저만이 아니로군. 싸우기는커녕 목검을 휘두르다 제풀에 지쳐 넘어지지나 않을지 걱정이야.”

급기야 용병들의 표정이 사나워지기 시작했다. 그러나 대장이라서 그런지 할벤은 쉽사리 도발에 넘어가지 않았다.

“설사 목검을 사용하는 대련이라고 해도 기사와 용병이 일대일로 싸울 수는 없는 노릇 아니겠소?”

“어리석은 소릴 하는군. 일대일? 천만의 말씀이지. 난 너희들 모두와 한꺼번에 싸우기로 마음먹고 왔다. 일대일로 싸우면 너희들은 내 털끝조차 건드리지 못해.”

용병들의 표정이 돌변했다. 하나같이 잡아먹을 것 같은 눈빛으로 리셀을 노려보고 있는 것이다. 착 가라앉은 할벤의 음성이 흘러나왔다.

“그 말을 책임질 수 있소?”

“물론이지. 기사의 한 마디를 어찌 용병 나부랭이들의 허풍과 비교할 수 있겠어?”

작정하고 긁는 리셀의 입담에 용병들은 꼭지가 돌 정도로 흥분했다. 그런 상황에서도 할벤은 냉철하게 일의 전후를 따져보고 있었다.

상대가 기사라면 용병 열 명이 덤벼들어도 섣불리 승부를 장담할 수 없는 것이 현실이다. 특히 사막 전사를 네 명이나 처치할 정도의 실력 있는 기사라면 승산은 희박하다고 볼 수 있었다.

그러나 목검 대결이라면 상황이 달라진다. 진검은 공격을 허용할 경우 치명적인 부상을 입고 무력화된다. 하지만 목검은 그렇지 않다. 좀 아프기야 하겠지만 다시 일어나 싸우는 것이 가능하다. 그렇게 생각해보면 수적으로 훨씬 우세한 용병들이 기사를 당해내지 못할 이유가 없다. 수틀리면 맨손으로 붙잡아놓고 두들겨 패면 되는 것이다.

게다가 그와 부하들은 하나같이 근육질이다. 그 위에 질긴 가죽갑옷까지 걸쳤다. 얄팍한 목검에 맞아봐야 그리 아프지도 않을 것이다. 확신이 서자 할벤의 눈가에 차디찬 빛이 감돌았다.

'애송아. 네놈의 자신감이 무덤을 판 것이다.'

부하들과 눈빛을 나눈 할벤이 리셀을 노려보았다.

"목검을 이용한 대련 요청이라니 구미가 당기는구려. 그런데 그 갑옷을 입고 할 생각이오?"

할벤이 판금갑옷을 가리키자 리셀이 머뭇거림 없이 고개를 끄덕였다.

"상대도 상대 나름이라야 집중을 하지 않겠나? 용병들 따위를 상대하는데 굳이 갑옷을 벗을 이유까진 없지."

그 말에 할벤의 마음속에 한 가닥 남아 있던 인내심의 끈이 툭 하고 끊어져 버렸다.

"좋소. 싸웁시다. 대신 크게 다칠지도 모르오. 그러니 나중에 우리에게 책임을 물을 생각 따윈 하지 마시오."

만약 싸움이 벌어지면 철저히 뭉개놓을 생각이었다. 용병들의 자존심을 건드린 대가로 말이다. 리셸이 기다렸다는 듯 고개를 끄덕였다.

"나 역시 기다리던 바다. 그럼 대련에 앞서 공중을 세울까?"

회심의 미소를 지은 리셸이 한쪽으로 걸어갔다.

"기, 기사님."

승산이 없다고 판단했는지 터커가 말렸지만 리셸은 들은 척도 하지 않았다.

막사 옆쪽 그늘진 곳에 기사 한 명이 사슬갑옷을 입고 앉아 있었다. 그가 바로 806정찰대에 소속된 기사였다. 얼굴 가득 피곤한 표정을 보니 평소에 용병들에게 꽤나 시달린 모양이었다. 리셸이 깍듯이 예를 올렸다.

"나이트 타이렌님을 뵙습니다. 부탁을 한 가지 드리고자 하는데 괜찮으시겠습니까?"

이미 오가는 대화를 들어 돌아가는 정황을 어느 정도 짐작했던 타이렌이었다.

"공중이 필요한가? 그거야 어렵지 않지. 그러나 목검으로 용병 열 명과 싸우려면 위험하지 않을까?"

같은 조원들보다 오히려 리셸을 염려해주는 타이렌이었다. 그 정도로 용병들에게 쌓인 감정이 많았다는 뜻이다.

"놈들에게 기사의 무서움을 확실하게 깨우쳐줄 생각입니

다. 비록 견습기사의 신분이지만 말입니다."

"좋네. 기사의 한 마디는 천금보다도 무거운 법. 나 나이트 타이렌은 806경비조의 조원 열 명과 808경비조에 소속된 견습기사 리셀의 목검 대련을 기사의 자격으로 공증한다. 외부의 손길이 끼어들 경우 나 타이렌의 분노에 직면해야 할 것이며 이번 대련을 통해 부상자가 나오더라도 서로에게 책임을 물을 수 없다. 이 정도면 되겠나?"

리셀의 입가에 빙그레 미소가 떠올랐다.

"충분합니다. 그럼."

목례를 한 리셀이 한쪽의 병기대를 향해 걸어갔다. 이미 할벤을 비롯한 열 명의 용병들은 무기를 하나씩 집어든 상태였다. 그들이 선택한 무기는 목검이 아니었다. 하나같이 두툼한 클럽(몽둥이)을 들고 손바닥을 두드리고 있었다.

'흐흐, 놈. 확실하게 쓴맛을 보여주마.'

그들이 클럽을 선택한 이유는 간단했다. 판금갑옷을 입은 기사를 공략하기 위해서는 반드시 둔기 계열의 타격무기를 써야 한다. 그래야만 갑옷을 뚫고 몸에 타격을 입힐 수 있기 때문이다. 제아무리 판금갑옷을 입었어도 호되게 몽둥이찜질을 당한다면 속으로 골병이 들 수밖에 없다. 그가 나지막한 음성으로 부하들에게 명령을 내렸다.

"놈을 확실하게 박살내 버리자."

거친 용병들답게 진득한 욕지거리가 흘러나왔다.

"대가리를 빠개버리겠습니다."

"석 달 열흘 동안 피똥을 싸게 만들어버리지요."

병기대로 걸어간 리셀이 목검 두 자루를 집어 들었다. 그의 눈빛은 착 가라앉아 있었다. 놈들이 누구인가? 어리디어린 파디아를 무더기로 짓밟은 녀석들이었다.

리셀은 이번 기회에 확실하게 본보기를 보일 작정이었다. 그래야만 자신이 없더라도 또다시 누군가가 파디아를 범할 엄두를 내지 못할 것 아닌가? 이미 달아오른 갑옷에서 파고든 열기로 인해 마나가 전신을 순환하고 있는 상태였다. 서서히 확장되는 감각을 느끼며 리셀이 몸을 돌렸다.

"자, 오너라."

그 한 마디에 자극받은 용병들이 일제히 달려들었다. 건장한 용병 열 명이 몽둥이를 휘두르며 달려드는 기세는 정말로 흉흉했다. 그 앞에 버티고 선 호리호리한 체형의 리셀은 마치 강풍 앞에 자리 잡은 한 줄기 갈대 같았다.

그러나 강풍은 겉보기에만 그럴듯한 허세 바람이었고 갈대는 줄기가 강철로 제련되어 튼튼한 거목이었다. 리셀은 기다렸다는 듯 양손의 검을 휘둘러 맞받아쳤다. 지금은 한 달 넘게 수련한 쌍검술을 여과 없이 발휘해 볼 수 있는 순간이었다.

가장 먼저 달려든 자는 얼굴에 큼지막한 점이 박힌 용병이었다. 두 손으로 움켜쥔 몽둥이가 무시무시한 기세로 휘둘러졌다. 그러나 리셀은 너무도 간단하게 왼손의 목검으로 몽둥이를 막아냈다. 그리고 오른손의 목검을 휘둘러 용병의 몸을 가격했다.

퍽 퍼퍼퍽.

어깨와 옆구리, 허벅지를 잇달아 가격당한 용병이 고통으로 인해 입을 딱 벌렸다. 실로 상상도 하기 힘든 통증이 전해졌기 때문이었다.

지금껏 감히 헤아릴 수조차 없을 만큼 검을 휘둘러왔던 리셀이다. 소름 끼칠 정도로 정확한 공격은 가죽갑옷에 싸인 근육을 뚫고 그 내부에까지 심각한 타격을 입혔다. 고통으로 몸을 비비 꼬는 용병의 이마에 목검이 가서 작렬했다. 퍽 하는 소리와 함께 용병의 육중한 몸이 바닥으로 침몰해 내렸다.

리셀은 뒤이어 달려드는 용병의 공격을 간단히 가로막은 뒤 왼손의 목검으로 복부를 찔러버렸다. 왼손의 검을 이용해 방어하는 수법은 생각보다 효율적이었다.

"우왜액."

토하는 듯한 신음소리와 함께 몸을 구부리는 용병의 옆머리에 목검이 꽂혔다. 귀로 피를 뿜어내며 나동그라지는 용병의 몸이 바닥에 널브러져 흐느적거렸다.

무거운 판금갑옷을 입었음에도 리셀의 몸은 바람처럼 움직이고 있었다. 용병들이 휘두르는 몽둥이는 너무도 간단하게 틀어 막혔고 뒤를 이어 매서운 반격이 가해졌다. 리셀의 손속은 독하기 그지없었다.

콰지지직.

정통으로 입을 얻어맞은 용병이 뒤로 나동그라졌다. 그 뒤로 옥수수 알갱이 같은 이빨이 우수수 흩날렸다. 앞니가 족히 일고여덟 개는 박살나 버렸을 게 분명했다. 그다음 용병은 허리와 어깨, 허벅지를 가리지 않고 난타당한 뒤에 이마에 큼지막한 혹을 매달고 기절했다.

리셀의 목검은 채 눈으로 식별하기 힘들 정도로 빨랐다. 마나의 순환으로 인해 감각이 활성화된 터라 등 뒤에서 날아드는 몽둥이도 무난히 막아냈다. 분노가 섞인 리셀의 공격을 막아내는 자는 아무도 없었다.

눈 깜짝할 사이에 다섯 명의 용병이 무력화되었다. 남은 다섯 명의 얼굴빛은 사색이 되어버렸다. 특히 할벤의 얼굴은 백지장처럼 창백했다.

'이, 이 애송이 놈이 이리 강하다니.'

강하다는 소문을 듣기는 했지만 설마 이 정도일 줄은 몰랐다. 근육 위에 가죽갑옷을 입고 있는 부하들이 가벼워 보이는 칼질 몇 번에 개구리처럼 쭉쭉 뻗어버렸다. 이대로 간다면 전멸하는 것은 시간문제였다. 그가 날카롭게 눈을 빛내며 부하들에게 명령을 내렸다.

"몽둥이를 버리고 놈을 붙잡아! 그 길만이 살길이다. 넘어뜨린 뒤 짓밟아야 해."

　명을 받은 부하들이 몽둥이를 집어던진 뒤 몸을 날렸다. 그러나 그들은 알지 못했다. 리셀이 접근전에도 능숙하다는 사실을 말이다.

　딱.

　달려들어 리셀의 멱살을 붙잡으려던 용병이 오만상을 쓰며 손을 오므렸다. 리셀의 목검이 정확하게 신경이 밀집된 손가락 윗부분을 가격했기 때문이었다. 손가락이 불가능한 방향으로 꺾인 채 퉁퉁 부어오르고 있었다. 그러나 부러진 손가락에 신경 쓸 겨를은 없었다. 용병은 잇달아 목검 다섯 방을 연거푸 얻어맞고 그대로 기절해버렸다. 뒤에서 달려들던 다른 용병도 상황은 마찬가지였다.

　"크아악."

　뒤틀린 상박 부근을 움켜쥔 용병이 고통으로 몸부림쳤다. 하지만 그것도 잠시, 목검에 정통으로 이마를 얻어맞은 용병의 눈이 게게 풀렸다. 이마에 큼지막하게 혹이 돋아난 채 기절해버린 것이다.

　몽둥이를 버린 것은 용병들의 실착이었다. 리셀은 바람처럼 움직이며 용병들과의 거리를 유지했고 아무런 망설임도 없이 목검을 자유자재로 휘둘렀다. 그러나 그는 할벤만큼은 공격하지 않고 가만히 내버려두었다. 선두에 서서 가장 적극적으로 달려들었음에도 말이다.

　'저놈만큼은 부하들처럼 간단히 때려눕힐 수 없어.'

　　그런 리셀의 의도를 할벤도 깨닫고 있었다. 그 사실이 더욱 두려웠기에 어느새 할벤의 다리가 후들거리며 떨리고 있었다.

　　"크헉!"

　　묵직한 신음소리와 함께 마지막으로 남은 부하의 몸이 새우처럼 구부러졌다. 리셀의 번개같은 찌르기에 연거푸 복부를 가격당한 부하가 아침에 먹은 것을 모조리 게워내며 나동그라진 것이다. 쓰러지기 직전 작렬한 목검에 의해 앞니가 우수수 부러져나갔다.

　　콰지직.

　　리셀의 손속은 매섭기 짝이 없었다. 나가떨어진 용병들 중 절반이 목검에 입을 얻어맞아 이빨 사이로 드문드문 빈 자국을 내보이고 있었다. 이제 남은 것은 할벤 하나뿐이었다.

　　"으으으."

　　할벤이 몸을 부들부들 떨며 뒤로 물러났다. 함께 달려들었던 부하 아홉 명이 모조리 참혹한 형상이 되어 쓰러져 있었다. 놈의 검술이 이토록 무서울 줄 몰랐던 것이 패착이었다.

　　'시, 실수다. 대련 요청을 받아들이지 않는 것인데.'

　　그러나 후회는 아무리 빨라도 이미 늦어버린 것일 수밖에 없다. 스산한 음성이 귓전을 파고들었다.

　　"이제 복수의 시간이 돌아왔군. 그 아이가 겪었던 고통을 그대로 되돌려주마."

　　착 가라앉은 눈빛의 리셀이 성큼성큼 걸어 할벤에게 접근했다.

"이, 이놈! 오지 마라."

공포감에 사로잡힌 할벤이 손에 든 클럽을 마구잡이로 휘둘렀다. 그러나 리셀이 목검으로 살짝 틀어막고 휘감아 돌려버리자 클럽이 할벤의 손을 벗어나 저만큼 나가떨어졌다. 잘 훈련받은 기사였다면 설사 클럽이 부러지는 한이 있어도 손잡이를 놓치지 않았겠지만 용병인 할벤에게 그것까지 기대할 순 없는 노릇이다. 무기를 잃은 할벤의 전신에 무자비한 몽둥이찜질이 시작되었다.

"끄어어어어어!"

숨이 막힐 듯한 신음이 끊어지지 않고 흘러나왔다. 리셀은 무표정한 얼굴로 목검을 휘둘러 할벤의 전신을 격타했다. 주로 신경이 밀집되어 통증이 심한 허벅지와 상완, 정강이 부분이 집중적으로 수난을 겪었다.

마무리는 지금까지 해왔던 이빨 부러뜨리기였다. 왼손의 목검으로 얼굴을 살짝 가격해서 고개를 돌리게 한 뒤 오른손의 목검으로 힘껏 후려갈기자 할벤의 이빨이 우수수 부러져나갔다. 이제 할벤은 평생 동안 단단한 것을 씹지 못하는 신세가 되고 말았다. 그러나 리셀의 분은 그것으로도 풀리지 않았다.

"아직 멀었어."

리셀이 목검으로 할벤의 무릎 뒷부분 오금을 사정없이 후려갈겼다. 박살난 입을 움켜쥐고 주춤주춤 물러나던 할벤이 다리를 하늘로 치든 볼썽사나운 모습으로 벌렁 자빠졌다.

리셀이 왼손의 목검을 버리고 하나 남은 목검을 두 손으로
단단히 움켜쥐었다. 그리고 할벤의 몸 중심부분을 향해 강렬
한 내려치기를 가했다. 목검은 정확히 할벤의 사타구니 사이
에 내리꽂혔다.

퍼어어억.

눈을 크게 뜨고 혈투를 지켜보던 구경꾼들이 눈을 질끈 감
았다.

“터, 터졌지?”

“화, 확실하게 터졌을 거야.”

구경꾼들은 차마 눈을 뜰 엄두를 내지 못하고 몸서리를 쳤
다. 할벤이 느꼈을 고통을 생각하니 자신도 모르게 몸이 오들
오들 떨려왔다.

무자비한 응징을 당한 할벤은 눈을 까뒤집은 채 입으로 거
품을 꾸역꾸역 밀어내고 있었다. 모르긴 몰라도 평생 여자를
품을 수 없을 터였다.

리셀은 참혹하게 박살난 용병들을 느릿하게 둘러본 뒤 목검
을 들고 병기대로 걸어갔다. 피에 절은 목검을 병기대에 올려
놓는 리셀의 얼굴빛은 차분하기 그지없었다.

‘파디아. 네 원한은 확실하게 갚아줬다.’

갑옷에 묻은 먼지를 툭툭 털어낸 리셀이 기사 타이렌에게로
걸어갔다.

타이렌의 안색은 딱딱하게 굳어 있었다. 리셀과 용병들의 혈투를 보던 타이렌은 끊임없이 주먹을 쥐었다 폈다를 반복했다.

'그는 결코 견습기사가 아니야. 저 정도면 정규 기사를 훌쩍 뛰어넘는 실력이야.'

목검 결투를 통해 드러난 리셀의 실력을 알아볼 수 있는 자는 그리 많지 않다. 타이렌은 그 소수 중 하나였다.

'현기 짙은 몸놀림과 물 흐르듯 자연스럽게 이어지는 검로를 보면 분명 유서 깊은 명가의 검술이 분명해. 도대체 어떤 가문에서 저 견습기사를 키워낸 것일까?'

물론 리셀의 신분은 그도 알고 있었다. 죄를 지어 감옥에 가는 대신 복무하는 죄수 신분이란 사실을 말이다. 그러나 실력만 보면 그는 진짜였다.

걸어오는 리셀을 보며 타이렌은 끊임없이 갈등했다. 마음 같아서는 검을 뽑아들고 대무를 요청하고 싶었다. 그러나 이길 자신은 전혀 없었다.

용병들과의 대결을 볼 때 자신을 월등히 능가하는 고수임이 틀림없었다. 벌써 마흔이 다 되어가는 경험 많은 자신조차도 리셀의 검을 막아낼 수 있을 거란 생각은 들지 않았다.

게다가 타이렌마저 무너진다면 806정찰조는 완전히 와해되는 것이나 다름없었다. 때문에 타이렌은 치솟는 호승심을 억지로 짓눌렀다. 그러던 사이 가까이 다가온 리셀이 목례를 했다.

"끝났습니다. 생각보다 대련이 과격해진 점 사과드립니다."

그 말에 타이렌이 씁쓸하게 웃으며 고개를 가로저었다.

"괜찮네. 어차피 모든 것을 감안한 대련 아니던가? 약속대로 확실하게 공증을 서줄 테니 뒷일은 걱정하지 말게."

"기사님의 배려에 감사드립니다."

"이번 일로 인해 저놈들의 버르장머리가 좀 고쳐졌으면 좋겠군. 그동안 고생이 말도 아니었어."

정말 지긋지긋했다는 듯 진저리를 치는 타이렌을 보며 리셀이 빙긋이 미소를 지었다.

"이번 일을 계기로 기사의 무서움을 조금이나마 깨달았을 것입니다."

"그럴 걸세. 저런 일을 당하고도 깨닫지 못한다면 그게 짐승이지 사람인가? 아니 짐승도 쓴맛을 보면 적응하기 마련이지."

"그럼 저는 이만 물러가 보겠습니다."

공손히 예를 취한 리셀이 몸을 돌렸다.

리셀과 함께 돌아가는 터커는 잔뜩 주눅이 들어 있었다. 거칠기로 소문나 있던 806정찰조의 용병들이 무참히 박살나던 광경을 떠올리니 생각만 해도 살이 떨려왔다. 조용하고 차분한 모습만 보여주던 리셀이 그토록 미쳐 날뛰며 용병들을 때려잡는 모습을 보니 과연 같은 사람이기는 한지 의심이 들 정도였다.

"이제 한 번 본보기를 보였으니 아무도 파디아를 건들지 않을 것입니다."

"당연히 그럴 테죠. 저런 꼴을 보고 흑심을 품는 놈은 아무도 없을 것입니다."

혹시라도 조원들 중에서 여자 생각이 나서 리셀의 막사에 숨어드는 녀석이 있으면 집단 구타를 해서라도 말릴 것이라 다짐하는 터커였다.

그 소문은 금세 숙영지 전체로 퍼져 나갔다. 혈투를 관람한 구경꾼들이 작정하고 퍼뜨린 것이다.

"806정찰조 용병들이 아주 박살이 났다며?"

"말도 마. 태반이 이빨을 잃어 평생 죽만 먹고 살게 생겼어. 특히 조장인 할벤은 거시기가 박살이 나서 두 번 다시 여자 근처에는 가지도 못하게 되었다는군."

"평소 거들먹거리던 놈들이라 꼴좋기는 한데 왜 그런 꼴을 당했을까?"

"그놈들이 겁도 없이 808정찰조에 소속된 기사의 막사에 있는 여자를 건드렸다고 하더군. 화가 난 기사가 목검 대련을 신청해서 일거에 박살을 내버렸다는 거야. 그것도 십대 일로 말이야."

"세상에. 아무리 기사라고 해도 목검만으로 어찌 용병 열 명을…… 저번에 보니 하나같이 근육질의 거구들이던데 말이야."

“몸놀림이 정말 환상적이었어. 단 한 대도 허용하지 않고 말끔히 때려눕히더군. 내가 두 눈으로 똑똑히 확인을 했어.”

“허. 그쪽 막사로는 발걸음도 하지 말아야겠군.”

“그게 장수의 지름길이야. 평생 죽만 먹고 살기 싫으면 말이야.”

물론 후환이 전혀 없지는 않았다. 막사로 돌아오고 얼마 되지 않아 리셀은 칼스 자작의 호출을 받았다. 지휘관실로 들어가자 벌겋게 상기된 칼스 자작의 얼굴이 눈에 들어왔다.

“어쩌자고 그런 일을 벌인 것인가? 정찰조원 열 명을 아주 확실하게 다져놓았더군.”

칼스 자작의 호통에 리셀이 고개를 숙였다.

“죄송합니다. 놈들이 먼저 절 건드린 터라 참지 못했습니다. 벌을 주십시오.”

죄를 청하는 리셀을 보며 칼스 자작이 마음을 가라앉혔다. 조원들이 부상당한 것에 화가 나서 불러들이긴 했지만 막상 리셀을 보자 더 이상 추궁할 마음이 나지 않았다. 게다가 그는 이미 보고를 통해 리셀이 폭주한 이유를 파악하고 있는 상태였다.

‘하긴 자기 여자를 건드렸으니 얼마나 화가 났겠어. 나라고 해도 그 상황에서는 가만히 있지 않았을 텐데 말이야.’

게다가 공중을 섰던 기사 타이렌의 보고서는 비교적 리셀에게 우호적으로 작성되어 있었다. 보고서에는 둘의 대화까지 상세히 적혀 있었는데 목검 대결을 펼치기 전, 리셀을 격앙시키기 위해 할벤이 했던 말에 타이렌 역시 분노를 금치 못하고 있었던 것이다.

"어쨌거나 정찰을 나가야 할 조원들을 다치게 한 건 자네 실책이야. 이유야 어떻든 말일세."

"어떤 처벌이라도 감수하겠습니다."

그 말에 칼스 자작이 노기를 풀고 고개를 끄덕였다.

"뭐, 처벌할 필요성까지는 느끼지 않네. 어쨌거나 절차 자체에는 문제가 없었어. 서로 책임을 묻지 않겠다고 했으니 우리 정찰대에도 손해는 없어. 자신들의 치료비도 용병들이 지불해야 할뿐더러 임무를 나가지 못하는 기간 동안 우리 측에서 보수를 지급하지 않아도 되니 말이야. 하지만 앞으로 두 번 다시는 이런 일이 없어야 하네."

"명심하겠습니다."

"좋아. 나가보게."

그렇게 리셀은 아무런 처벌도 받지 않고 사건을 마무리할 수 있게 되었다.

리셀의 복수가 효험이라도 있었는지 파디아는 그날 밤 정신을 차렸다. 가느다란 신음소리와 함께 파디아가 눈을 떴다. 흐릿하기만 하던 시야가 점점 뚜렷해졌다.

정신을 차린 그녀의 시야에 들어온 것은 걱정스러운 눈빛으로 자신을 내려다보는 리셀의 얼굴이었다. 돌연 그녀의 눈에 눈물이 괴었다.

"리, 리셀님."

어디서 그런 괴력이 솟았는지 파디아가 리셀의 품속으로 쏜살같이 파고들었다.

"너, 너무 무서웠단 말이에요. 엉엉."

가슴의 옷자락이 눈물로 젖어드는 것을 느끼며 리셀이 쓴웃음을 지었다.

"이제 더 이상 널 건드리는 녀석은 없을 것이다. 널 괴롭힌 녀석들을 확실하게 박살내 버렸어. 한 놈도 빼놓지 않고 말이다."

그 말에 파디아가 깜짝 놀라 눈물로 얼룩진 얼굴을 들었다.

"저, 정말인가요?"

"그렇다. 특히 일을 주도한 조장 녀석은 앞으로 두 번 다시 여자와 잠자리를 하지 못할 것이다. 거시기를 무참히 박살내 버렸으니."

눈을 크게 뜨고 리셀을 올려다보던 파디아가 믿을 수 없다는 듯 눈을 끔뻑거렸다.

그녀의 신분은 말도 못하게 비천하다. 제국군의 포로가 되어서도 그 신분이 변한 것은 아니다. 그런 자신을 위해 레오폰 왕국의 전사에 버금가는 신분을 가진 기사 리셀이 그녀를 범한 범인들을 붙잡아 단단히 혼내주었다고 한다. 생각이 거기에 미치자 파디아는 돌연 눈물이 핑 도는 것을 느꼈다.

'나 같이 미천한 계집의 복수를 해 주시다니.'

감정이 치밀어 오른 파디아가 다시금 리셀의 가슴에 얼굴을 묻고 펑펑 울기 시작했다. 리셀로서는 난감할 수밖에 없는 상황이었다.

"그, 그만 진정해라. 본보기를 확실히 보였으니 앞으로는 아무도 널 건드리지 못할 것이다."

그러나 파디아는 아무런 대꾸도 없이 울기만 했다. 놓치지 않겠다는 듯 리셀의 몸을 꼭 부여잡은 채 말이다.

『블레이드 헌터』 4권에서 계속

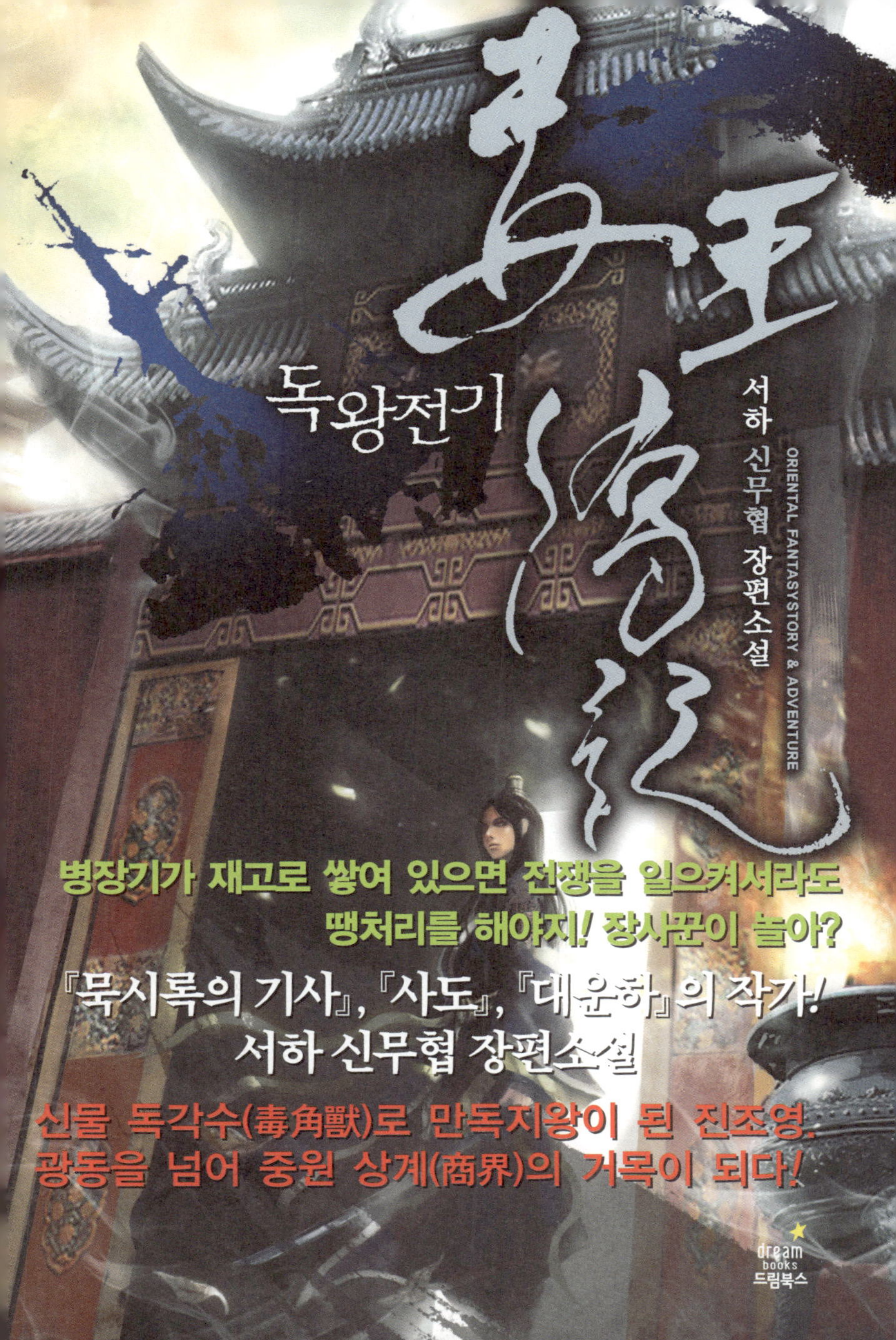
독왕전기
毒王傳記
서하 신무협 장편소설
ORIENTAL FANTASYSTORY & ADVENTURE
병장기가 재고로 쌓여 있으면 전쟁을 일으켜서라도
땡처리를 해야지! 장사꾼이 놀아?
『묵시록의 기사』, 『사도』, 『대운하』의 작가!
서하 신무협 장편소설
신물 독각수(毒角獸)로 만독지왕이 된 진조영.
광동을 넘어 중원 상계(商界)의 거목이 되다!
dream
books
드림북스

무협계가 주목한 작가
권인호 신무협 장편소설
天極之書
권인호 신무협 장편소설
일류가 삼류에게 패하는 강호 초유의 사태.
모든 것은 한 소년이 쓴 무공서에서 시작됐다!
재미 삼아 쓴 23권의 얼치기 무공서.
세상에 나타나자마자 천하 무림에 파란을 일으키다!
dream books
드림북스

『태극검해』, 『화산검종』의 작가!

한성수 신무협 장편소설 『절대검해』

마도의 후예 소진엽과 천마신교의 교주 담대광
두 괴짜의 만남이 무림에 풍랑을 부른다.

절대검해

dream
books
드림북스

Shapiro
샤피로
쥬논 판타지
FANTASYSTORY & ADVENTURE 장편소설
『규토대제』,『흡혈왕 바하문트』의 베스트 작가
쥬논 판타지 장편소설
불사의 비밀을 좇는 샤피로의
처절한 싸움이 시작된다!
잃어버린 기억을 찾아, 자신의 광기어린 복수를 이루기 위해!
매일 밤 사내는 흑고양이의 심장을 가진 샤피로가 되어
죽음과 환상의 경계를 넘나든다.
dream books
드림북스